DER SOMMER VON SHAMBLES

ONDINE
BUCH EINS

EBONY MCKENNA

DER SOMMER VON SHAMBLES

Tauch ein in das Chaos und den Charme der Ondine-Reihe, die voller Magie, Aufruhr, wahrer Liebe und einem sprechenden Frettchen steckt. Im Herzogtum Brugel gibt's jede Menge königliche Intrigen, und unsere Heldin Ondine träumt von großen Abenteuern, während sie im Pub ihrer Familie arbeitet. Ondine liebt Herausforderungen, leckeres Essen und flauschige Kätzchen. Was sie bekommt, sind Familiengeheimnisse, einen Vollzeitjob als Kellnerin und ein stinkendes Frettchen.

Dieses Frettchen heißt Shambles und kann sprechen. Natürlich ist Shambles kein gewöhnliches wieselähnliches Tier (und schon gar kein Nagetier!). Er ist ein echter Kerl, der in bescheidenen Verhältnissen lebt. Als er sich wieder in seine menschliche Gestalt verwandelt, ist Ondine verzaubert!

Diese Romanreihe hat eine großartige Besetzung von Charakteren, die inspirieren und unterhalten.

Ondine, unser Star. Vorteile: Sie trägt ihr Herz auf der Zunge, ist ehrlich und fleißig.

Nachteile: Neigt dazu, unter Stress die ungeschminkte Wahrheit herauszuplatzen.

Shambles, der Chaotische. Vorteile: Unterhaltsam, loyal und beschützt Ondine.

Nachteile: Verbringt zu viel Zeit als Frettchen. Kann seine Verwandlungen noch nicht kontrollieren.

Lord Vincent, außerhalb von Ondines Liga. Vorteile: Wird eines Tages das Herzogtum Brugel erben.

Nachteile: Was für ein Ego!

Old Col, die Matriarchin der Familie. Vorteile: Kümmert sich um ihre Familie, ist eine zertifizierte Hexe mit Magie und allem Drum und Dran.

Nachteile: Unberechenbar und nicht mehr ganz so „in Topform" wie früher.

Mrs. Howser, Old Cols langjährige Rivalin.

Vorteile: Ausgezeichnete Magierin.

Nachteile: (RIESIGER SPOILER!)

WAS IST BRUGEL UND WO LIEGT ES? (QUELLE: BRUGELWIKI.ORG.BU)

BRUGEL (Aussprache: Bru-gl) Offiziell: Das Heitere Herzogtum Brugel. Brugel ist ein kleines Land in Osteuropa. Es ist das einzige Land der Welt mit einer sechseckigen Flagge. Es hat ein Einkammerparlament, das Dentate (der Ort mit Zähnen).

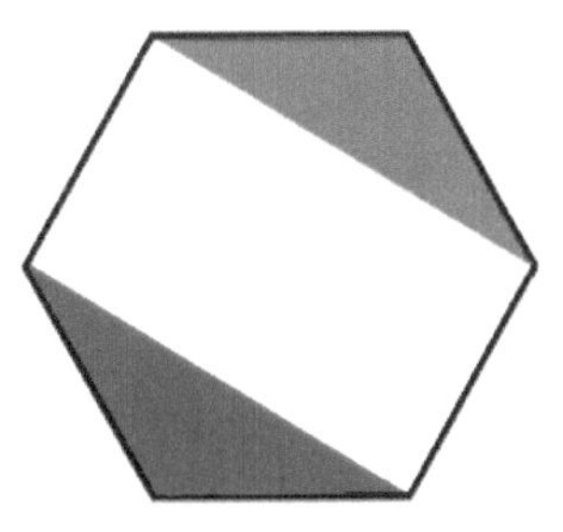

Der Erste Minister ist der Regierungschef. Der Herzog von Brugel ist das Staatsoberhaupt.

Brugel liegt am Scheideweg zwischen dem alten und dem neuen Europa. Als ehemaliger Teil der UdSSR erklärte Brugel 1991 seine Unabhängigkeit, grenzt im Norden und Osten an Slaegal, im Westen und Süden an Craviç und klammert sich mit den Fingerspitzen an ein Stück Strand am Schwarzen Meer. Die Hauptstadt und größte Stadt ist Venzelemma.

Die brugelsche Sprache leitet sich von einer früheren Form des Englischen ab. Das kam daher, dass viele Jüten, Angeln und Sachsen im fünften Jahrhundert falsch abbogen und sich am Schwarzen Meer wiederfanden. [Quellenangabe erforderlich]

Brugel hat viele schwere Zeiten überstanden und wurde zu verschiedenen – und glücklicherweise kurzen – Zeitpunkten in der Geschichte in das Konstantinische, Österreichisch-Ungarische, Preußische und Heilige Römische Reich eingegliedert. In den 1950er Jahren rollten sowjetische Panzer oft durch die Hauptstraßen von Venzelemma – auf ihrem Weg woandershin.

Alle Gerüchte, die Sie vielleicht über Brugel gehört haben, sind wahrscheinlich wahr. Alle Hellseher und Medien können ihre DNA bis in die Ausläufer der Berge von Brugel zurückverfolgen. Die ländlichen Gebiete sind der Geburtsort der Zigeuner-Folklore, und Märchen sowie sprechende Tiere sind mit dem täglichen Leben verwoben. Dies ist ein Land, in dem das Seltsame und Ungewöhnliche nicht nur toleriert, sondern gefördert wird.

Pass auf, dieses Buch hat Fußnoten, und die sind brüllend komisch. [1]

---

1. Die Ergebnisse können variieren.

KAPITEL EINS

DIES IST EINE GROßARTIGE GESCHICHTE, und wie viele großartige Geschichten vor ihr beginnt sie mit einer jungen Protagonistin. Ihr Name ist Ondine de Groot und sie ist fünfzehn. Sie hat langes, dunkles Haar, das ihr über die Schultern reicht und für etwa fünf Minuten ordentlich ist, bevor es zerzaust und strähnig wird. Ihre Augen sind dunkelbraun und hübsch, außer wenn sie mit ihnen rollt. Außerdem liebt sie kleine Tiere, doch davon gleich mehr.

Ondines Geschichte begann am Ende des letzten Jahrhunderts an einem Ort namens Brugel.

Brugel, ein ehemaliges Ostblockland, ist hauptsächlich für drei Dinge berühmt. Es hat die einzige sechseckige Flagge der Welt. Sein Hauptexportgut ist Plütz, ein schmackhafter, aber hochprozentiger Wodka, der aus Pfirsichen hergestellt wird. Außerdem hat es noch nie den Eurovision Song Contest gewonnen.

Aus strategischer Sicht war Brugel während des Zweiten Weltkriegs so unbedeutend, dass sich weder die Alliierten noch die Achsenmächte die Mühe machten, es zu bombardieren. Deshalb stehen noch so viele seiner alten Gebäude.

An dem Tag, an dem diese Geschichte begann, neigte sich für Ondine die Zeit im Psychic Summercamp dem Ende zu. Wie der Name schon sagt, war das Psychic Summercamp ein Ort, an dem Schüler ihre Sommerferien damit verbringen konnten, ihre übersinnlichen und anderen außersinnlichen Fähigkeiten zu entwickeln. In manchen Ländern verbringen Schüler ihre Ferien im Abenteuercamp, Abspeckcamp oder Mathewettbewerben. In Brugel laufen die Dinge anders.

Zurück zu Ondine. Sie war in einem Schlafsaal mit drei anderen Mädchen (die noch schliefen, weil es so früh am Morgen war).

»Bei den Ringen des Saturn! Es ist sechs Uhr! Ich habe die Prüfung in Astralprojektion verschlafen.« Ondine setzte sich auf und schlug die Decke zurück. Der Überwurf des Bettes fiel zu Boden und erstickte beinahe das pelzige schwarze Frettchen, das darunter zusammengerollt lag.

»Melody, wach auf«, sagte sie und stieß das schlafende Mädchen im Etagenbett über ihr an. »Was ist bei der Astralprüfung passiert?«

Es brauchte noch ein paar weitere Stupser, bis Melody aufwachte. Gähnend strich sie sich ihr mausblondes Haar aus dem Gesicht, rieb sich den Schlaf aus den Augen und beäugte ihn, hielt dann aber inne, als sie bemerkte, dass sie ein Publikum hatte.

»Ah, tut mir leid.« Melody sah verlegen aus, während sie sich wach blinzelte. »Was ist los, wie spät ist es? Die Sonne ist noch nicht mal aufgegangen.« Der übersinnliche Unterricht schien bei ihr auch nicht besonders gut gewirkt zu haben.

»Pst, du weckst noch die anderen«, sagte Ondine. »Und jetzt schnell, was ist bei der Astralprüfung passiert?«

»Ich … Ich weiß nicht. Ich muss sie verschlafen haben!« Melodys Gesicht verzog sich und sie war den Tränen nahe. »Ich werde durchfallen, oder?«

»Keine Sorge, ich werde noch mehr durchfallen als du.« Als Ondine sich im Zimmer umsah, entdeckte sie den Griff ihres Koffers, der unter ihrem Bett hervorlugte. Das brachte sie auf eine Idee. »Das Ganze hier ist Zeitverschwendung, und eine Verschwendung unserer Sommerferien. Wir sollten Spaß mit Jungs haben und uns verlieben, nicht lernen. Ich haue nach Hause ab.«

Sehr viele Mädchen in Ondines Alter würden gerne *von* zu Hause weglaufen, aber bei Ondine war es genau umgekehrt. Sie hatte von dem ganzen übersinnlichen Kram die Nase gestrichen voll (halten Sie Ihre Hand auf Augenbrauenhöhe) und wusste, dass es Zeit war, das Handtuch zu werfen.

Und außerdem, wie sollte sie Spaß haben und süße Jungs kennenlernen, wenn sie ihre Schulferien in einer anderen Art von Schule verbrachte?

Während Melody nach Lehrern Ausschau hielt, packte Ondine ihre Kleider und ihren Schnickschnack und Krimskrams zusammen und schloss den Koffer mit einem Ruck.

(Das war während des riesigen Schnickschnack-Trends, also hatte jeder welchen. Heute findet man ihn allerdings nicht mehr.)

»Solltest du Mrs Howser nicht sagen, dass du gehst?«, fragte Melody.

»Pfft. Sie ist doch die Hellseherin, warum sollte ich mir die Mühe machen?« Ondine blickte auf die schlafenden Gestalten ihrer übrigen Zimmergenossinnen. »Du kannst es den beiden anderen sagen, wenn sie aufwachen.«

»Wie willst du nach Hause kommen?«, fragte Melody.

Gute Frage. Das Psychic Summercamp befand sich am Rande von Brugels Hauptstadt Venzelemma, und Ondines Familie lebte genau auf der anderen Seite.

»Am Ende der Straße ist eine Bushaltestelle, also nehme ich den Bus zum Hauptbahnhof. Von dort nehme ich dann den Zug für den Rest des Weges nach Hause.« Ondine klang zufrieden mit ihrem Plan, als sie den Kunstpelz-Überwurf vom Frettchen hob und ihn zu einer unordentlichen, rechteckähnlichen Form am Ende ihres Bettes zusammenfaltete.

Der Überwurf, nicht das Tier. Frettchen lassen sich nicht so gut falten.

»Was ist mit Shambles?«, fragte Melody und blickte auf das schlafende Tier am Boden.

Oje. Ondine hatte nicht viel über das Frettchen nachgedacht, weil sie nicht glaubte, dass das Tier mitkommen sollte. Ondine war eher der Typ für flauschige Kätzchen, also hatte sie dem langen, dünnen, schwarzen Bündel an diesem Morgen nicht viel Aufmerksamkeit geschenkt.

Unangekündigt zu Hause aufzutauchen, bevor das Sommercamp zu Ende war, würde ihrer Familie schon einen genug großen Schrecken einjagen. Unangekündigt mit einem Wiesel in der Hand aufzutauchen, könnte ihrer Mutter den Rest geben.

»Er ist ein süßes Kerlchen und er hat dich wirklich ins Herz geschlossen.« Melodys Augen leuchteten hoffnungsvoll.

»Du hast recht«, stimmte Ondine zu.

Während der Wochen im Camp waren Ondine und Shambles, das Frettchen, zu einem ungleichen Gespann geworden. Er war eines Tages einfach aufgetaucht, hatte es sich gemütlich gemacht und war Ondine überallhin gefolgt. Sie hatte ihn kopfüber in ihrem geheimen Vorrat an Brugelwürst, einer lokalen Delikatesse, gefunden.

Er war sogar mit ihr in den Unterricht gekommen. Der Gedanke, den kleinen Kerl dem Wahnsinn des Sommercamps und Mrs Howser zu überlassen, verursachte ein flaues Gefühl in ihrem Magen. Wahrscheinlich Schuldgefühle. Und auch ein bisschen Hunger.

Dann wachte Shambles, das Frettchen, auf, drehte sich ein paar Mal im Kreis und stellte sich auf die Hinterbeine, wobei er wie ein in die Länge gezogener, bettelnder Welpe aussah. Wenn Welpen spitze Nasen, lange Schnurrhaare und scharfe Zähne hätten.

»Und sonst hat niemand ein Haustier bekommen, während sie hier waren«, sagte Melody. »Du hattest echt Glück.«

Hmmm, was tun? Sie konnte es mit ihrem Gewissen nicht vereinbaren, ihn zurückzulassen.

»Ich nehme ihn mit und suche ihm ein gutes Zuhause«, sagte Ondine, schnappte sich das Tier und klemmte es sich in die Armbeuge. »Shambles, du musst dich benehmen, sonst lasse ich dich im Bus zurück.« Das war ihre Art, patzig zu klingen. Der kleine Kerl war ziemlich süß, wenn man ihn erst einmal besser kannte.

So kam es, dass Ondine an jenem warmen Sommermorgen das Psychic Sommercamp verließ, mit einem Frettchen wie ein Schal um ihren Hals geschlungen und dem Duft von Geranien und Lavendel in der Nase, während sie den blumengesäumten Fußweg zur Bushaltestelle entlangging.[1]

Der Wind wehte ihr die Haare wild durcheinander und peitschte sie ihr gegen Lippen und Augen. Sie konnte nichts dagegen tun; sie brauchte beide Hände, um ihren schweren Koffer zu tragen. Nicht einmal eine freie Hand für Shambles — er krallte sich an ihrem Kragen fest.

Erst als Ondine aus dem Bus stieg und Venzelemmas belebten Hauptbahnhof erreichte, sprach das Frettchen.

---

1. Die Blumen gaben ihr Bestes, den Geruch des Frettchens zu überdecken, aber das Frettchen überwältigte sie mit Leichtigkeit.

Willkommen bei den Fußnoten. Wir haben die ersten weggelassen, damit Sie ein Stückchen weiter in die Geschichte kommen, ohne so viele Unterbrechungen. Gern geschehen!

»Gott sei Dank dafür, ich bin ganz durchgeschüttelt und kaputt«, sagte Shambles mit einem tiefen schottischen Akzent und kletterte dann auf ihren Kopf, um eine bessere Sicht zu haben. »Fortschritt! Der Zug ist gleich da. Wenn wir bei dir zu Hause sind, können wir was fressen, ich sterbe vor Hunger.«

Ondine schnappte nach Luft und ließ vor Schreck ihren Koffer auf den Bahnsteig fallen. Denn ohne jeden Zweifel kam da eine Männerstimme aus dem Frettchen. Sicher, im Sommer ging es darum, Spaß zu haben und Jungs kennenzulernen, aber nicht diese Art!

Schnell suchte sie sich einen Platz zum Hinsetzen, dann nahm sie Shambles in die Hände, um ihn sich genau anzusehen, und fragte sich die ganze Zeit, ob sie ein bisschen … übergeschnappt war.

»Ich habe den Verstand verloren«, sagte Ondine. Ein verstohlener Blick umher verriet ihr, dass niemand sonst ihnen Beachtung schenkte. Der Bahnhof war voll von grau aussehenden Leuten auf dem Weg zur Arbeit, die das Teenager-Mädchen mit dem zotteligen braunen Haar, das ein schwarzes Frettchen hielt, überhaupt nicht wahrnahmen.

»Quatsch, hast du nicht, aber du kannst mich hören«, fügte Shambles in seinem breiten Dialekt hinzu. »Sieht so aus, als wär' im Sommercamp was abgefärbt.«

Ondine verdrehte die Augen. »Ma wird begeistert sein.

All das magischblut in meinen Adern und alles, was ich kann, ist mit Nagetieren reden.«

»Ich bin kein Nagetier, du Depp, ich bin ein Frettchen. Ein Riesenunterschied. So, da kommt die Lok. Lass mich an deinen Hals.«[2]

»Aber ... aber!« Ondines Gehirn wurde zu Brei, als sie versuchte, dieses sprechende Tier zu begreifen. Währenddessen stieg ihr die heiße Schamröte den Hals hinauf und ins Gesicht.

»Jetzt gibt's kein Zurück mehr, Kleines. Ich komme mit dir. Jetzt schnapp dir den Koffer und nichts wie rauf. Und bei meiner Ehre, ich verspreche, mich zu benehmen.«

Was konnte sie tun? Es war immer noch ein solcher Schock, dass ihr neuer pelziger Freund sprechen konnte. Und warum konnte sie ihn erst jetzt hören? In diesem Moment fuhr der Zug ein und Ondine hatte keine Zeit mehr für Ausflüchte.[3]

Die Heimfahrt im Zug war angespannt, mit den unbequemen Holzsitzen, einem sprechenden Frettchen, das sich um ihren Hals wand, und Fahrgästen, die ihr sehr seltsame Blicke zuwarfen. Sobald der Zug an ihrem Heimatbahnhof

---

2. Ein Tölpel ist eine alberne Person. Ein Trottel. Bekommt in der Schule schlechte Noten und verdient später im Leben selten mehr als den Mindestlohn.

3. Venzelemma beheimatet eine der ältesten Elektritschka-Zugflotten Europas. Ihre spärliche Innenausstattung und die holprigen Holzbänke rufen gleichermaßen altmodische Nostalgie und Ischiasbeschwerden hervor. Die meisten Physiotherapeuten in Brugel befinden sich in Humpelentfernung zu den Bahnhöfen.

ankam, riss Ondine Shambles von ihrem Hals und setzte ihn auf ihre Schulter.

Seine kleinen Pfoten reichten bis zu ihrem Kopf. Er streckte sich und sah sich neugierig um.

»Oh, du lebst also in diesem Teil der Stadt, wie hochnäsig! Kein Wunder, dass deine Eltern Geld haben, um es für übersinnliche Spinner zum Fenster rauszuwerfen.«

An diesem Punkt sind Sie vielleicht zu der Meinung gelangt, dass Shambles kein gewöhnliches Frettchen war, und damit hätten Sie recht. Vielleicht sind Sie auch zu der Meinung gelangt, dass er unverschämt und frech ist, und auch da hätten Sie recht. Aber wenn Sie denken, er sei nichts als Ärger, liegen Sie falsch, obwohl er diesen Eindruck erweckt.

Obwohl sie es eilig hatte, nach Hause zu kommen, wartete Ondine, bis der Zug den Bahnhof verlassen hatte, bevor sie vom Ende des Bahnsteigs trat, um über die Gleise zu gehen, wobei sie in beide Richtungen schaute, um sicherzustellen, dass keine anderen Züge kamen. Die Fußgängerüberführung wäre sicherer gewesen, war aber bis zur offiziellen Eröffnung für die Öffentlichkeit gesperrt.

»Kneif mich, ich träume«, sagte Shambles, als er die Richtung bemerkte, in die Ondine ihn führte. »Das Mädchen wohnt in einer Kneipe!«

Das Frettchen sprach die Wahrheit. Ondines Eltern betrieben ein Hotel mit einer öffentlichen Bar an der Hauptstraße in einem ziemlich schicken Teil von Venzelemma. Drei Stockwerke hoch und in leuchtendem Blau und Weiß gestrichen, überragte das Hotel die Nachbarschaft. Selbst die neueren Gebäude sahen wie alte Gebäude aus, um sich besser einzufügen.

The Station Hotel war stolz darauf, ein Familienbetrieb zu sein, bei dem jeder mit anpackte und half. Da Ondine noch nicht alt genug war, um an der Bar Alkohol auszuschenken, arbeitete sie im Speisesaal und half hinter den Kulissen. Viel.

Die meisten Leute denken, wenn deine Eltern ein Restaurant betreiben, isst man jeden Abend köstliche Fünf-Gänge-Menüs.

Das tut man nicht.

Frag, wen du willst, wie es wirklich ist, und sie werden dir sagen, es ist nichts als Arbeit. Geschirr spülen, Tischdecken bügeln, die Böden wischen, Holz für den Kamin hacken, das Feuer die ganze Nacht am Brennen halten, Essen zubereiten. Sieh mal, die Liste geht einfach immer so weiter.

Aber für Ondine war es reizvoller, zu Hause bei ihren Eltern zu arbeiten, als den Mond anzuheulen, Omen in Teeblättern zu suchen, aus der Hand zu lesen oder irgendeine andere der großen Zeitverschwendungen, die ihr die kostbaren Sommerferien raubten.

»Warte mal, wir können nich einfach reinspazieren. Deine Mutter kippt dir glatt um«, sagte Shambles und hielt sich an Ondines Schulter fest.

Das brachte Ondine dazu, einen Moment innezuhalten und über ihre Vorgehensweise nachzudenken.

»Sie wird sich freuen, mich zu sehen«, sagte sie.

»Obwohl ich nicht weiß, was sie von dir halten wird. Sie ist nicht so der Haustiertyp.«

»Ich bin niemandes Haustier!« Shambles stemmte frustriert die Pfoten in die Hüften. »Und erzähl auch bloß niemandem davon, ein neues Zuhause für mich zu finden. Du bist die Erste seit zig Jahren, die mich hört, vielleicht sogar noch länger. Ich hab den Überblick verloren. Ich brauch dich, du musst hierbleiben und mir helfen, denn ich glaube, ich verlerne so langsam den Umgang mit Leuten.«[4]

Ein Lachen blieb Ondine im Hals stecken. Es war, gelinde gesagt, ein anstrengender Morgen gewesen, und sie war es nicht gewohnt, schwere Dinge über weite Strecken zu schleppen. Teller voller Essen waren in Ordnung, denn die mussten nur von der Küche zu den Tischen im Esszimmer getragen werden. Schwere Koffer waren eine ganz andere Sache.

»Sind alle Frettchen so wie du? Ich meine, wieso kannst du sprechen?«

»Weil ich kein echtes Frettchen bin. Ich bin Hamish McPhee, aber ich hab 'ne Hexe beleidigt und sie hat mich so verwandelt. Ich bin schon seit Jahren so. Das war mächtige Magie, das kannst du glauben. Ich hab kein einziges graues Haar am Leib. Gott sei Dank hat sie einen Erhaltungszauber benutzt.«

---

4. Reine Verleugnung. Shambles hat seine sozialen Fähigkeiten schon vor Jahren verloren.

Ondines Augen weiteten sich vor Überraschung. »Du hast eine Hexe beleidigt? Wow!«

»Aye. Sie hat's mir übel genommen.«

»Du musst ihr etwas wirklich Schreckliches angetan haben.« Ihre Gedanken überschlugen sich, als sie sich fragte, was für eine Beleidigung eine Hexe dazu bringen könnte, einen normalen Mann in ein Wiesel zu verwandeln. Ein normaler Mann! Ondines Erinnerung sprang zurück zu ihrer Zeit im Feriencamp, als sie Shambles erlaubt hatte, in ihrem Zimmer zu schlafen. Tja, das war, bevor sie gewusst hatte, was er wirklich war. Jetzt, da sie es wusste, würde es so etwas nicht mehr geben!

»Aye, und ich schäme mich zutiefst«, gab Shambles zu.

»Was hast du denn getan? Und wird diese Hexe gleich über mich herfallen und ihren Vertrauten zurückfordern?« [5]

»Ich bin kein Vertrauter! Das sind dumme Tiere, die zu dickbäuchigen Haustieren gemacht wurden. Ich möchte dich daran erinnern, dass ich ein normaler Mann bin, der in bescheidenen Verhältnissen lebt.«

»Du weichst aus. Was hast du getan?«

»Och, ich war ein echter Dussel. Ich sollte ihr Partner bei einem Debütantinnenball sein. Du weißt schon, die Dinger, wo die Mädchen sich total aufbrezeln und aussehen wie Bräute? Und dann werden sie irgendeinem hochnäsigen

---

5. Eine tierische Form eines übernatürlichen Geistes, der einer Hexe bei der Ausübung von Magie hilft. Manchmal sind sie hilfreich, aber in den meisten Fällen sind sie nutzlos. Haben Sie schon einmal eine Katze die Morgenzeitung holen sehen? Staubsaugen? Frühstück machen? Eben.

Typen vorgestellt, wie einem Bürgermeister oder einem Herzog.« [6]

»Das muss schon eine Weile her sein. Kaum jemand macht heutzutage noch einen Debütantinnenball.«

»Dieses Mädchen hat das todernst genommen. Und ich nicht. Ich war nich gerade der ideale Partner, weil ich an dem Abend zum ersten Mal Plütz probiert hatte.« [7]

Sein Tonfall verriet Ondine, dass ihm sein Verhalten wirklich leidtut, und sie begann im Gegenzug, ein wenig Mitleid mit ihm zu haben.

Inzwischen hatten sie die Hintertür erreicht. Ondine kramte in ihren Taschen nach dem Schlüssel und machte sich bereit, sie hereinzulassen. Der Geruch von gebratenem Frühstück wehte aus den Küchenfenstern und ließ ihren Magen knurren.

»Oh, Frühstück. Ich könnte jetzt eine richtig fette Wurst verdrücken«, sagte Shambles und leckte sich erwartungsvoll mit der Zunge über das Fell um sein Maul.

»Du weichst aus«, sagte Ondine. »Erzähl mir, was passiert ist, und dann gibt es Essen.«

»Ooooh, hör dich mal an! So erwachsen und weltgewandt«, neckte Shambles sie, doch dann warf Ondine ihm einen vernichtenden Blick zu und seine Stimme sank in einen düsteren Ton. »Ich wusste nicht, dass sie eine echte

---

6. Neep. Kurz für Rübe. (Turnip)
7. Plütz ist Brugels alkoholisches Exportgut Nummer eins. Es wird aus fermentierten Pfirsichen hergestellt, hat einen Alkoholgehalt von 32 Prozent und ist die Hauptzutat in Scheidungsverfahren.

Hexe ist, sonst hätte ich sie nicht so genannt. Aber sie wurde zickig zu mir, also hab ich mich verdrückt und noch mehr Plütz getrunken. Das Zeug ist wie Pfirsiche und Raketentreibstoff, und ich hab's seitdem nich mehr angerührt. Dann wurde sie richtig sauer auf mich, als ich ihr auf die Füße getreten und hingefallen bin. Ich hab das Spitzenteil unten an ihrem Rock zerrissen, und dann ist sie richtig wütend geworden. Sie hat mich Abschaum genannt. Ich hab sie eine Hexe genannt. Sie sah aus, als würde ihr Kopf gleich explodieren. Sie sagte: ‚Verdammt richtig, ich bin eine Hexe. Und du bist nichts Besseres als ein niederträchtiges Wiesel, und dann sagte sie, ich könnte so bleiben.«

»Wow. Und sie hat dich in ein Frettchen verwandelt, direkt vor allen Leuten?«

»Nee, sie hat mich in einen Esel verwandelt! Natürlich hat sie mich in ein Frettchen verwandelt! Sie war stocksauer.«

Ondine starrte ihn mit offenem Mund an.

»Frettchen sind kleiner als Wiesel, aber wir gehören zur selben Familie, also bin ich vielleicht doch ein niederträchtiges Wiesel. Aber unter uns, Frettchen ist mir lieber.«

Ondine kicherte. »Ich glaube, sie hat das Richtige getan. Debütantinnenbälle erfordern eine Menge Organisation und eine Menge Proben. Ich finde, du solltest dich so schnell wie möglich bei diesem armen Mädchen entschuldigen. Dann wirst du vielleicht wieder du selbst sein.« Der Gedanke, dass Shambles wieder er selbst werden könnte, ließ sie darüber nachdenken, wie er wohl aussehen würde, wenn er wieder ein richtiger Mann wäre. Allein sein Akzent brachte sie zum Grinsen.

Als sie die Hintertür öffnete, schlug ihnen der strenge Geruch von gebratenem Fleisch und altem Bier entgegen.

»Aah, das ist das gute Zeug.« Shambles schnüffelte geräuschvoll.

»Ondine! Was machst du denn schon zu Hause?«, rief ihre Mutter aus dem Flur.

»Hallo, Ma, du siehst toll aus. Hast du abgenommen? Ich liebe deine Haare.« Ihre Mutter sah so füllig wie eh und je aus, aber ihre neue burgunderbraune Frisur umspielte ihr Gesicht und ließ sie dünner wirken. Schmeichelei sollte sie gut stimmen. Um auf Nummer sicher zu gehen, setzte Ondine einen, wie sie hoffte, flehentlichen Gesichtsausdruck auf. »Ich ... ich hatte Heimweh, also bin ich zurückgekommen.«

Ma hielt mitten im Schritt inne, mit offenem Mund, als sie das Frettchen auf der Schulter ihrer Tochter sah. »Du lieber Himmel! Was ist *das* denn?« Sie zeigte mit der einen Hand auf das Frettchen, während die andere an ihren üppigen Busen über ihrem Herzen klopfte, als ob das schlagende Organ aus ihrer Brust springen könnte.

Das erforderte schnelles Denken von Ondines Seite, denn ihre Mutter konnte wegen der Situation entweder wütend oder glücklich sein.

»Er ist wirklich zahm. Bitte, Ma, darf ich ihn behalten?«

Doch Shambles wollte davon nichts wissen. »Das ist sie!«, rief er aus, als er endlich seine Stimme wiederfand. Er flitzte an der Rückseite von Ondines Weste hinunter. »Das ist die Hexe!«

KAPITEL ZWEI

»ICH BIN KEINE HEXE«, sagte ihre Mutter. »Ondine, ist da gerade ein Mann bei der Hintertür? Mit einem schottischen Akzent?«

Ein flaues Gefühl breitete sich in Ondines Magen aus, als sie das blasse, schockierte Gesicht ihrer Mutter sah. »Du hast ihn gehört?«

»Ja, ich habe ihn gehört, und er hat mich eine Hexe genannt.« Dann entspannte sich die Falte auf Mas Stirn und die Anspannung in ihren Schultern ließ nach. »Und übrigens, es ist schön, dich zu sehen.« Sie trat vor, um ihre Tochter zu umarmen. Um ihren Hals trug sie drei goldene Ringe mit Rubinen. Sie blitzten im Licht auf, als sie auf und ab hüpften und wackelten. Gerade als Ondine dachte, sie würden sich umarmen, zuckten die Schultern ihrer Mutter wieder hoch und ihre Augenbrauen schossen in die Höhe. Sie musste das Frettchen gesehen haben. »Ondi, ich habe dich nicht so bald zurückerwartet, aber das kannst du mir später erzählen. Wir haben alle Hände voll zu tun – ich könnte ein Paar Hände mehr gebrauchen. Gut, dass die Schule erst in ein paar Wochen wieder anfängt, sonst wäre ich ganz schön aufgeschmissen. Du kannst mir später vom Summercamp erzählen. Im Moment musst du mir aber sagen, was dieses Frettchen auf deinem Rücken macht.« [1]

»Okay, Shambles, das Spiel ist aus, runter mit dir.« Es war nicht einfach, aber Ondine verrenkte sich und zog das widerstrebende Tier von der Mitte ihres Rückens weg. »Ma, das ist Shambles. Shambles, das ist meine Mutter, Colette.«

»Nein, Mädchen, versteck mich!«

»Was?«, rief Ondine.

»Lauf um dein Leben!«

»Hör auf zu zappeln, Shambles! Was ist denn in dich gefahren?«

In so kurzer Zeit war so viel passiert, dass Ondine sicher war, nur noch auf reinem Adrenalin zu laufen.

Es war Ma überlassen, die Spannung zu lösen. »Du meine Güte, ein sprechendes Frettchen! Ondine, ist das dein Vertrauter aus dem Summercamp?«

Ondine erklärte dann die wahre Situation. Ma lachte laut und herzlich, sodass die Ringe um ihren Hals wackelten und hüpften.

---

1. Falls du dich wunderst: Ondines Mutter war sehr gut darin, mehrere Dinge gleichzeitig zu tun, weshalb sie auch so redete. An einem guten Tag schaffte sie es, fünf oder sogar sieben Themen in einen einzigen Satz zu packen.

»Ich weiß, wer du bist, Shambles«, fuhr Ma fort. »Du bist das Wiesel, das meine Tante brüskiert und ihre Präsentation ruiniert hat! Hamish McPhee, der Laird von Glen Logan.«

Vor lauter Verblüffung verschlug es Ondine für einen Moment die Sprache.

Shambles meldete sich zu Wort: »Die Hexe, die mich verwandelt hat, ist deine Tante? Nicht du? Aber wenn du schon ganz schrumpelig bist, muss sie ja doppelt schrumpelig sein ... oder tot, nicht wahr?«

»Es passt gut zu dir, ein Frettchen zu sein, Shambles.« Colette wischte sich Lachtränen aus den Augen. »Meine Tante Col ist fünfundachtzig Jahre jung und bei bester Gesundheit, damit du es weißt.«

Es handelte sich um eine Personenverwechslung, weil Ondines Mutter eine so verblüffende Ähnlichkeit mit Ondines Großtante hatte (so wie Shambles sie in Erinnerung hatte). Beide hatten die gleiche geringe Körpergröße, rundliche Gesichter, die oft lächelten, tiefe braune Augen und dunkles Haar. [2] Auch Ondine hatte die meisten dieser Züge geerbt, außer dass sie bereits größer als ihre Mutter war (oder vielleicht hatte Ma angefangen zu schrumpfen?). Die Tatsache, dass Ondines Ma und ihre Großtante denselben Vornamen hatten, trug nur noch zur Verwirrung bei.

»O nein, o nein! Ich hab den Lebenswillen verloren«,

---

2. Obwohl sich die Haare der älteren Collette Romano schon vor Jahrzehnten von ‚dunkel‘ verabschiedet hatten.

brüllte Shambles. »Wenn sie fünfundachtzig ist, was bin ich dann? Dann muss ich ja schon ein halbes Jahrhundert lang ein Frettchen sein!«

»Du bist alt genug, um es besser zu wissen, auch wenn du in Frettchengestalt nicht gealtert bist. Du bist jetzt genauso alt wie damals, als du verwandelt wurdest.« Colette hob Ondines Koffer auf und schleppte ihn in Richtung ihrer Familienräume. »Meine Tante hat mich vor Jungs wie dir gewarnt, und sie hatte recht, du wirst es nie lernen. Du kannst von Glück sagen, dass du noch ein Frettchen bist, sonst würde ich dich nicht in die Nähe meiner Töchter lassen. Angesichts deines Hangs zum Alkohol sollte ich dich wohl auch nicht in die Nähe der Bar lassen.«

Oje! Ondine sollte ihrer Ma besser nicht erzählen, wie viel Zeit Shambles in ihrem Zimmer im Summercamp verbracht hatte. Dann schoss ihr ein anderer Gedanke durch den Kopf – Ein Laird, was? *Ich frage mich, wie Lairds aussehen?*

»Also, können wir ihn behalten?«, fragte Ondine. »Ich meine, es wäre nicht fair, wenn wir ihn auf die Straße setzen. Er kann in der Waschküche schlafen. Ich mache ihm dort ein Bett.«

»Bist du ein guter Mäusejäger?«, fragte Ma, während sie Shambles einen ernsten Blick zuwarf.

»Sicher, warum fragst du? Hast du eine kleine Pistole und ein Holster für mich?«

»Du bleibst«, sagte Ma mit einer hochgezogenen Augenbraue und lenkte sie dann zur Treppe. »Tut mir leid, Ondi, wir sind komplett ausgebucht und ich musste dein Zimmer vermieten, weil ich dachte, du würdest erst in vierzehn Tagen zurückkommen. Du kannst erstmal bei Cybelle schlafen.«

»Oh, Ma, nicht schon wieder«, sagte Ondine und konnte das Jammern in ihrer Stimme nicht unterdrücken. »Cybelle schnarcht.«

»Und ich bin sicher, sie wird sich auch freuen, dich zu sehen. Komm zum Frühstück runter und bring Hamish den Shambles mit, wenn du fertig bist. Das wird eine denkwürdige Familienbesprechung.«

Als Ma außer Hörweite war, flüsterte Shambles: »Warum trägt sie diese Ringe um ihren Hals?«

Ein trockenes Grinsen schlich sich auf Ondines Gesicht. »Weil sie den ganzen Tag mit Lebensmitteln arbeitet – das ist nicht hygienisch.« Die reine Wahrheit? Ihre Mutter war, nachdem sie drei Kinder zur Welt gebracht hatte, zu dick für ihren Schmuck geworden.

Was Ma versprach, das hielt sie auch. Die ganze Familie drängte sich um den Frühstückstisch und sah zu, wie Shambles eine Wurst nach der anderen verputzte. Dabei machte er schleck-schlabber-schmatz-Geräusche, während er fraß.

»Er ist so hässlich! Er sieht aus wie eine heruntergekommene Ratte«, sagte Marguerite, die mit einundzwanzigeinviertel Jahren die Älteste war. Marguerite musste sich ja mit Hässlichkeit auskennen, wo sie selbst doch so weit davon entfernt war. Sie hatte das Beste vom Aussehen ihrer Eltern geerbt. Tiefbraune Augen, umrahmt von langen Wimpern, ordentlich geschwungene Augenbrauen und glänzend braunes Haar, das sich genau richtig wellte und lockte und immer adrett aussah.

»Aber er hat eine ...«, Ondine hätte fast »liebenswerte« gesagt, aber selbst sie konnte sich nicht dazu durchringen. Stattdessen entschied sie sich für: »... süße ... Persönlichkeit.«

»Dem Gesundheitsinspektor wird das nicht gefallen, nicht nachdem wir diesen Winter Ratten hatten«, sagte Ondines Vater, Josef. »Also haltet ihn besser versteckt, bis ihr ein neues Zuhause für ihn gefunden habt.« Josef stach aus dem Meer von Brünetten hervor, da er völlig ergraut war. Seine Augenbrauen jedoch nicht. Sie blieben hartnäckig schwarz und drohten, in der Mitte zusammenzuwachsen wie zwei pelzige Raupen, die um ein Blatt kämpfen.

»Aber er ist ihre Aufgabe«, sagte Ma. »Er ist Ondines neuer Vertrauter – das ist alles Teil des Programms. Er muss bleiben, sonst fällt sie im Kurs durch.«

Diese Bemerkungen – auch bekannt als glatte Lügen – ließen Ondine vor Schreck die Kinnlade herunterfallen, bevor sie sie schnell wieder schloss. Wenn Da wüsste, dass Shambles ein echter Junge war, würde er ihn rauswerfen. Ma hatte auch das Thema umschifft, dass Ondine das Sommercamp zwei Wochen früher verlassen hatte.

Da war verärgert. »Ich habe für den Platz gutes Geld bezahlt, und sie schicken sie als Teil davon nach Hause? Ich will eine Rückerstattung.«

»Ich kümmere mich darum«, sagte Ma in ihrem beruhigendsten Ton.

»Mach nur mit. Ich werde nisch protestieren«, flüsterte Shambles zwischen zwei Bissen.

Der Anblick von nassen Futterbrocken, die aus Shambles' Maul auf den Tisch fielen, brachte Ondine auf eine Idee. Sie schaufelte sich ihr Essen in den Mund, um nicht reden oder Fragen mit mehr als einem Nicken oder Kopfschütteln beantworten zu müssen, damit sie ihre Familie nicht vollspuckte. Wenn Ma das Reden übernahm, musste Ondine keine Lügen erzählen ... sozusagen.

Die mittlere Tochter, Cybelle, die neunzehn war, mischte sich ebenfalls ein. »Er kann abends auf dem Klavier sitzen, während ich spiele. Mit seinen kleinen, zubeißenden Reißzähnen kann er das Trinkgeldglas bewachen.« Als Künstlerin achtete auch Cybelle sehr auf ein gepflegtes Äußeres. Sie hatte das Glück, strohblondes Haar zu haben, das zu einem Bob mit dickem Pony geschnitten war.

Hätte Ondine nicht den Mund voller Essen gehabt, hätte sie Cybelle gesagt, dass ihr der neue Eyeliner gefiel und ob sie ihn sich bitte ausleihen könne?

»Ausgezeichnet. Damit wäre das geklärt.« Ma sah zufrieden mit sich aus. »Okay, die Besprechung ist beendet, wir haben alle Arbeit zu tun. Ondi, du und Belle seid für die Wäsche zuständig, Margi ist mit mir in der Küche bei der Essensvorbereitung, Josef, überprüf die Vorräte an der Bar. Der Plütz-Wertschätzungs-Verein kommt zum Mittagessen.«

Der PWV war eine Gruppe von Männern und Frauen, die sich der Aufgabe verschrieben hatten, ihre Mägen, Lebern und Nieren auf die genussvollste Art und Weise zu schädigen. Sie kamen als Damen und Herren an und gingen als lilalippige menschliche Wracks, die eine enorme Sauerei hinterließen. Allerdings ließen sie dem Hotel auch einen ansehnlichen Haufen Bargeld für ihre Mühen da, sodass sie immer wieder willkommen waren.

»Ich sollte besser auch einen harten Besen holen, damit wir sie rausfegen können, bevor die Abendgäste auftauchen«, sagte Josef und erhob sich vom Tisch. Als er an Ondine vorbeiging, hielt er inne und küsste sie auf den Scheitel. »Schön, dass du wieder da bist.«

»Also, Ihr könnt mich dann nich hören?«, sagte Shambles zum Mann des Hauses, was Ondine den Atem anhalten ließ, während sie auf die Antwort wartete. Aber es kam keine Antwort.

Wie seltsam, dass ihre Mutter ihn hören konnte, aber nicht ihr Vater. Vielleicht konnten nur Frauen Shambles hören – oder vielleicht nur Verwandte von Tante Col? Warum hatten Cybelle oder Marguerite ihn in diesem Fall auch nicht gehört?

Das ist das Problem mit Frettchen. Gerade wenn man glaubt, man hätte sie durchschaut, schaffen sie es, einen zu überraschen.

Nachdem er sein neues Quartier in der Wäscherei inspiziert hatte, hatte Shambles nicht die Absicht, Mäuse oder Ratten oder irgendetwas anderes zu fangen, das ihn beißen könnte. Stattdessen verbrachte er den späten Nachmittag damit, an der Küchentür herumzuhängen und Essensreste aufzufangen, die Ma und Ondine ihm zuwarfen.

Er war in einem Pub, und das bedeutete, dass es Bier geben musste. Aber wie? Die Familie würde ihn nicht in die Nähe der Zapfhähne lassen, und er konnte sich kaum für die Öffentlichkeit sichtbar hinsetzen, denn – er erinnerte sich mit einem Schaudern – Betrunkene liebten es, ihn in ihre Hosen zu stecken.

Cybelles Plan, ihn auf das Klavier im Speisesaal zu setzen, verwarf er und schlich durch die Schatten in die vordere Bar. Der Lärm traf ihn wie eine Wand, jeder Tisch war besetzt und alle redeten durcheinander. In der hintersten Ecke spielten Leute Darts und riefen ihre Ergebnisse aus. Der Duft von Hopfen und Gerste erfüllte seine Sinne und machte ihn ganz benommen. An einigen Stellen war der Teppich so klebrig, dass er seine Pfoten hochreißen musste, um weiterzukommen. Ein weiteres Problem war, den plumpen, großen Menschenfüßen auszuweichen.

Er versteckte sich unter einem Tisch in der hintersten, dunklen Ecke. Hier drüben war es nicht so laut. Drei Männer saßen über ihre schaumigen Getränke gebeugt. Einer presste Zitronensaft über eine Schale mit heißen Pommes und streute dann Pfeffer darüber. Das Pulver verteilte sich überall, fiel wie grauer Schnee auf Shambles' Kopf und ließ seine

Augen tränen. Es war eine warme Nacht, und er beneidete die Menschen, die ihre Jacken ausziehen konnten, um sich abzukühlen. Da er in seinem Pelzmantel feststeckte, hatte er diese Möglichkeit nicht. Stattdessen leckte er sich die Beine, um sich abzukühlen. Die Luft war so dick und feucht, dass er bei jedem Lecken zur Fellpflege fast das Bier schmecken konnte, zusammen mit einer Menge Pfeffer. Das einzige Ergebnis seiner Bemühungen war nasses Fell. Es musste doch eine bessere Methode zur Abkühlung geben. Ein Plan nahm in seinem Kopf Gestalt an. Wenn die Trinker am Tisch über ihm auf die Toilette gingen, würde er auf den Tisch huschen und sich an ihren Resten bedienen. Ein guter Schluck würde genau das Richtige sein.

Nur lief es nicht ganz nach Plan, denn was die Männer an diesem Tisch besprachen, ließ ihm die Eingeweide verkrampfen. Je mehr Shambles hörte, desto mehr wollte er am nächstbesten Hosenbein hochklettern und seine Reißzähne in weiches Fleisch schlagen. Das würde ihnen eine Lektion erteilen! Doch je länger er zögerte, etwas zu unternehmen, desto mehr hörte er, und es war belastendes Zeug.

Was ihn nur dazu brachte, noch mehr hören zu wollen.

Als die Männer schließlich aufstanden, sah er, wie ihre abgewetzten Stiefel auf die Eingangstür zusteuerten. Es half nichts, er musste ihnen folgen.

Es war gut, zu Hause zu sein, trotz der Arbeit – oder vielleicht gerade deswegen. Ondine liebte es, sich nützlich zu fühlen, und sie fühlte sich in der Küche sehr nützlich, wo sie bei der Zubereitung der Mahlzeiten half, Essen an die Tische brachte und mit den Gästen scherzte. Je mehr sie lächelte, desto höher fiel das Trinkgeld aus. Selbst die Geizkrägen ließen sich meist umstimmen – und wenn nicht, war auch kein Schaden angerichtet, in ein paar Stunden waren sie sowieso wieder weg.

An diesem Abend hallte der Speisesaal von Gesprächen und Musik wider, wobei Cybelle am Klavier Wünsche entgegennahm und Marguerite mit Josef in der Bar die Biere ausschenkte. Ihr Vater behielt das Geld im Auge und sorgte auch dafür, dass die angetrunkenen Gäste die Finger von seinen Töchtern ließen. Mit ihrem glänzenden Haar, den bereits erwähnten tiefbraunen Augen und den noch nicht erwähnten Lippen in Amorbogenform war Marguerite die Schönheit der Familie. Genau aus diesem Grund hielt Josef sie am nächsten bei sich.

»Es ist nicht seine Schuld, dass er so verklemmt ist«, sagte Ma zu Ondine in der Küche.

»Woher wusstest du, was ich denke?« Manchmal hätte sie schwören können, dass ihre Mutter die Hellseherin war. Vielleicht hätte Ma stattdessen ins Sommercamp gehen sollen?

»Er glaubt, alle Männer sind lüsterne Säufer, aber er kann nichts dafür, denn das ist es, was er hauptsächlich sieht. Ich versuche ihm zu sagen, dass es da draußen auch ein paar Gute gibt; dass er nicht der einzige anständige Mann ist, der in Brugel noch übrig ist. Aber da rede ich gegen eine Wand. So, hier sind die Essen für Tisch elf, los mit dir.«

Viele Leute fänden die abgehackten und vielschichtigen Gespräche verwirrend, aber Ondine war an sie gewöhnt. Sie ging zum Tisch und stellte das Essen ab.

Quer durch den Speisesaal schrie eine Frau. »Aaaaaaaaahhhh! Eine Ratte!«

Nicht schon wieder! Bei dem Gedanken an Nagetiere, die die Räume unterwanderten, sank Ondines Herz. Genauso schnell hob sich ihre Stimmung wieder, als sie den Schemen aus langem, schwarzem Fell sah.

»Alles in Ordnung, beruhigen Sie sich alle. Es ist nur mein Haustier-Frettchen«, sagte sie, hob Shambles vom Boden auf ihre Schulter und streichelte seinen glatten Kopf. »Er ist sehr sauber und harmlos. Ich entschuldige mich für die Störung.«

Zeit, zu verschwinden, bevor die Sache aus dem Ruder lief. Wie dumm von Shambles, im Speisesaal herumzuwuseln! Danach würden sie bestimmt wieder Besuch vom Gesundheitsinspektor bekommen.

»Du steckst in ganz schönen Schwierigkeiten, mein Herr!«, zischte Ondine, als sie sich auf den Weg in das Privatzimmer der Familie auf der anderen Seite der Küche machten.

»Hör mir zu, Mädel, da ist *merdah* im Gange, und ich kam, um dich zu warnen. Ich hab gehört, wie sie die ganze Sache ausgeheckt haben. Ich bin einem von ihnen gefolgt;

der Kerl hat einen Kopf wie eine Rübenlaterne. Wir müssen den Herzog warnen.« [3]

»Was ist los?« Die Stimme gehörte Ma, die den Tumult gehört hatte und ihnen ins Hinterzimmer gefolgt war. »Warum ist Shambles im Speisesaal herumgerannt?«

»Er hat gehört, wie Leute einen Mord planen.«

»Aye, hab ich! Sie waren vorn an der Bar, haben sich Mut angetrunken und ihre üblen Pläne gegen den Herzog von Brugel geschmiedet. Ich weiß, wo sie wohnen. Wir müssen was unternehmen, bevor es zu spät ist.«

Ma warf die Hände zum Himmel. »Ich kann kein volles Haus im Stich lassen!«

»Aber Ma, da wird jemand umgebracht!«, sagte Ondine.

»Okay, okay. Wenn das wahr ist, was du sagst, Shambles, dann hast du recht, der Herzog muss gewarnt werden. Ondine, ich hole deinen Da, dann könnt ihr beide ihn warnen.«

»Wir drei«, korrigierte Shambles.

»Was meinst du mit wir drei? Ich kann nicht weg, wir sind erst mitten im Abendgeschäft«, sagte Ma.

»Nee. Ich meine, ich geh mit Ondi und Josef. Ich erzähl ihnen unterwegs alles, was ich gehört hab – das spart Zeit«, sagte Shambles.

---

3. Wenn du einen Kopf wie eine ‚guiser's neep' hast, bist du eine unglaublich hässliche Person. In Anlehnung an die ausgehöhlten Rüben mit Kerzen darin, die in der Guy-Fawkes-Nacht verwendet werden. Stell dir jemanden mit einem Gesicht wie eine Rübe vor, das wahrscheinlich schon ein paar Mal eingeschlagen wurde. Und dann überfahren.

»Aber was sagen wir ihm?«, fragte Ondine. »Wie erklären wir einem Adligen, dass ein Frettchen uns von einem Mordkomplott erzählt hat?«

»Wir sagen ihm, *du* hast das Komplott belauscht, Ondi, während du die Tische in der Bar bedient hast«, wies Shambles sie an.

»Aber ... aber ...« Verwirrung brodelte in ihren Adern und benebelte ihren Verstand. Noch nie in ihrem Leben hatte sie sich so außer Kontrolle gefühlt, und das wollte bei einem Mädchen, das mit zwei älteren Schwestern in einer Kneipe lebte, schon etwas heißen.

»Beeil dich, Mädchen, wir haben keine Zeit zu verlieren. Willst du das Blut des Herzogs an deinen Händen haben?«

KAPITEL DREI

Wie sie in dieser Nacht das städtische Anwesen des Herzogs von Brugel erreichten, ist nicht wichtig, aber was sie ihm sagten, als sie dort ankamen, schon, also setzen wir die Geschichte dort fort. [1]

»Es ist so groß«, sagte Ondine, als sie sich den Toren des herzoglichen Anwesens näherten.

Groß war gar kein Ausdruck. Gigantisch wäre treffender gewesen. [2]

Ondine überließ Josef das Reden am Sicherheitstor, dann führte sie eine Wache über die riesige Kiesfläche zum Seiten-

---

1. Man muss dazu sagen, dass man nicht einfach so beim städtischen Anwesen des Herzogs von Brügel vorbeischauen und Hallo sagen kann. Er ist ein sehr beschäftigter Mann; schließlich muss er ein ganzes Land regieren. In diesem Fall hat der Herzog jedoch aufgrund der schwerwiegenden Behauptungen von Ondine und Da beschlossen, eine Ausnahme zu machen.
2. Die Stadtresidenz des Herzogs ist so groß, dass sie eine eigene Postleitzahl hat.

eingang. Die hoch aufragenden Mauern und dunklen Schatten sogen die ganze Wärme des Sommerabends auf. Ondines Atem ging stoßweise und ihre Füße schmerzten. Als sie den höhlenartigen Flur entlanggingen, hallte das Echo ihrer Schritte in ihren Ohren wider. Keine gewöhnlichen Fliesen auf diesem Boden. Sie staunte über die komplizierte Mosaikarbeit und fragte sich, wie viele Jahre es wohl gedauert hatte, sie anzufertigen. Trotz Shambles, der sich wie eine Stola um sie gewickelt hatte, überlief sie ein kalter Schauer am Nacken. Shambles seinerseits verharrte so still, wie es einem Frettchen nur möglich war, damit der Herzog nicht bemerkte, wie lebendig er war.

Sie betraten einen großen Raum und warteten. Der Herzog war eine imposante Erscheinung, als er in Anzug und Krawatte eintraf und am anderen Ende des Raumes Platz nahm. Aus dieser Entfernung fühlte sich Ondine klein und unbedeutend. Die Wache streckte die Hand aus, um ihnen zu verdeutlichen, dass sie nicht näher treten durften. Aus einer solchen Distanz konnte Ondine nur sehr wenig vom Herzog erkennen, außer seinem silbrig-weißen Haar, das sich in sanften Wellen von einem ausgeprägten Witwenspitz zurücklockte. Er trug den klassischen geteilten Brugel-Schnurrbart, der am Philtrum rasiert ist, und einen schmalen Spitzbart, den er nachdenklich strich. [3]

---

3. Das Philtrum ist die niedliche kleine Vertiefung direkt unter der Nase. Es ist auch die kniffligste Stelle beim Rasieren und erfordert eine ruhige Hand und einen sehr schmalen Rasierer.

»Mein Herzog«, begann Josef mit fester und lauter Stimme. Er neigte den Kopf und hätte sich dabei beinahe an einer Haarsträhne gezupft.

Ondine war beeindruckt, dass ihr Vater die korrekte Anrede für einen Herzog kannte. Aber Da liebte seine Traditionen, also war es vielleicht nicht so überraschend.

»Wir entschuldigen uns für die späte Stunde und die Störung Ihrer Familie, aber die Zeit drängt. Mein Name ist Josef de Groot und meiner Familie gehört *The Station Hotel*. Unsere Kundschaft ist wohlerzogen und gesetzestreu, aber heute Abend hat meine Tochter Ondine in unserer Schankstube Leute belauscht, die planten, Eurer Person Schaden zuzufügen. Wir sind so schnell gekommen, wie wir konnten. Um Sie zu warnen.«

»Wirklich?« Die Stimme des Herzogs hallte durch den Raum. Aus der Ferne war es schwer zu sagen, aber er schien nicht sonderlich interessiert zu sein. Er strich sich erneut über den Spitzbart. »Und warum sollte ich Ihnen das glauben? Woher weiß ich, dass Sie nicht auf Geld aus sind? Sie könnten Teil des Komplotts sein und darauf aus sein, abzukassieren.«

»Ja, Euer Gnaden, das sind alles gute Argumente. Ihre Kritik ehrt Sie. Vielleicht kann meine Tochter es erklären«, sagte Josef und gab Ondine einen ermutigenden Schubs.

Hinter ihrem Ohr hörte sie Shambles' beruhigendes Flüstern: »Erzähl ihm, was ich dir über den Plan gesagt habe, dass sie vorhaben, ihn morgen früh am Bahnhof bei der Eröffnung der neuen Überführung umzulegen.«

Also tat Ondine, was er sagte, und versuchte, ihre Stimme laut genug zu machen, um gehört zu werden, aber nicht zu schreien, was unhöflich gewesen wäre.

Dann gab Shambles Ondine eine detaillierte Beschreibung der Gesichter der Männer und sagte ihr, sie solle das auch dem Herzog erzählen.

»Einem von ihnen fehlte auch die obere Hälfte seines Zeigefingers«, berichtete Ondine gewissenhaft.

»Aye, hat wahrscheinlich in der Nase gebohrt, als ihm jemand eine reingehauen hat«, flüsterte Shambles.

Dieser Teil war es nicht wert, wiederholt zu werden. Ondine brauchte all ihre Kraft, um sich auf die Zunge zu beißen und das aufsteigende Lachen in ihrer Kehle am Entweichen zu hindern. Man brauchte keine Lektionen aus dem Psychic Summercamp, um zu wissen, dass der Herzog in diesem Moment keinen Sinn für Humor haben würde. Nicht, wenn Leute ihn am Morgen umbringen wollten. Und das auch noch mit Publikum.

»Hmm«, sagte der Herzog, nachdem er noch etwas nachgedacht hatte. »Treten Sie näher.«

Die Wache erlaubte ihnen, sechs Schritte vorwärts zu gehen, bevor sie sie wieder aufhielt. Sie waren näher dran, aber bei weitem nicht auf Du und Du.

»Wie sind Sie auf dieses Komplott gestoßen?«, fragte der Herzog.

Ondine wiederholte alles, was Shambles ihr erzählt hatte. »Ich habe an einem Tisch in der Nähe bedient und einen Teil ihres Gesprächs mitbekommen. Ich kam zurück und räumte einen anderen Tisch ab, damit ich weiter zuhören konnte.«

Eine Weile hörte der Herzog auf, seinen Spitzbart zu streichen, und dachte über die Informationen nach, was sein gutes Recht war. Er hatte gerade einen gewaltigen Schock erlitten. Er hatte ein Anrecht auf Paranoia. Diesmal war wirklich jemand hinter ihm her. Er hatte jedes Recht, innezuhalten und nachzudenken.

Nach ein paar weiteren Augenblicken des Nachdenkens, in denen Ondine ihr Gewicht von ihrem linken Bein auf ihr rechtes und wieder zurück verlagerte, wies der Herzog die Wache an, sie noch näher herankommen zu lassen. Weitere sechs Schritte. Sie waren etwa drei Meter voneinander entfernt. [4]

»Wie alt sind Sie, Kind?«

»Sag, du bist achtzehn, sag, du bist achtzehn«, flüsterte Shambles wütend hinter ihrem Ohr. Das Frettchen war klug, sie daran zu erinnern, denn wenn sie die Wahrheit sagte, könnte der Herzog Fragen über eine Fünfzehnjährige stellen, die in einer Kneipe arbeitet. Überhaupt nicht gut.

»Ich bin neunzehn, Euer Gnaden«, sagte Ondine, denn sie dachte sich, wenn sie schon lügen musste, dann konnte

---

4. Brügel verwendet das metrische System, was für die drei verbliebenen Länder der Welt, die es nicht benutzen, furchtbar verwirrend sein kann. (Schöne Grüße an Burma, Liberia und die USA!) Ein Meter entspricht etwa drei Fuß, zehn Kilometer sind ungefähr sechs Meilen. Allerdings werden Neugeborene auf der ganzen Welt immer noch in Pfund gewogen.

sie es auch richtig machen. »Und ich glaube, ich würde gerne noch eine ganze Weile neunzehn bleiben.«

Ein Lächeln huschte über das Gesicht des Herzogs. »Das verstehe ich. Meine liebe Frau ist schon seit vielen Jahren vierunddreißig.«

Ondine wagte es nicht, ihren Vater anzusehen, damit er nicht durcheinanderkam und alles verriet. Man musste ihm zugutehalten, dass er anfing, Ausreden zu finden, um ins Hotel zurückzukehren, damit die Gäste die Personalnot nicht ausnutzten. Doch der Herzog hatte andere Pläne. Er wollte mehr Informationen, und sein Gesichtsausdruck machte deutlich, dass er sie nicht gehen lassen würde, bevor er sie hatte.

Das Geräusch von Schritten erregte ihre Aufmerksamkeit. Es kam von der Spitze der geschwungenen Holztreppe zu ihrer Rechten. Das Gespräch verstummte.

Eine peinliche Hitze stieg Ondine in den Nacken und ins Gesicht, als sie den gut aussehenden Mann mit dem zerzausten dunkelblonden Haar und den tiefbraunen Augen erblickte, zu dem die Schritte gehörten.

»Lord Vincent.« Josef nickte diplomatisch, während seine Hand gleichzeitig nach Ondines griff. »Wir werden Euren Vater keinen Augenblick länger belästigen. Komm, Ondine, sei ein braves Mädchen.«

Braves Mädchen? Ondine zuckte zusammen.

»Im Gegenteil. Sie sind keine Belästigung«, sagte der Herzog.

Aber Ondines Vater hatte andere Sorgen. Natürlich kannte er den Namen des Sohnes des Herzogs – sein väterliches Radar kannte die Identität jedes Junggesellen im Umkreis von drei Grafschaften. Trotzdem es ihm seine Mutter zuvor verteidigt hatte, fiel es Ondine wirklich schwer, die Dinge mit Papas Augen zu sehen. Okay, viele Männer waren Trunkenbolde, aber nicht alle Männer, die in die Kneipe kamen, betranken sich hemmungslos, und nicht jeder Mann auf der Welt verbrachte seine Zeit in Kneipen. Würde er die Dinge jemals so sehen, oder steckte er im Mittelalter fest?

Ondine schaute nicht mehr den Herrn des Hauses an, sie konnte nur auf den Sohn blicken, während ihr Puls einen frechen Tick schneller in ihren Ohren zu schlagen begann. Er sah vielleicht neunzehn aus, vielleicht ein wenig älter, und sein Gesichtsausdruck verlieh ihm eine Aura von wohlhabendem Selbstvertrauen. Wie sein Vater trug er Anzug und Krawatte – eine modernere Version, die Art, die mühelos teuer aussah. Lord Vincent stieg die Treppe hinab und ging zielstrebig auf sie zu, ein Lächeln umspielte seine Mundwinkel. All das gab Ondine die Gelegenheit, seine Gesichtszüge zu bewundern.

»Vincent, willst du etwas, Junge?« Die Stimme des Herzogs klang schroff.Die Unbeschwertheit des jungen Lords verblasste ein wenig. Ondine konnte einen verärgerten Ausdruck über sein Gesicht huschen sehen. Ein vertrauter Stich durchfuhr Ondine. Trotz ihrer unterschiedlichen gesellschaftlichen Stellung hatten sie etwas gemeinsam –

Eltern, die von ihnen erwarteten, sich wie Erwachsene zu verhalten, sie aber wie Kinder behandelten.

»Nein, Sir«, sagte Vincent. Im Handumdrehen hatte er seine Miene wieder unter Kontrolle und strahlte neues Selbstvertrauen aus, als könnte ihn nichts aus der Ruhe bringen. »Ich war nur auf dem Weg zu einer Verabredung.«

»Na dann. Sei um zwei zu Hause und bring diesmal kein Treibgut mit«, sagte der Herzog.

Ein Nicken war alles, was der Herzog als Antwort erhielt. Als Vincent auf dem Weg zur Tür an Ondine vorbeiging, wagte sie einen Blick und sah, wie er die Augen verdrehte. Ein unpassendes Kichern stieg in ihr auf, aber sie unterdrückte es.

»Ich mag ihn nicht«, flüsterte Shambles. Wäre da nicht der schottische Akzent gewesen, hätte Ondine geschworen, die Worte wären direkt von ihrem Vater gekommen.

Als das Treffen mit dem Herzog endlich beendet war, scheuchte Josef sie zurück zum Hotel, damit sie ihre Arbeit wieder aufnehmen konnten, während er Ondine die ganze Zeit über die Gefahren von ungezogenen Jungen belehrte.

»Fall nicht auf den ersten Jungen herein, der dir Aufmerksamkeit schenkt. Bleib anständig«, sagte er, als sie sich der Hintertür näherten.

»Papa, trau mir doch bitte etwas zu und hör auf, mich wie ein Kind zu behandeln«, jammerte Ondine und verriet damit ihre eigene Unreife.

»Stimmt ja, du bist neunzehn, nicht wahr? Versuchst,

weltgewandt zu wirken, um den kleinen Lord zu beeindrucken.«

»Habe ich nicht! Ich habe nur über mein Alter gelogen, weil der Herzog gefragt hat, wie alt ich bin, und wenn ich ihm die Wahrheit gesagt hätte, hätte er sich gefragt, warum ein minderjähriges Mädchen Alkohol ausschenkt. Ich habe deine Haut gerettet.«

»Halt den Mund«, sagte Josef. »Wir sind jetzt zu Hause. Zeit für dich, wieder an die Arbeit zu gehen.«

Gerade als Ondine dachte, sie hätte die Auseinandersetzung gewonnen, hatte Papa die »Ich-bin-dein-Vater«-Nummer abgezogen und sie wie eine »Aus-dem-Gefängnis-frei«-Karte ausgespielt. Sein Timing war wie immer perfekt, denn er beendete ihre Debatten normalerweise genau in dem Moment, in dem Ondine ein paar großartige Erwiderungen einfielen. Wie zum Beispiel: »Du wurdest schon alt geboren« und »Du bist nur mürrisch, weil es Zeit spart, etwas anderes zu sein.« Worte, die vorerst ungesagt bleiben würden. [5]

Bevor Ondine sich richtig in Rage reden konnte, sah sie etwas, das ihr den Atem verschlug.

Es war eine Szene, die sie ihre älteste Schwester mehr schätzen ließ als Zimttoast und Marshmallows, denn was sie an diesem lauen Sommerabend sahen, ließ ihren Vater alle

---

5. Jedes Mal, wenn das passierte, nahm sie sich vor, diese großartigen Sprüche zu verwenden, wenn sie und Da das nächste Mal Zoff hatten. Aber es kam nie dazu.

potenziellen Probleme zwischen Ondine und Lord Vincent vergessen.

Da war ihre älteste Schwester Marguerite im dunklen Biergarten, wie sie mit einem jungen Mann herumknutschte.»Margi, was geht hier vor?«, stotterte ihr Vater.Für einen flüchtigen Moment tat Ondine ihre Schwester leid. In mancher Hinsicht konnte sie verstehen, warum Papa wegen Jungs mit ihr schimpfte, denn sie war die Jüngste. Aber Margi war in Ondines Augen schon steinalt und alt genug, um zu tun, was immer sie wollte.»Das kann ja heiter werden!«, sagte Shambles und positionierte sich auf Ondines Schulter, um eine bessere Sicht auf das bevorstehende Feuerwerk zu haben.

KAPITEL VIER

MARGUERITE und der Junge sprangen auseinander, ihre Augen rund wie Golfbälle, die Münder vor Schock weit offen. Es musste ernst gewesen sein, denn Marguerites normalerweise perfektes Haar sah zerzaust aus. Einen langen Moment lang geschah nichts, aber Ondine wusste, dass es nur die Art von Windstille war, die etwas Unheilvolles ankündigte, wie die Stille zwischen einem Blitz und dem darauffolgenden Donnerschlag.

Der junge Mann stand als Erster auf, fuhr sich mit der Hand durch sein kurzes braunes Haar, rückte sein zerknittertes Jackett zurecht und streckte Josef dann seine zitternde Handfläche zum Händeschütteln entgegen. Josef erwiderte die Geste nicht.

Der Junge ließ die Hand und gleichzeitig seinen Gesichtsausdruck fallen. »Mr de Groot, das ist nicht, wonach es aussieht. Ich habe Ihrer Tochter gegenüber nur die ehrenhaftesten Absichten.«

»Guter Eröffnungszug«, sagte Shambles. »Das verschafft ihm fünf Sekunden, bevor dein Dad ihn durchbohrt.«

»Wer sind Sie?«, fragte Josef. Es klang, als spräche er durch zusammengebissene Zähne.

»Dad, bitte, beruhige dich. So behandelt man seinen zukünftigen Schwiegersohn nicht«, flehte Marguerite.

»Meinen was?«

In der Dunkelheit war es schwer zu erkennen, aber Dads Gesicht war wahrscheinlich kurz davor, lila anzulaufen.

»Sir«, setzte der Junge erneut an und streckte zum zweiten Mal seine Hand aus, was unter den gegebenen Umständen eine ziemlich mutige Geste war. »Mein Name ist Thomas Berger und ich möchte Sie um Ihre Erlaubnis bitten, Ihre Tochter Marguerite zu heiraten.«

Ein scharfes Luftholen war alles, was Ondine angesichts ihres Schocks zustande brachte.

Marguerite? Verlobt? *Schon?*

»Och, wie süß!«, sagte Shambles. »Die sind verliiiiiebt.«

Schließlich streckte Josef Thomas seine Hand entgegen, aber es war kein Händedruck. Eher ein Todesgriff. Unangenehmes Schweigen trat ein.

Alle blickten zu Boden. Margi knetete die Hände in ihrem Schoß.

»Ich schätze es nicht, im Dunkeln gelassen zu werden«, sagte Dad schließlich.

»Wenn du nicht ständig an die Decke gehen würdest,

müssten wir vielleicht keine Geheimnisse haben«, sagte Margi.

Weiter so, Margi!

»Was macht ihr hier draußen?« Die Stimme kam von der Hintertür, und sie drehten sich wie ein Mann um und sahen Ma auf der Schwelle stehen. »Alle wieder rein, es gibt Arbeit zu erledigen. Oh, hallo, Thomas, mein Lieber, wie geht es dir?«

Ein weiteres scharfes Luftholen ließ Ondines Lunge fast platzen.

»Gut, danke, Frau G«, antwortete der junge Mann. Sein vertrauter Ton mit Ma verriet allen, dass diese Beziehung mit Marguerite schon eine Weile andauern musste. Diese neueste Enthüllung machte Ondine schwindelig, zu gleichen Teilen vor Aufregung und Verwirrung.

»Schön.« Ma wandte sich dem Rest der Gruppe zu. »Josef? Bitte hier rein, ich brauche dich, um das nächste Fass anzustechen. Margi, wenn du so weit bist, kannst du Cybelle an der Theke ablösen. Oh gut, Ondine, du bist auch hier. Du kannst mit dem Geschirr anfangen, das sich in der Spüle stapelt.«

»Das ist noch nicht ausgestanden, junge Dame«, warnte Josef Marguerite, als sie sich in die relative Sicherheit des Schankraums begab. Ihr Vater würde es nicht wagen, die Gäste zu verärgern, indem er vor ihnen stritt, aber das hielt ihn nicht davon ab, seiner Wut in der relativen Ruhe des Flurs Luft zu machen. »Das ist noch lange nicht ausgestanden.«

»Die Show ist vorbei, aber ich wette, nicht für lange«, sagte Shambles, als er und Ondine in die Küche gingen, wo wackelige Türme von fettigen Tellern warteten. »Dad gefällt mir langsam richtig gut. Ich habe viele wie ihn getroffen. So ein Spaß. Dachte, ihm platzt gleich eine Ader.«

»Sei still, Shambles, oder ich benutze dich als Spüllappen«, warnte Ondine.

Später in der Nacht – eigentlich war es früh am nächsten Morgen – nachdem sie die letzten Gäste hinausbegleitet, die Türen verschlossen, die Böden gewischt, die Theke abgewischt, das Geschirr gespült, die Einnahmen im Safe unter den Dielenbrettern der Küche eingeschlossen und die Lichter ausgeschaltet hatten, kehrte Stille ein.

Eine angespannte Art von Stille, nach den Blicken zu urteilen, die zwischen Marguerite und Ma und dann von Ma zu Dad gewechselt worden waren.

Cybelle klemmte sich ihren geraden Bob hinter die Ohren, während sie Ondine half, das letzte Besteck abzutrocknen und zu polieren. »Würde heute Abend gerne Mäuschen spielen, was, Ondi?«

»Geniale Idee.« Shambles verließ Ondines Schulter und verschwand als unscharfer Fleck aus schwarzem Fell die Hintertreppe hinauf in Richtung der Zimmer ihrer Eltern.

»Ausnahmsweise bin ich froh, nicht die Älteste zu sein«,

sagte Ondine. »Margi hält heute Abend wirklich für uns alle den Kopf hin.«

»Dad wird sich schon wieder einkriegen. Er muss sich nur daran gewöhnen, dass wir keine kleinen Kinder mehr sind«, sagte Cybelle.

»Zum Glück sind wir nicht katholisch, sonst hätte er uns ins Kloster gesteckt.«

»Bring ihn nicht auf Ideen. Er würde uns ohne mit der Wimper zu zucken konvertieren lassen«, sagte Cybelle mit einem leisen Kichern.

Das Klirren und Klappern von Besteck (kein Echtsilber, das hier war von der billigeren Sorte) dämpfte ihre Unterhaltung. Ma und Da wären sowieso zu sehr in die »Marguerite-Situation« vertieft, um ihnen viel Beachtung zu schenken, also konnten sie ungestört weiterreden.

»Also, was läuft da zwischen dir und Shambles?«, fragte Cybelle.

Ondine ließ ihre Gabel fallen. »W-was meinst du?«

»Ach komm schon, Ondi. Ich habe gesehen, wie du ihm zuhörst. Er redet mit dir, oder nicht? Und du antwortest ihm.« Cybelles hellbraune Augen wirkten unter all dem Eyeliner und dem dichten Pony so dramatisch. Sie bohrten sich förmlich in Ondines Seele. Trotz ihrer jüngsten Erfahrung mit Lug und Trug im Haus des Herzogs fand es Ondine unmöglich, ihre Schwester anzulügen.

»Bisher können ihn nur Ma und ich hören. Ma weiß, wer er ist – er war früher einmal ein richtiger Mann. Er war der

Laird von Glen Logan, sagt Ma jedenfalls. Er kannte Großtante Col, damals, als sie in unserem Alter war.«

»Du meinst das Hexenweib?« Cybelles Augen leuchteten auf und ihre Augenbrauen verschwanden unter ihrem Pony.

Das war ihr geheimer Name für ihre Großtante, nicht, dass sie ihn jemals in Hörweite von Erwachsenen ausgesprochen hätten.

»Pst, Tante Col kann sehr wütend werden, wenn man sie beleidigt«, sagte Ondine und erzählte dann eine gekürzte Version davon, wie die alte Col Shambles behandelt hatte, nachdem er sich auf dem Debütantinnenball danebenbenommen hatte, was Cybelles Augen nur noch mehr leuchten ließ.

»Also, wie alt ist Shambles? Er müsste mindestens achtzig sein, wenn er schon da war, als die alte Col jung war.«

»Das ist ja das Glück dabei. Dank des Zaubers der alten Col hat er kein einziges graues Haar und ist so munter. Er benimmt sich eher, als wäre er in unserem Alter«, sagte Ondine mit einem Schulterzucken, während sie den letzten Löffel abtrocknete. Sie nahm das Besteck und ließ es klappernd in die Schubladen fallen. »Puh, das war's für heute Abend. Ich bin fix und fertig.«

»Du bist was?«, fragte Cybelle.

»Nur etwas, das Shambles immer sagt.«

Als Ondine und Cybelle sich später in dieser Nacht in ihre Betten kuschelten, sprang Shambles ins Zimmer, stürzte sich auf Ondine und schmiegte sich in die Wärme ihres Halses.

»Was machst du da, Shambles? Du sollst in der Waschküche schlafen«, sagte Ondine, als sein weiches, warmes Fell ihre Haut streichelte. Es war nicht richtig, einen Mann in ihrem Bett zu haben, aber Shambles war ja nicht wirklich ein richtiger Mann, also war es vielleicht in Ordnung. Bei all den Schocks und Enthüllungen heute wusste sie kaum noch, was sie denken sollte. Und er war ja nicht wirklich *im* Bett, es war eher so, als würden sie sich ein Kissen teilen, und was war schon dabei?

»Ja, aber die Waschküche ist schmuddelig. Hier ist es schön.« [1]

»Er redet mit dir, oder? Was sagt er?«, flüsterte Cybelle.

»Ich habe keine Ahnung. Er ist wieder ins Schottische verfallen.«

»Och, Mädel, ich mag dich, weil du mich mit kalten Stovies fütterst. Zum Dank verrate ich dir alles, was deine Eltern über Marguerite gesagt haben, als sie dachten, niemand hört zu.« [2]

In ein paar Stunden, nach Sonnenaufgang, würde am Bahnhof ein Attentat auf den Herzog verübt werden. Aber im Moment interessierte sich Ondine mehr für die Dramen, die sich näher an ihrem Zuhause abspielten.

---

1. Mockit – dreckig und widerlich. Wie Achselhöhlen und Aas.
2. Cold stovies sind Reste vom Herd. Stärkt das Immunsystem.

»Dein Vater sagt, sie ist zu jung, aber er sieht nicht ein, dass ihr alle erwachsen geworden seid und er euch nicht mehr kontrollieren kann. Deine Mutter war da umsichtiger«, sagte Shambles, während er es sich auf Ondines Kissen bequem machte. »Sie sagt, Thomas würde einziehen und dann hätten sie eine zusätzliche helfende Hand an der Bar, und Margi müsste nicht mehr vorne arbeiten und von Betrunkenen angegafft werden. Sicher wäre es besser, wenn sie heiraten und in der Nähe bliebe, anstatt zu heiraten und wegzulaufen. Sie hat auch gesagt, dass sie eine Rückerstattung für das Sommercamp bekommen würde, da du jetzt hier gebraucht wirst und nicht zurückfahren wirst.« [3]

Ondine schüttelte den Kopf, während sich ein schiefes Lächeln auf ihre Lippen schlich. »Typisch Ma, dass sie an seine praktische Seite appelliert.« Insgeheim freute sie sich, dass ihre Mutter sie zurückhaben wollte.

»Was hat er gesagt?«, fragte Cybelle.

Das schiefe Lächeln wurde zu einem Schnauben. »Ich komme mir vor wie ein Papagei, weil ich alles wiederholen muss. Shambles, wieso können Ma und ich dich hören, aber Cybelle nicht?«

Ein frecher Ausdruck huschte über Shambles' Gesicht

---

3. Das Durchschnittsalter für die erste Ehe in Brugel ist eines der niedrigsten in Europa. Es liegt bei 22,4 Jahren für Männer und 21,1 für Frauen, Marguerite liegt also genau im Durchschnitt. Im nahegelegenen Polen liegt es bei 26,2 für Männer und 23 für Frauen. Im Gegensatz dazu liegt es in Schweden bei 32,9 für Männer und 30,4 für Frauen. Der Zusammenhang zwischen dem frühen Alter der ersten Ehe und dem Mangel an anständigen Fernsehsendungen ist noch nicht bewiesen.

und er zwinkerte Ondine zu. »Weil du die Schönste im ganzen Land bist.«

Ein Kichern perlte in ihrem Bauch auf, aber sie hielt es zurück. »Ähm, er ist sich nicht sicher«, sagte sie und war wegen des Kompliments ein wenig verlegen. Höchste Zeit, das Licht auszumachen – dann konnte Cybelle Ondines Grinsen nicht sehen. Cybelle würde auch nicht sehen können, wie heftig sie errötete, gemessen an der Hitze, die durch ihren Hals und ihr Gesicht strömte, während der Mann in Frettchengestalt sich an ihre Haut kuschelte.

»Also, was nun?«, fragte Cybelle.

Shambles gab an Ondine weiter, was er gehört hatte, und Ondine gab an Cybelle weiter, was sie gehört hatte. »Deine Mutter will, dass die Hochzeit so schnell wie möglich stattfindet. Sie planen eine Verlobungsfeier, und dein Vater wird sich daran gewöhnen müssen, einen weiteren Mann im Haus zu haben.«

Einen Moment lang fragte sich Ondine, wie es wohl wäre, einen älteren Bruder zu haben. Nur dass es nicht wirklich so wäre, wie einen älteren Bruder zu haben, denn Thomas wäre viel zu höflich, um sie herumzukommandieren, wie ein echter älterer Bruder es tun würde.

»Die Hauptsorge deines Vaters ist, dass das alles dich und Cybelle auf Ideen bringt«, fügte Shambles hinzu. »Er glaubt, es ist ein schlechtes Vorbild, aber Thomas wird schon keinen Mist bauen. Deine Ma hatte darauf auch eine Antwort – sie sagte: ›Wie kann es ein schlechtes Vorbild sein, wenn sie verheiratet sind?‹ Sie sagte, es wäre nur natürlich, dass verheiratete Leute zusammenwohnen. Entweder das oder Margi und Thomas brennen durch und leben woanders, und dann würde uns ein Schankmädchen, eine Küchenhilfe und ein Waschmädchen in einem fehlen. Wir müssten mehr Hilfe von außerhalb holen, und das würde bedeuten, richtige Löhne zu zahlen.« [4]

Eine Weile dachten sie darüber nach, bis Cybelle sagte: »Findest du es nicht seltsam? Da konnte es kaum erwarten, dass wir erwachsen werden, damit wir mehr helfen können. Aber jetzt, wo wir älter sind, behandelt er uns wie kleine Kinder.«

»Ich *weiß*. Es macht mich wahnsinnig. War er schon immer so oder fällt es mir nur mehr auf?«, fragte Ondine in die Dunkelheit.

Shambles meldete sich zu Wort: »Väter sind auf der ganzen Welt gleich. Wenn ihre Babys erwachsen werden und anfangen, sich für andere Leute zu interessieren, erkennen sie, dass jeder andere scharfe junge Kerl da draußen genauso ist, wie sie früher waren. Das ist der Kreislauf des Lebens.«

Ondine sah das anders. »Ich glaube, das nennt man Heuchelei. Da will einfach immer seinen Kopf durchsetzen.«

»Dann solltest du ihn glauben lassen, dass er ihn bekommt«, murmelte Shambles.

Trotz der späten Stunde konnte Ondine ihre Gedanken

------

4. Stoat the ba' – wenn ein Mann und eine Frau sich sehr lieben und eine ganz besondere Kuscheleinheit haben. Nur dass in diesem Fall die Frau sehr jung ist und gesetzlich noch nicht solche Kuscheleinheiten haben dürfte. Und der Mann ist sich dieser Tatsache vollkommen bewusst.

nicht zur Ruhe bringen. Ungerechtigkeit tat einem Mädchen eben so etwas an.

»Gut von Ma, dass sie sich für Margi eingesetzt hat«, sagte Cybelle. »Bis die bei mir ankommen, wird es viel einfacher sein, und wenn du an der Reihe bist, Ondi, werden sie so zermürbt sein, dass sie nicht protestieren werden.«

Das überraschte Ondine. »Was meinst du? Was ist bei dir los?«

»Oh, ähm, weißt du, ich hab nur hypothetisch geredet. Gute Nacht.« Und damit rollte sich die mittlere Tochter zur Wand und tat so, als ob sie schlief. Nur dass sie nicht schlief, denn Ondine hörte kein Schnarchen.

»Sie ist ein stilles Wasser, die da«, sagte Shambles und kicherte. Die kichernde Bewegung seines Körpers kitzelte Ondines Hals. Margi hatte ein großes Geheimnis gehütet, und sie hatte es sehr gut gehütet. Vielleicht hatte Belle auch ein Geheimnis. Und was war, wenn Ondine an der Reihe war? In wen würde sie sich verlieben?, fragte sie sich. Aus irgendeinem Grund tauchte das hübsche Gesicht von Lord Vincent in ihren Gedanken auf.

Die Suche nach Antworten über die Geheimnisse ihrer Schwestern hielt Ondine noch ein paar Minuten wach, bevor sie einer Mischung aus Müdigkeit und der einschläfernden Wirkung von Shambles' warmem, pelzigem Körper an ihrer Seite erlag und einschlief.

Als die Sonne aufging, blieb wenig Zeit, über persönliche Angelegenheiten nachzudenken, da das drohende Unheil des Herzogs schwer auf Ondine und Shambles lastete. Josef zeigte sich von seiner überfürsorglichsten väterlichen Seite und verweigerte Ondine die Erlaubnis, an der großen Eröffnung der Fußgängerüberführung am Bahnhof teilzunehmen.

»Ich muss wissen, was passiert, damit ich sehen kann, ob unsere Warnung dem Herzog geholfen hat. Ich meine, was bringt es denn, dass wir all die Stunden damit verbracht haben, uns um ihn zu sorgen, wenn wir das Ergebnis nicht selbst sehen können?«, protestierte Ondine, als sie vom Speisesaal in die Küche zurückkehrte. Sie waren mitten im Frühstücksservice für die Hotelgäste, also arbeiteten und redeten sie gleichzeitig. Etwas, worin sie sehr gut waren.

Da wollte davon nichts hören. »Erstens ist es potenziell gefährlich. Zweitens hast du eine Arbeit zu erledigen. Schau dir all das Geschirr an der Spüle an – das wäscht sich nicht von allein.«

Nichts könnte weiter von der Wahrheit entfernt sein, dachte Ondine, während sich ihre Hände zu wütenden Fäusten an ihren Seiten ballten. Der Teil mit dem Arbeitsschwänzen, wohlgemerkt. Der Rest war wahr. Geschirr wusch sich nie von allein.

Weitere Teller mit Speck, Würstchen, Eiern und Toast waren fertig, also trug Ondine sie zu einem Tisch hinaus. Als sie zurückkkam, sah ihr Vater immer noch verärgert aus.

»Lass sie gehen, Da«, mischte sich Cybelle ein. »Geh mit Ondi, wenn du dir solche Sorgen um ihre Sicherheit machst.

Ich bleibe hier und helfe dem Chef bei den Essensvorbereitungen für den Mittagsansturm.«

Der Chef, der einen richtigen Namen hatte, den aber niemand benutzte, war der einzige wahre Angestellte im Hotel. Als solcher war er der Einzige, der gefeuert werden konnte. Er war groß und doch leichtfüßig, während er sich durch die Küche bewegte, Mahlzeiten zubereitete und Soßen rührte. Er trug jeden Tag dieselbe gebleichte, weiße Uniform, obwohl er bald eine neue brauchen würde, nach der Art zu urteilen, wie sein Bierbauch gegen die Knöpfe spannte. Unter seiner weißen Mütze lugten tiefschwarze Haarsträhnen hervor, die einen scharfen Kontrast zu seiner blassen Haut bildeten. [5]Die ganze Zeit, während die Familie stritt (obwohl sie bestreiten würden, dass es ein Streit war, sie würden sagen, es sei nur eine lange, herzhafte und etwas laute Debatte), hielt sich der Chef aus der Schusslinie und kochte einfach weiter.

Ein leises Kichern ertönte an Ondines Schulter. Es kam von Shambles. Er muss sich amüsieren, dachte sie, ein wenig verwirrt. Vielleicht mochte Shambles ein bisschen Gezanke?

Ondine redete erneut auf ihren Vater ein. Manchmal hatte sie das Gefühl, vor Frust zu platzen. »Bitte lass mich gehen, Da.«

---

5. Köche haben lange und seltsame Arbeitszeiten. Sie sind nachts wach und holen tagsüber ihren Schlaf nach. Es kommt selten vor, dass sie viel ausgehen oder die Sonne sehen. Genauso wie man niemals einem dünnen Koch trauen sollte (denn wenn er sein Essen nicht isst, sollten Sie es auch nicht tun), sollte man niemals einem Koch mit Bräune trauen.

»Wir wissen beide, dass da draußen jemand ...«, ihr Vater deutete in Richtung des Bahnhofs, als ob sie nicht wüssten, wo der war, »... den Herzog töten will. Das ist gefährlich. Was für ein Vater wäre ich, wenn ich meine Tochter einer solchen Gefahr aussetzen würde? Das Sicherste für uns ist, hier zu bleiben.«

Stellte er sich absichtlich dumm? Wenn Ondines Augen noch weiter nach hinten rollen könnten, würde sie in ihr eigenes Gehirn blicken. So sehr sie auch versuchte, einen kühlen Kopf zu bewahren, ihr Puls schnellte in die Höhe und ihre geballten Fäuste wollten auf irgendetwas einschlagen. »Du verstehst das völlig falsch, Pa. Niemand wird sich für uns interessieren. Wir werden uns aus dem Weg halten. Ich will sehen, wie die Leute, die das geplant haben, gefasst werden. Ich will sehen, wie sie abgeführt werden, und wenn das passiert, wäre es vielleicht nett, wenn der Herzog uns vielleicht erblicken und unsere Hilfe anerkennen würde.«

»Du meinst, wenn Lord Vincent dich zu Gesicht bekommt«, konterte Josef.

»Du bist unmöglich!« Ondine ballte die Fäuste in ohnmächtiger Wut. Bis zu diesem Zeitpunkt hatte sie nicht einmal an Vincent gedacht. Na ja, jedenfalls nicht viel, und wie wahrscheinlich war es überhaupt, dass er dort sein würde? Ziemlich gering, vermutete sie.

»Das ist dann wohl eine Einladung in letzter Minute«, sagte Shambles hinter ihrem Ohr, was überhaupt nicht half.[6]

---

6. Ein Fiddler's Biddin' ist eine Einladung in letzter Minute.

»Ich dachte, du wärst von Natur aus ein bisschen neugieriger.« Ondine versuchte ein letztes Mal, den Willen ihres Vaters ihrem eigenen zu beugen. »Wir haben die ganze Zeit letzte Nacht damit verbracht, ihn zu warnen, und jetzt interessiert es dich nicht einmal, wie die Sache ausgeht? Was, wenn wir es irgendwie verhindern können, indem wir da sind? Es könnte sogar eine Belohnung für dich dabei herausspringen.«

»Ja, und dann fällt dir der Arsch ab!«, sagte Shambles mit grollendem Lachen. [7]

Ein angespanntes Schweigen erfüllte die Küche, nur unterbrochen von dem Geräusch, wie der Chefkoch Eier in die Pochierpfanne schlug.

Ihr Vater funkelte sie beinahe zornig an. »Du willst es wirklich unbedingt, was? Gut, wir gehen, aber wir bleiben nicht länger als eine halbe Stunde. Und dann geht es für dich direkt zurück an die Arbeit.«

Die Anspannung fiel von Ondines Schultern und sie fühlte sich größer und leichter. »Danke, Pa.« Sie küsste ihn fest auf die Wange und umarmte ihn dann stürmisch, wobei sie Shambles beinahe von ihrer Schulter stieß. Ein breites Lächeln breitete sich auf ihrem Gesicht aus. »Das wird so aufregend!«

---

7. Das zu sagen ist schlicht unhöflich. Es bedeutet „du redest Blödsinn".

KAPITEL FÜNF

Eine riesige Menschenmenge versammelte sich an jenem Morgen am Bahnhof und verlieh einem Ereignis, das normalerweise, nun ja, eher *alltäglich* war, eine Jahrmarktstimmung. Der Geruch von gebratenen Zwiebeln und Würstchen von den Spendenständen erfüllte die Luft und ließ Ondines Magen knurren.

Straßenmusikanten unterhielten die Menge und spielten Geige und Akkordeon. Als Feen verkleidete Frauen machten ein Bombengeschäft damit, Kindergesichter in grellen Farben zu bemalen.

»Ich geh mir 'ne Wurst holen.« Shambles sprang von Ondines Schulter und verschwand wie ein schwarzer Blitz in der wimmelnden Menschenmenge.

»Nein, Shambles, warte!«

Zu spät, das Frettchen war weg. Verdammter, ungestümer Bampot, dachte sie und borgte sich eines seiner Wörter für ihre Zwecke.

»Also gut, suchen wir uns einen guten Platz, damit wir sehen können, wie der Herzog das Band durchschneidet«, sagte Da und nahm Ondine bei der Hand. Das brachte sie nur noch weiter von der Stelle weg, an der sie Shambles zuletzt gesehen hatte.

»Warte mal, Da, Shambles ist abgehauen. Ich muss ihn finden«, sagte sie und versuchte, die aufkommende Panik in ihrem Bauch zu unterdrücken.

»Dem wird schon nichts passieren. Komm schon.« Da drängte sich durch die Menge und fand einen guten Aussichtspunkt für sie, von wo aus sie den Herzog am Podium stehen sehen konnten, eine Schere in den Händen. Neben ihm stand eine Frau unbestimmbaren Alters. Sie sah aus, als wäre sie in einem Windkanal gefangen gewesen, mit hochgezogenen Augenbrauen, die aussahen, als versuchten sie, vor ihr wegzulaufen. Das Sonnenlicht funkelte auf dem Diadem, das auf ihrem blonden Kopf saß. Unter dem Arm hielt sie einen pelzigen weißen Hund.

»Ist das die Herzogin?«, fragte Ondine.

Da lachte laut auf. »Das wär sie wohl gern! Nein, mein Schatz, das ist die Infantin, die älteste Schwester des Herzogs.«

»Sie sieht so schick aus!« Ondine sah noch mehr Sonnenfunkeln – sogar der kleine Hund hatte Juwelen am Halsband. Der Gedanke, dass das kleine Tier ein so schickes Halsband trug, ließ sie an Shambles denken und daran, ob er mit etwas Funkelndem um den Hals nicht auch ziemlich gut aussehen würde.

Ein weiteres Kichern von ihrem Vater. »Schick ist eine Art, es auszudrücken. Ein bisschen übertrieben vielleicht. Sie wäre vielleicht Herzogin geworden, wenn ihr kleiner Bruder nicht geboren worden wäre.«

Die Menge wogte um sie herum und jemand trat Ondine auf den Fuß. Eine Welle der Sorge durchfuhr sie. Shambles könnte im Gedränge leicht zertrampelt werden.

»Da, wir müssen Shambles finden.«

»Er wird da sein, wo es was zu essen gibt. Jetzt sei still, lass uns zuhören, was der Herzog –«

Schüsse knallten. Echte Schüsse, die so laut waren, dass man hätte schwören können, jemand hätte einem mit einem Ziegelstein von innen gegen den Kopf geschlagen.

Die Leute schrien.

»Runter!«, brüllte Da. Mit einem Ruck zog er Ondine zu Boden und schirmte ihren Körper mit seinem eigenen ab.

Verwirrung und Aufruhr brachen aus. Alle um sie herum duckten sich und kauerten sich aus Angst zusammen. Lärm und Schreie erfüllten die Luft. Polizisten pfiffen auf ihren Trillerpfeifen. Durch eine Lücke unter dem Arm ihres Vaters sah Ondine einen Mann die Straße hinunterlaufen.

Man sagt, wenn ein großes, beängstigendes Ereignis geschieht, spielt es sich in Zeitlupe ab. In diesem Fall könnte nichts weiter von der Wahrheit entfernt sein, denn alles geschah blitzschnell. Die Polizei rückte an, verfolgte den Täter einen halben Block weit und rang ihn dann nieder.

»Sie haben ihn!«, sagte Ondine erleichtert.

Der Herzog musste ihre Warnung ernst genommen haben. Er musste mehr Polizei organisiert haben. Bereit, bei der geringsten Provokation zuzuschlagen.

Die nächsten Minuten blieben alle dicht am Boden, während die Polizei zwei weitere Verdächtige festnahm. Ihr Herzschlag hämmerte in ihren Ohren, als Ondine ihren Vater etwas sagen hörte. Sie konnte die genauen Worte nicht verstehen, weil ihre Ohren noch von den Schüssen klingelten.

»Ich sagte: ›Es gibt Entwarnung‹«, sagte Josef diesmal noch lauter.

Aber immer noch rührte sich niemand. Tja, warum auch? Erst vor wenigen Augenblicken waren Schüsse über ihre Köpfe hinweggeknallt. Aus ihrer geduckten Haltung blickte Ondine dorthin, wo der Herzog war, um zu sehen, ob die Show weitergehen würde. Die Infantin kauerte immer noch hinter einem Stuhl. Der Herzog stand auf den Beinen und sah verwirrt aus. In seiner Hand hielt er seinen traditionellen Dreispitz, der jetzt allerdings ein kugelsgroßes Loch im oberen Teil hatte.

»Oh mein Gott! Sie hätten ihn fast umgebracht«, sagte Ondine, ihr Herz schlug immer noch viel zu schnell.

Josef schlang seine Arme um sie und hielt sie fest, küsste sie auf den Scheitel. »Siehst du jetzt, warum ich nicht wollte, dass du herkommst? Wenn dir etwas passiert wäre, würde ich mir das nie verzeihen.«

»Danke, Da.« Sie wollte sagen: »Du machst dir zu viele

Sorgen«, aber unter den gegenwärtigen Umständen waren seine Sorgen vollkommen berechtigt.

»Ich liebe dich so sehr, mein liebes Mädchen. Und ich weiß, du bist jetzt ganz erwachsen, aber ich kann nicht anders. Für mich wirst du immer mein Baby sein, und so ist es einfach.«

»Schon gut.« Ondine erwiderte die Umarmung, es war ihr egal, dass er sie ein Baby genannt hatte. In diesem Moment hätte sie ihm so gut wie alles verziehen. Ein Zittern durchlief ihren Körper, als sie den Schock wirken ließ. »Ich liebe dich auch, Da.«

So viel blieb ungesagt, als sie sich umarmten. Ondine erstickte fast in der drückenden Umarmung, aber es war ihr egal. Als Vater erstickte er sie in so vielerlei Hinsicht, aber im Moment beschwerte sie sich nicht.

Zu ihrer Überraschung deutete der Herzog an, dass er mit der Zeremonie fortfahren würde. Die bloße Tatsache, dass er körperlich unversehrt war, brachte viele weitere Leute auf die Beine. Der Jubel, der in Ondines Ohren klang, sagte ihr, dass sie das Richtige getan hatten. Sie hatten den Herzog gewarnt, er hatte Polizeischutz organisiert und die Menge hatte eher einen bösen Schreck als ein Attentat erlebt.

»Also dann«, rief der Herzog, fasste sich wieder und klopfte sich den Staub ab. Er nahm die riesige zeremonielle Schere und hielt die Klingen auseinander. »Hiermit erkläre ich diesen neuen Fußgängerzugang für eröffnet.«

Was für ein erstaunlicher Mann. Ondine bewunderte, wie schnell er sich wieder gefangen hatte. Inzwischen standen auch sie und Josef wieder auf den Beinen. Die Infantin hielt jedoch Abstand zum Podium.

Mit einem huldvollen Nicken zerschnitt der Herzog das Band und die beiden Stoffhälften flatterten zu Boden. Die Leute applaudierten, wahrscheinlich aus Freude, aber auch mit einer gehörigen Portion Erleichterung. Eine Gruppe Schulkinder jubelte und rannte auf die Überführung. Sie erreichten den höchsten Punkt und warfen bunte Luftschlangen in die Menge.

Der Herzog wandte sich an die Versammelten. »Vielen Dank an alle, dass Sie gekommen sind. Wenn Sie mich nun entschuldigen, ich brauche einen Drink!«

Die Menge lachte und jubelte erneut, und Ondine konnte nur wieder einmal darüber staunen, wie gut er sich erholt hatte. Seine Fassung angesichts einer solchen Gefahr beeindruckte sie zutiefst, und sie konnte nicht aufhören zu lächeln. Wäre sie in der Schusslinie gewesen, wäre sie wie die Infantin ein stammelndes Nervenbündel gewesen. Aber dieser Herzog, wow, was für eine Selbstbeherrschung!

Es blieb kaum Zeit, weiter darüber nachzudenken, denn in diesem Augenblick entdeckte Da Lord Vincent, der in der Nähe des Gefolges seines Vaters stand.

Josef packte die Hand seiner Tochter. »Wir sollten zurück.« Ohne weitere Erklärung führte er sie die Straße hinunter in Richtung ihres Hotels.

Ondine warf einen Blick über ihre Schulter nach Shambles und dachte: *Ich hoffe, es geht ihm gut.* Mit dem nächsten Blick sah sie den Herzog und (o wie schön!) Lord Vincent, die ihnen zum Pub folgten. Etwas hüpfte in ihrer Brust, als ob ihr Herz plötzlich im doppelten Takt schlagen müsste, um mit den sich rapide entwickelnden Ereignissen Schritt zu halten.

»Hey, Da, als der Herzog sagte, er bräuchte einen Drink, meinte er das ernst. Sie sind direkt hinter uns.«

»In dem Fall sollten wir besser direkt zur Bar zurückkehren, damit sie diesen Drink bekommen können.«

»Aber wo ist Shambles? Er wird nicht wissen, wo wir sind, wenn wir einfach abhauen und ihn zurücklassen«, sagte Ondine und versuchte, die Panik in ihrer Stimme zu verbergen. Wie sollte ein kleines Frettchen in einem solchen Chaos zurechtkommen? Ganz allein?

»Ich würde mir keine Sorgen um Shambles machen, er weiß, dass er es gut bei dir hat. Er wird den Weg nach Hause finden.«

»Aber, Da, er könnte zu Tode getrampelt werden. Oder schlimmer. Jemand könnte ihn stehlen!« Ein flatterndes Gefühl der Panik ergriff Ondine. Sie riss ihren Arm los, wandte sich von Josef ab und suchte die Straßen nach einem Anzeichen von schwarzem Fell ab.

»Um Himmels willen! Er ist nur ein Frettchen. Wenn er nicht nach Hause kommt, besorge ich dir ein anderes. Jetzt beeil dich, bevor wir von der Meute überrannt werden.« Seine feste Hand packte Ondines Oberarm und zerrte sie in einem schnellen Tempo zur Eingangstür des Pubs. Sie betraten nur selten durch die Haupttür. In diesem Fall machte ihr Vater eine Ausnahme, damit die Gäste nicht vor ihnen in den Pub gelangten.

»Aber er ist nicht nur ein Frettchen, Da, er ist ein echter Mann! Er hat nur die Gestalt eines Frettchens, weil die alte Col ihn in eines verwandelt hat!«, keuchte Ondine, als sie über die Schwelle stolperten. »Er braucht mich, sonst wird er nicht überleben!«

»Er ist ein was?« Josefs Augen wurden so groß wie Golfbälle. Wenn Golfbälle mit roten Kringeln vom Stress gesäumt wären.

Ihre Kehle war wie ausgedörrt, als sie schluckte. Oje. Jetzt hatte sie es vermasselt. Und sie hatte seine volle Aufmerksamkeit, also gab es kein Entkommen. Eine Ader pochte an ihrem Hals, während Josef sie anstarrte. Das Geheimnis war raus, und sie konnte niemand anderem als sich selbst die Schuld geben. Ihre Schwestern wussten, wie man Geheimnisse bewahrt; warum konnte sie es nicht?

»Oh gut, ihr seid zurück«, sagte Ma von der Tür aus und unterbrach die Szene.

Ein Seufzer der Erleichterung entwich Ondines Lippen und sie spürte, wie ihre Schultern zusammensackten. Gott segne Mas unglaubliches Gespür für Timing!

»Nein, Liebes, dieses Mal unterbrichst du mich nicht«, sagte Da streng.

Gefangen im Scheinwerferlicht des Blicks ihres Vaters, fühlte Ondine, wie sich ihre Zunge in Sandpapier verwandelte. Statt Worten kam nur ein Quietschen heraus.

»Na ja, sie sollte sich lieber beeilen«, sagte Ma und blickte durch die großen vorderen Fenster. »Ist das der Herzog von Brugel, der hierherkommt, mit etwa zweihundert Anhängern?« Sie drehte sich um und ging in Richtung Küche. »Chef! Cybelle! Margi! Thomas! Alle Mann an Deck – die ganze Stadt kommt zum Mittagessen.«

»Ich dachte, dieses Frettchen sei ein Frettchen, schlicht und einfach«, sagte das Oberhaupt der Familie de Groot. Nur wenige Augenblicke zuvor hatte er Ondine geknuddelt und ihr gesagt, wie sehr er sie liebte. Jetzt sah er aus, als könnte er sie am liebsten einweisen lassen. [1]

»Tut mir leid, Da. Shambles war einmal ein Mann, und die alte Col hat ihn in ein Frettchen verwandelt, weil er sich auf ihrem Debütantinnenball betrunken hat.«

»Und was? Du hast vergessen, es mir zu sagen?«

Eine verwirrende Übelkeit ergriff Ondine, breitete sich von ihrem Herzen aus und füllte ihren Körper bis hinunter in ihre Stiefel. Bevor sie antworten konnte, hörten sie draußen auf dem Weg zahlreiche Schritte.

Die Zeit spielte gegen sie und Da musste die Situation fallen lassen, damit er sich mit dem Bier bereithalten konnte. Jede Erleichterung, die Ondine durch ihren Aufschub hätte empfinden können, wurde schnell von der Sorge um Shambles verdrängt. Dann wurde ihre Sorge um Shambles schnell durch die Aufregung über das Erscheinen des Herzogs von Brugel und seines Sohnes Lord Vincent in der Hoteltür ersetzt.

---

1. In die »Irrenabteilung« der nächsten Anstalt eingewiesen. Wer unter schweren seelischen Nöten leidet, wird in die Schriftstellerabteilung geschickt.

Etwas Leichtes und Prickelndes regte sich in Ondine. Allein durch den Anblick von Vincent. Weil er so außerordentlich schön anzusehen war.

Keine Zeit zum Herumschauen, es gab Arbeit zu tun. Um bei der Menschenmenge zu helfen, standen Margi, Thomas und Josef alle hinter der Theke, und Ondine war wirklich beeindruckt, wie gut sie zusammenarbeiteten. Als ob sie das schon seit Jahren täten. Sie musste es Margi lassen, das ältere Mädchen hatte sich behauptet – und Thomas dem Anschein nach auch. Doch obwohl Ondine sich eigentlich Sorgen um ihre Schwester und ihren zukünftigen Schwager machen sollte, schweiften ihre Gedanken immer wieder zu Shambles ab und sie fragte sich, wo er sein könnte.

Vielleicht haben Sie schon einmal den Ausdruck »Frauenmagnet« gehört, ein Begriff, der für einen gut aussehenden Mann verwendet wird, der Frauen – oder »Babes« – anzieht. Genauso wie ein gewöhnlicher Magnet scheinbar ohne jede Anstrengung Büroklammern und Eisenspäne anzieht. Magnetismus ist eine der elementaren Kräfte der Natur und einer der leichter verständlichen Aspekte der Wissenschaft. Shambles, das Frettchen, war kein Frauenmagnet, aber er war ein *Ärger*-Magnet, mit einem unheimlichen Talent dafür, Ärger anzuziehen und zu finden. Man könnte sagen, sein Talent, Ärger anzuziehen, war ebenfalls eine elementare Naturgewalt.

In dem Moment, als er an jenem Morgen von Ondines Schulter glitt, folgte er seiner Nase zum Geruch von brutzelnden Würstchen von einem der Spendenstände auf dem Bahnsteig. Die Zwiebeln waren ihm egal, aber bei den Würstchen lief ihm das Wasser im Mund zusammen. [2]

In seinem Kopf formte sich ein Plan – in der Nähe der Leute am Grill und den heißen Platten bleiben, und Würstchen werden vom Himmel fallen.

Bald bot sich ein geeignetes Bein an, mit festen Schuhen und einer dicken Jeanshose, die es Shambles leicht machte, Halt zu finden. Noch bevor sein Besitzer fertig schreien konnte: »Was ist an meinem Bein?«, hatte er bereits seine Wurst, sein Brot, Zwiebeln und Senf auf den Boden fallen lassen. Shambles sprang frei, stürzte sich auf seine Beute, packte sie mit den Zähnen und verschwand hinter dem Stand. Und, oh, es war ein Hochgenuss, eine Wurst zu fressen, die halb so lang war wie sein Körper.

Das heiße Fett tropfte ihm übers Kinn. Brocken von fleischähnlichem Hack glitten seine Kehle hinunter und wärmten seinen Bauch. Nach ein paar weiteren Bissen war alles, was von der Mahlzeit übrig blieb, ein Fettfleck auf seinem schwarzen Fell.

---

2. Frettchen benötigen eine protein- und fettreiche sowie kohlenhydratarme Ernährung. Würstchen sind dafür gut geeignet, vorausgesetzt, sie sind nicht mit Semmelbröseln gefüllt. Allerdings können Würstchen auch etwas eintönig werden. Ganz egal, was man mit einem Würstchen anstellt, wie viele Kräuter oder getrocknete Tomaten man auch dazugibt, nach einer Weile schmecken sie doch alle gleich.

Eine kluge Person, vielleicht sogar eine nicht ganz so kluge Person, wäre mit diesem Fang vielleicht zufrieden gewesen und hätte es dabei belassen. Nicht Shambles. Erfüllt von der Zuversicht, wie gut sein erster Versuch gelaufen war, schloss er, dass ein zweiter Versuch noch erfolgreicher sein würde.

Er musste nicht lange auf ein weiteres Opfer warten. Dieser Mann trug Hosen aus einem dicken, segeltuchartigen Stoff (Shambles hatte keine Modestudien betrieben, konnte also Seide nicht von Sägespänen unterscheiden) und hatte eine Umhängetasche an der Seite, die einen hervorragenden Haltepunkt für ein Frettchen bot, um seine Krallen und Zähne hineinzugraben. In einem Wimpernschlag raste Shambles sein Bein hoch, hielt sich an der Tasche fest und öffnete sein Maul, um die Wurst zu fangen.

Dann ging alles furchtbar schief.

Die Umhängetasche öffnete sich und eine Pistole fiel heraus. Hilflos sah Shambles zu, wie die Waffe zu Boden fiel. Beim Aufprall löste sich ein Schuss. Seine Welt zerbarst mit dem lautesten Geräusch, das er je gehört hatte. Alle schrien. Shambles knallte mit einem dumpfen Geräusch gegen eine nahegelegene Wand und fiel weiter, seine Arme krallten sich auf dem Weg nach unten verzweifelt an irgendetwas fest. Seine Krallen verfingen sich in einem dicken Stoff – der Hose des Mannes – und er klammerte sich fest, während er durch den Schwung hin und her geschleudert wurde, als der Mann davonlief. Üble, heiße Galle stieg ihm in den Rachen. Seine

Ohren füllten sich mit Schreien. Dann ertönte ein Pfiff und schwere Schritte näherten sich. Mehrere Paar Schritte.

Aus dem Augenwinkel sah Shambles einen Polizisten auf sie zustürzen. Er ließ das Bein los, fiel hart auf das Pflaster, und ihm wurde schwarz vor Augen.

Zurück im Pub war im Speisesaal so viel los, dass das Klavier stumm blieb. Cybelle arbeitete neben dem Chef in der Küche, während Ondine und Colette Bestellungen aufnahmen und Essen servierten.

»Ondi, bring diese Gerichte zu Tisch zwölf«, sagte Cybelle, bevor sie zurück zum Herd eilte, um ein Blech mit herzhaften Törtchen herauszunehmen.

Die Arme voller Essen (zwei Teller auf dem einen Arm balancierend, einen dritten auf dem anderen), gehorchte Ondine und ging zum besagten Tisch. Da sah sie Lord Vincent an dessen Kopfende sitzen. Nicht, dass sie die Teller fallen lassen würde oder so, aber sein Anblick ließ sie beinahe einen Schritt aussetzen. Er sah zerzaust und umwerfend aus; sein sonnengeküsstes, dunkelblondes Haar war ganz durcheinander, aber seine braunen Augen waren klar und hell und auf sie gerichtet.

Hitze stieg Ondine bei dem Gedanken den Hals hoch, dass er sie musterte.

»Es ist Ondine, nicht wahr? Das ist ein wunderschöner

Name«, sagte Vincent und streckte freundschaftlich seine Hand aus.

Etwas in ihr wurde zu Flüssigkeit.

Höflich servierte Ondine Vincent und seinen Begleitern ihre Gerichte und nahm dann seine Hand, um sie freundschaftlich zu schütteln. Ihre Haut kribbelte bei seiner warmen Berührung. Wie lange sollten sie die Hände halten? Wäre es unhöflich, sie wegzuziehen? Dann tat er etwas, das ihr Inneres völlig weich werden ließ. Mit seinen Augen immer noch auf ihre gerichtet, drehte Vincent ihre Hand um und küsste die Innenseite ihres Handgelenks.

Die Berührung seiner zarten Lippen auf ihrer Haut war das Erotischste, was Ondine je erlebt hatte.

Hitze schoss ihren Arm hinauf, schoss in ihr Herz und schnellte durch ihren ganzen Körper. Bis zu diesem Moment hatte sie das Gefühl geliebt, ihn nur anzusehen. Jetzt, wo er sie geküsst hatte, spürte sie etwas Seltsames, Wunderbares und Neues tief in ihrem Bauch aufsteigen.

Ondine war sich nicht ganz sicher, was es war, aber sie wusste, dass es ihr gefiel.

KAPITEL SECHS

EINE GANZE WOCHE später und keine Spur von Shambles. Nicht das geringste Lebenszeichen. Für ein Mädchen im Teenageralter mit einer überbordenden Fantasie war es eine einzige Katastrophe. Vorstellungen, wie Shambles tot in einer Gosse lag, geisterten Ondine durch den Kopf. Das heißt, wenn er denn schon tot war. Er könnte von einem Habicht entführt worden sein, seine Glieder bei lebendigem Leibe ausgerissen, um sie in die hungrigen Schnäbel der Küken zu stopfen. Oder irgendein widerliches Kind könnte ihn gefunden und mit nach Hause genommen haben, wo es ihn aus lauter Zuneigung halb zu Tode würgen und ihm dann eine Haube auf den Kopf setzen würde, damit er zu den anderen Puppen passt! Ondine ertappte sich dabei, wie sie viel zu oft an Shambles dachte. Daran, wie verletzlich und klein er war. Manchmal fragte sie sich auch, wie er wohl als richtiger Mann aussehen würde. Wenn sie einen Weg finden könnte, ihn wieder in einen Menschen zu verwandeln, würde ihr das Endergebnis gefallen? Wäre er so gut aussehend wie Lord Vincent?

All die Sorgen schlugen ihr auf den Magen – vor lauter Kummer konnte sie beim Frühstück kaum etwas essen. Um die Mittagszeit herum wurde sie dann plötzlich von Heißhunger überfallen und ertappte sich dabei, wie sie Essensreste von den zurückgebrachten Tellern der Gäste aß. [1]

Es war auch eine Woche voller erstaunlicher Geschäftigkeit und totaler Verausgabung gewesen. Das Geschäft hatte noch nie so geblüht, und das alles nur, weil der Herzog und sein attraktiver Sohn nach dem ganzen Trubel am Bahnhof in ihre Gaststätte gekommen waren.

Ich werde mein Handgelenk nie wieder waschen. Ondine dachte an diesen sinnlichen Kuss auf ihre zarte Haut zurück. Wie sie vor Vincent und seiner Gruppe bis über beide Ohren errötet war und wie er sie mit einem unergründlichen, aber unbestreitbar aufregenden und ein-kleines-bisschen-gefährlichen Ausdruck angesehen hatte. Das Versprechen, ihr Handgelenk zu schützen, löste sich in Luft auf, nachdem sie die Ärmel hochkrempeln und sich kopfüber in den Abwasch stürzen musste.

Das Wäschewaschen trug eine weitere Hautschicht ab, also blieben ihr wirklich nur noch die Erinnerungen.

---

1. Immer ausgiebig frühstücken. Das bringt den Stoffwechsel für den Tag in Schwung und hilft beim klaren Denken. Wer das Frühstück auslässt, verliert zehn IQ-Punkte.

Aber ach, was für wunderbare Erinnerungen. Seine weichen, warmen Lippen, die ihre Haut streiften, seine walnussbraunen Augen, die auf ihre gerichtet waren, ihr Herz, das wie wild schlug. Selbst jetzt, als sie an ihn dachte, beschleunigte sich ihr Puls. Während sie Laken, Tischdecken und Kissenbezüge faltete, sah Ondine ständig die lächelnden Augen des liebenswerten Lord Vincent vor sich. Als sie mit dem Falten fertig war, vergewisserte sie sich, dass niemand zusah, und wagte es, sich selbst auf dieselbe Stelle zu küssen.

Was für eine Enttäuschung! Keinerlei Gefühl, nur der Eindruck, dass sie wie eine Idiotin aussehen musste. Gott sei Dank hatte sie niemand gesehen. Nicht einmal Shambles, der ihr das Gefühl gegeben hätte, ein Dummkopf zu sein, weil sie sich solchen Gedanken hingab.

Und Lord Vincent war die ganze Woche nicht in ihren Speisesaal zurückgekehrt, was so eine Schande war. Ondine war sich sicher gewesen, dass er in ein oder zwei Tagen zurück sein würde. Höchstens in drei.

Ein plötzlicher Angstschrei hallte durch die Küche, der sich verdächtig danach anhörte, als hätte Ma einen Tobsuchtsanfall.

»Ich fasse es nicht! So etwas können sie doch nicht schreiben! Wie wagen sie es, das zu veröffentlichen! Josef, hol einen Anwalt, verklagen wir sie! Das sind alles Lügen. Lügen, Lügen, Lügen! Die nennen sich Zeitung? Das ist ein Schmierblatt. Nicht mal für die Toilette ist das gut!«

»Ma, was ist los?«, rief Ondine, während sie sich eilig auf den Weg ins Zentrum des Familiensturms machte. Als sie die

Küche erreichte, fand sie alle um die Kücheninsel versammelt, wo sie einen Artikel aus dem *Wochenend-Freizeitführer Hacienda* lasen.

Jemand hatte eine Kritik über ihr Hotel geschrieben. Und sie war nicht sehr nett. Die Speise- und Weinkritikerin, die unter dem Pseudonym Dee Gustation bekannt war, hatte sie in der Luft zerrissen.

»Aber wann war sie denn hier?«, fragte Cybelle. »Ich habe niemanden mit einem Notizbuch im Speisesaal gesehen. Du etwa, Ondi?«

»Nein, und alle waren auch total nett. Niemand hat auch nur ein Gericht zurückgehen lassen, was doch ein gutes Zeichen ist, oder?«, fragte Ondine.

»Wir haben in der Bar niemanden gesehen, der ein Kritiker sein könnte, oder, Thomas?«, fügte Marguerite hinzu. Thomas schüttelte den Kopf.

Thomas drängte sich zusammen mit dem Rest der Familie um den Tisch, sein hellbraunes Haar bildete einen scharfen Kontrast zur Familie der Dunkelhaarigen. Alle redeten durcheinander, also beugte Ondine ihren Kopf in einem komischen Winkel (die Seite stand auf dem Kopf, was ihre volle Konzentration erforderte), um den Artikel zu lesen.

Gefährliche kulinarische Abenteuer

. . .

Ein Abend im Gasthaus zum Bahnhof *ist ein wahres kulinarisches Abenteuer, für das Zartbesaitete nicht geeignet sind.*

Beginnen wir mit unserer ersten Todesnähe – dem Tischwein. Er wird so genannt, weil sein einziger wahrer Zweck darin bestehen sollte, am Ende des Abends die Tische zu reinigen.

Dies ist ein Gasthaus mit familiärer Atmosphäre, die sich auf die Gäste ausdehnt – und zwar so, dass die Gäste im Speisesaal leicht in häusliche Streitigkeiten verwickelt werden können, die aus der Küche dringen.

Trotzdem ist das Essen – wenn es denn irgendwann ankommt – essbar. Das heißt, das wenige, was man unter dem Meer aus Bratensoße finden kann.

Das Bier ist angemessen kalt, gekühlt durch die eisigen Blicke des Wirts/überfürsorglichen Vaters, der kein Problem damit hat, seine schönen Töchter als Sklavinnen arbeiten zu lassen. In vielen Museen darf man schauen, aber nicht anfassen – hier sollte man nicht einmal die Töchter ansehen, damit der Vater einen nicht mit einem einzigen Blick in einen Eisblock verwandelt.

Gegen Ende des Abends ist die mitreißende Musik eines talentierten, aber frustrierten Konzertpianisten ein passender Abschluss des Abends. Der laute Lärm vom Klavier und der singenden älteren Schwester lenkt alle von den Geräuschen der Gäste mit Magen-Darm-Beschwerden ab, die draußen in der Gosse zu hören sind.

»Oh, ich kann es nicht ertragen!«, sagte Ma, während sie

sich mit dem Handrücken die Tränen von den Wangen wischte. »Wer kann so grausam zu uns sein?«

»Jemand, der auf unseren Erfolg neidisch ist«, sagte Da.

Von dort, wo Ondine stand, fand sie, dass die Vermutung ihres Vaters so gut war wie jede andere.

Eine traurige Stille senkte sich über die Küche, was ziemlich bemerkenswert war, wenn man bedachte, dass sieben Leute um den Tisch gekauert saßen und Zeitung lasen.

»Ich gehe zur Redaktion der Zeitung«, sagte Marguerite. »Ich erkläre denen, dass sie falschliegen. Ich lade die Kritikerin wieder ein, damit sie etwas Positives über uns schreiben kann.«

»Oder sich etwas noch Schlimmeres ausdenkt!«, sagte Josef.

»He, schau mal, Da«, sagte Ondine und versuchte, das Thema zu wechseln. »Hier ist ein Artikel über die Leute, die versucht haben, den Herzog zu erschießen. Sie haben einiges geschrieben ... sie haben drei Männer angeklagt und ... was bedeutet ›diplomatische Immunität‹?«

»Das bedeutet, dass sie einen guten Anwalt haben«, sagte Josef mit einem verächtlichen Schnauben.

Das Telefon klingelte und ließ sie alle zusammenzucken. Einen Moment lang wollte niemand rangehen, dann richtete Ma sich auf, strich sich die Haare zurück und nahm ab.

»*Station Hotel*, guten Morgen ... Ja ... Ich verstehe ... Ja, natürlich ... Nein, gar kein Problem, danke für Ihren Anruf. Ich wünsche Ihnen einen schönen Tag.«

Ma legte den Hörer auf die Gabel und schauderte. »Das

war die van Nyuus-Reservierung, sie haben für heute Abend storniert. [2] Cybelle, du kannst besser telefonieren als ich, kannst du die restlichen Anrufe entgegennehmen? Ich lege mich kurz h-«

Ein schwarzer Fellstreif raste in die Küche, rannte unter den Tisch und an Ondines Bein hoch.

»Shambles! Oh, Shambles, mein Schatz, du lebst!«, rief Ondine, hob das Bündel aus zotteligem Fell in ihre Arme und küsste ihn auf seinen wuscheligen Kopf. Freudenfunken tanzten um ihr Herz. Er war zurück!

»So sehr ich einen Kuss von einer schönen Maid auch zu schätzen weiß, dafür ist keine Zeit«, sagte Shambles, während er nach Luft schnappte. »Alle an die Arbeit, der Gesundheitsinspektor kommt!«

Ma wurde leichenblass und ihr Kinn zitterte vor Verzweiflung. »Kann dieser Tag noch schlimmer werden? Wen kümmert es, ob der Gesundheitsinspektor kommt? Wir sind sowieso am Ende!«

Josef, Chef, Thomas und Marguerite wandten sich alle Ma zu und stellten Varianten der Frage »Was hast du gesagt?«. Denn sie hatten natürlich nicht gehört, dass Shambles etwas gesagt hatte. Nur Cybelle blickte weiterhin Ondine an. Die mittlere Tochter wusste aufgrund der schrillen Reaktion ihrer Mutter instinktiv, dass Shambles mit schlechten Nachrichten zurückgekommen war.

Ondine ignorierte sie alle und knuddelte ihren zurückge-

---

2. Es war für zwölf Personen. Autsch!

kehrten Freund. »Shambles, du stinkst. Wo bist du gewesen? Du musst am Verhungern sein. Hier, nimm ein paar Würstchen. Chef, kannst du ein paar Knochen aus dem Suppentopf holen?«

Shambles fand seine Stimme wieder. »Es ist die Familie dieses undankbaren Herzogs. Das ist alles ihr Werk. Sie sind fest entschlossen, uns aus der Stadt zu jagen! Und zu dem Fleisch sage ich auch ja, ich bin kurz vorm Verhungern.«

Am Tisch herrschte Verwirrung, während Shambles seinen Imbiss förmlich inhalierte. Ondine klopfte ihm auf den Rücken und spürte die welligen Rippen durch das verfilzte Fell.

Alle Augen wandten sich Ma zu und warteten auf eine Antwort.

Sie gab sie ihnen und enthüllte Shambles' wahre Identität und seine Kommunikationsfähigkeiten.

Da schüttelte den Kopf. »Jetzt sagst du auch noch, er kann sprechen? Warum kann ich ihn dann nicht hören?«

Verwirrung im Überfluss. Dank der Zeitungskritik standen sie bereits unter Schock. Es war nur natürlich, dass die Nachricht, ihr Frettchen könne sprechen und sei in Wirklichkeit ein richtiger Mann, sie alle völlig aus der Fassung brachte.

Ihr werdet verstehen, dass an dieser Stelle eine gewisse Kürze geboten ist, wo doch alles so aufregend ist – außerdem kennt ihr die ganze Geschichte bis jetzt schon, also müsst ihr sie nicht noch einmal hören. Steigen wir wieder ein nach der halben Stunde voller »Was?« und »Wie?«, an dem Punkt, an dem die Leute wieder anfingen, einen klaren Gedanken zu fassen.

Chef schüttelte den Kopf und sagte: »Jetzt habe ich alles gehört.«

Marguerite und Thomas warfen sich überraschte Blicke zu.

Das Kiefer mahlte und Ondine konnte allein an seinem Gesichtsausdruck erkennen, dass seine Gedanken bereits zu wichtigeren Dingen übergingen: zu glühender Empörung. »Aber wir haben diesem elenden Herzog das Leben gerettet!«, zischte er.

Cybelle warf ein: »Was könnte er gegen uns haben? Er ist nach dem Vorfall hierhergekommen und hat halb Venzelemma mitgebracht. Er hatte eine tolle Zeit, nicht wahr, Ondi?« Hitze schoss Ondine in die Wangen, als sie daran dachte, was für eine tolle Zeit sie gehabt hatte, als Lord Vincent ihr Handgelenk küsste. Ihre Haut kribbelte immer noch, wenn sie nur daran dachte.

»Also gut, keine Zeit zu verlieren. Schließen wir den Laden selbst, dann gibt es keinen Grund, den Gesundheitsinspektor hereinzulassen«, sagte Ma, erhob sich vom Tisch und holte den Schlüsselbund.

»Aber wir haben Gäste und heute Abend ein volles Haus!«, sagte Da und korrigierte sich dann. »Ich meine, ein fast volles Haus.«

»Wir stornieren alles, nur für eine Woche, und wir werden schuften wie die Verrückten und alles von oben bis unten auf Hochglanz bringen. Die Stornierung der Buchungen verschafft uns etwas Zeit, und wenn wir wieder öffnen, wird der Inspektor von allem so geblendet sein, dass er nichts zu bemängeln finden kann. Margi, du und Thomas macht ein paar Schilder für die vorderen Fenster, auf denen steht, dass wir wegen Renovierungsarbeiten geschlossen haben. Belle, du und Chef bereitet ein großartiges Mittagessen für alle vor, die noch hier sind, als Dankeschön und Abschied für den Moment. Ondi, bade Shambles, er stinkt, dann kommt ihr beide zu eurem Da in die Bar. Wir fangen vorne an und arbeiten uns durch den ganzen Laden.«

»Colette, meine Liebe«, sagte Da und unterbrach endlich die Befehlskette seiner Frau, »wie sollen wir das bezahlen?«

»Wir werden einen Weg finden. Es wird sich schon etwas ergeben.«

Als Shambles seine dritte Wurst aufgegessen hatte, bot Ondine ihm etwas Wasser an, was er freudig annahm. »Ich werde dich jetzt baden, Shambles«, sagte sie und küsste ihn wieder auf den Kopf. Der beißende Gestank von toten Dingen stieg ihr in die Nase. »Puh, du stinkst ja!«

Shambles entfuhr ein grollendes Lachen. »Magst du mir den Rücken schrubben, Mädel?«

Vom anderen Ende des Tisches warf Ma dem Frettchen einen strengen Blick zu. »Shambles, das schickt sich nicht!«

Schockiert sah Ondine ihre Mutter mit entsetztem Gesicht an. Bei den Jupitermonden, Ma hatte gute Ohren!

Dann sah sie den eiskalten Blick ihres Vaters – der nicht daher rührte, dass er Shambles gehört hatte, sondern weil er erriet, was er gesagt haben musste. Ein Lächeln umspielte Ondines Mundwinkel. Der Zeitungsartikel hatte in einer Hinsicht recht: Ihr Dad konnte mit einem einzigen Blick einen ganzen Raum zum Erstarren bringen.

Obwohl sie wegen der Stimmungsschwankungen ihres Vaters eigentlich wütend sein sollte, war Ondine glücklich. Shambles war am Leben und in einem (stinkenden) Stück, und dafür war sie dankbar. In ein paar Stunden würde ihr Vater den Schock über die Nachricht überwunden haben und wieder zur Normalität zurückkehren. Das Beste, was Ondine tun konnte, war, ihm aus dem Weg zu gehen.

»Danke dir für das Essen und für deine Sorge. Es ist schön, vermisst zu werden. Ich hab dich auch vermisst«, flüsterte Shambles, als sie die Küche verließen. »Und übrigens, mir ist aufgefallen, dass sich Cybelle und der Chefkoch unter dem Tisch mit den Knien berührt haben.« Diese neue Information durchfuhr Ondine wie ein Blitzschlag.

»Belle und der Chefkoch? Was?«

»Deine Schwester ist echt ein stilles Wasser«, kicherte Shambles. Ondines Verstand war wie leer gefegt. Nicht, dass Belle keine Liebschaft haben könnte, aber ausgerechnet mit dem Chefkoch. »Ich komm da nicht drauf klar. Aber – aber er ist fast doppelt so alt wie sie. Belle und der Chefkoch?«

»Klar, und ich bin älter als du, aber du wirst mich gleich splitternackt in ein Bad stecken, was, Mädel?«

Wieder schoss Ondine die Hitze in Hals und Gesicht. Gott

sei Dank war niemand sonst in Hörweite des Frettchens. So sehr sie ihm auch gerne verbal Kontra gegeben hätte, es war kaum Zeit für Herumgealber. Ondine wusste, dass sie für die Renovierungsarbeiten gebraucht werden würden, was auch immer das bedeutete, also ging es für die beiden direkt hoch ins Badezimmer.

Als sie das Waschbecken erreichten, wurde Shambles plötzlich ganz schüchtern. »Ach, ich übernehme ab hier, wenn es dir nichts ausmacht.«

»Sei nicht albern, du schaffst es nicht einmal, die Wasserhähne aufzudrehen«, sagte Ondine.

Shambles wog seine Möglichkeiten ab. »Na gut, dann. Also. Mach die Augen zu.«

»Dafür haben wir keine Zeit. Du brauchst ein Bad und ich werde dir eins geben.« Ondine steckte den Stöpsel in den Abfluss und begann, das Waschbecken mit warmem Wasser zu füllen.

»Schon gut ... aber es ist nur, weil ... ich noch nie mit jemand anderem zusammen gebadet habe. Das ist ganz schön konfrontierend, wenn man mal drüber nachdenkt.«

Ondine lachte. »Aber Shambles, komm schon, du bist doch nur ...«

»Nur was? Ein Frettchen? Vielen Dank auch.«

»Das habe ich nicht so gemeint.«

Shambles schüttelte den Kopf. »Danke. Glaube ich. So, ich muss dich warnen«, er tauchte seine Vorderpfote ins Wasser, »oh nein, das ist zu heiß, mehr kaltes Wasser, bitte.« Ondine tat, wie ihr geheißen. »Das ist besser. Also, ich muss dich vor diesem Herzog und seiner Familie warnen. Besonders vor Vincent. Er hat es auf uns abgesehen.«

Ondine ließ die Seife fallen. »Lord Vincent? Aber er war hier mit seinen Freunden und sie hatten eine tolle Zeit.« Sie errötete heftig bei der Erinnerung. Das Handgelenk, das er geküsst hatte, stützte nun das schwarze Frettchen im Waschbecken. Er lehnte sich zur Unterstützung dagegen, und sie konnte sein kleines Herz hämmern spüren.

»Er war hier? Dann ist es schlimmer, als ich dachte. Halt dich von ihnen fern, Ondi. Die sind üble Gesellen. Sie sind es, die uns den Gesundheitsinspektor auf den Hals hetzen. Sie wollen uns schließen.«

Ondine hob die Seife wieder auf und schrubbte Shambles' pelzigen Rücken. Zeit für einen Themenwechsel.

»Shambles, bevor du ein Frettchen wurdest, wie hast du deine Haare gerne getragen?« Er würde so süß aussehen mit einer großen Locke auf der Stirn.

»Hä? Ich weiß nicht, Mädel, ich hab sie nur gebürstet. Warum fragst du?«

»Ich habe mich nur gefragt«, sagte sie und fragte sich, wie er seine Haare wohl frisiert hatte, welche Farbe sie gehabt hatten und ob er so gutaussehend war wie Lord Vincent. »Ich meine, waren sie wirklich lang, sodass du sie zusammenbinden musstest, oder hast du sie kurz geschnitten?«

»Kurz wie die von Lord Vincent?«

»Ja«, sagte sie, ohne nachzudenken.

»Aha! Du denkst also an ihn, während du mich badest, Mädel?«

Bei den Schwingen des Merkur! »Nein, so ist das nicht.«

»Wirklich jetzt?«

»Shambles, bitte. Ich habe mich eigentlich gefragt, wie *du* aussahst.«

»Und warum sollte das so sein? Damit du mich mit Vincent vergleichen kannst?«

Ja. »Nein, nicht so. Nur, dass es schön wäre, wenn ich wüsste, mit wem ich rede.« Puh, das war knapp!

»Na schön. Ich war mal ziemlich fit. Ich hatte kurze Haare, und alle Teile meines Gesichts waren da, wo sie hingehören.«

Die Beschreibung half. Ein bisschen. »Du hast Glück, dass ich nicht wusste, wer du wirklich warst, sonst hätte ich dich vielleicht im Psycho-Sommercamp gelassen.«

Ein verirrter Gedanke kam ihr unaufgefordert – Gott sei Dank war sie früher aus dem Sommercamp nach Hause gekommen, wer weiß, was sonst passiert wäre? [3]

---

3. In einem Paralleluniversum blieb Ondine im Psycho-Sommercamp, fiel in all ihren Fächern durch und kehrte dann nach Hause zurück, nur um dort, wo einst das Hotel und ihr Zuhause gestanden hatten, einen Haufen schwelender Asche vorzufinden. Josef war in die Küche gegangen und hatte Cybelle und den Chef in einer leidenschaftlichen Umarmung entdeckt. Er hatte die Beherrschung verloren und das Nächstbeste, was er zur Hand hatte – einen Krug Wasser –, nach den beiden geworfen. Der Krug verfehlte sein Ziel und landete in der brodelnden Fritteuse, die explodierte und die Küche in Brand setzte. Sie wussten nicht, dass der Gesundheitsinspektor am nächsten Morgen kommen sollte, aber sein Besuch war ohnehin hinfällig.

In noch einem anderen Paralleluniversum beschloss der Gesundheitsin-

Nachdem Ondine Shambles gewaschen und getrocknet hatte und er so aussah und roch, wie es sich für ein ordentliches, sauberes Frettchen gehörte, ging sie in den Speisesaal und machte sich an die Arbeit. Sie trug Stühle und Tische in den hinteren Garten – sobald die Gäste sie frei machten –, um sie bei Tageslicht abzuschrubben. Es war beeindruckend, wie schnell die Gäste das Lokal verließen, sobald sie ihnen die Möglichkeit zum Sitzenbleiben nahm.

Shambles huschte unter einen Stuhl. »Was machst du da?«, fragte Ondine.

»Ich nag die Kaugummiklumpen ab«, antwortete er und klang, als hätte er den Mund bereits voll mit dem klebrigen Zeug. »Die Leute haben so schmutzige Angewohnheiten.«

Im grellen Tageslicht sahen die Holzmöbel scheußlich aus. Viele Stücke waren zerkratzt und hatten Dellen, und einige wollten einfach nicht aufhören zu wackeln.

»Sortieren wir mal aus«, sagte Shambles. »Die schlimmsten kommen hinter den Schuppen. Wir nehmen die kleinen Kappen von den Beinen und verwenden sie für die guten Sachen.«

»Gute Idee, Shambles.«

»Oh, danke, Mädel. Es ist schön, sich nützlich zu fühlen.«

Ondine strahlte über das Kompliment. »Also, du hast mir

---

spektor, zwei Wochen früher zu kommen, und wurde vom 7:05-Uhr-Express erfasst, als er versuchte, die Bahngleise zu überqueren. Das lag daran, dass der Fußgängerüberweg noch nicht eröffnet war.

immer noch nicht erzählt, wo du warst. Magst du das mal näher ausführen?«

»Ich war von der ganzen Sache ziemlich traumatisiert. Ich bin beim Herzog aufgewacht. Groß und hallend und voller Leute in schweren Stiefeln. Selbst wenn ich irgendwann dorthin zurückkehren sollte, wäre es immer noch zu früh. Ich habe ein Versteck gefunden und gewartet, bis der Herzog zurückkam. Das tat er, mit Vincent, und die ganze Zeit, die ich dort war, hat Vincent davon geredet, dass sie uns dichtmachen müssten.«

»Aber ... das ergibt keinen Sinn. Wenn es ihnen nicht gefallen hat, warum haben sie dann nichts gesagt, als sie hier waren?«

»Ich weiß auch nicht, was ihre Motive sind, Mädel, aber ich weiß, was ich gehört habe, und es war Vincent, der das Ganze angeführt hat. Hey, wieso machst du eigentlich jedes Mal so ein komisches Gesicht, wenn ich seinen Namen sage?«

»Ich mache kein komisches Gesicht.«

»Doch, tust du. *Lord Vincent.*«

Ondine hielt ihren Gesichtsausdruck so streng wie möglich.

»Ich weiß, du willst nicht auf mich hören, aber es ist die Wahrheit. Lord Vincent ist nicht zu trauen.«

»Ich habe genug gehört«, sagte Ondine. »Wir haben Arbeit zu erledigen.« Sie verbrachte den Rest des Tages damit, Holz zu schrubben, die guten Stücke zu polieren und zu reparieren, was sie konnte, während Shambles sie anleitete. Ma kam heraus, um ihre Arbeit zu inspizieren, und ein strahlendes Lächeln breitete sich auf ihrem zufriedenen Gesicht aus.

»Ich dachte schon, ich müsste ein ganz neues Set kaufen, aber ihr habt da eine wunderbare Arbeit geleistet, ihr zwei. So, wenn ihr fertig seid, kommt und helft uns, den Teppich rauszutragen.«

Genauso wie ihre Mutter es befohlen hatte, schrubbte sich die Familie durch das gesamte Gebäude. Das bedeutete, den uralten, stinkenden Teppich herauszureißen und die Dielen freizulegen. Wenn man bedachte, dass der Boden alt und fleckig war und nach Bier stank, waren die Renovierungsarbeiten längst überfällig. Am Ende des Tages hatten sie eine Menge Arbeit geleistet, aber das Lokal sah nicht gerade sauber aus. Eher hatten sie so große Mengen an stinkendem Staub aufgewirbelt, dass sie noch mehr Dreck gemacht hatten. Es war erst ein Tag; morgen würden sie sicher noch mehr Dreck machen.

Beim Aufrollen des Teppichs war eine dicke Schicht alter Zeitungen zum Vorschein gekommen. Nicht die Unterlage, die die meisten Leute in ihren Häusern haben, um ein weiches Polster zum Laufen zu schaffen, das zu einer schönen, heimeligen Atmosphäre beiträgt. Wie die Teppiche zuvor stanken auch die Zeitungen nach Bier und anderen seltsamen Dingen, also mussten sie ebenfalls weg.

»Ladet sie alle in den Kamin. Wir veranstalten heute Abend eine rituelle Verbrennungs- und Reinigungszeremonie. Ich hoffe, Tante Col kommt rechtzeitig – sie wird ein paar gute Zaubersprüche haben«, sagte Ma.

»Kommt deine Tante Col heute Abend hierher?«, fragte Shambles. »Könnte sie mich zurückverwandeln?«

Ondine erstarrte. Shambles wollte wieder ein richtiger Mann sein. Das bedeutete, dass sie endlich sehen würde, wie er aussah. In ihrer Vorstellung hatte sie begonnen, ihm Züge zu geben, die sie ansprechend fand. Aber was, wenn das Endergebnis nicht ihren Erwartungen entsprach? Was, wenn er – schluck – umwerfend hässlich war? In ihrem Herzen wusste sie, dass das eine egoistische Sichtweise war. Shambles hatte ein Recht auf sein früheres Leben. Er sollte wieder er selbst sein dürfen, egal, wie er aussah.

Es kommt auf die Persönlichkeit an, nicht auf die Verpackung.

Ein weiterer trauriger Gedanke schoss ihr durch den Kopf. Wenn Shambles wieder ein Mensch würde, gäbe es definitiv kein Kuscheln im Bett mehr.

Sie schüttelte die Vorstellungen aus ihrem Kopf, so wie sie den Staub aus den alten Vorhängen schüttelte.

»Wieder ein Mensch zu werden ist eine gute Idee, Shambles. Wir könnten die zusätzliche Arbeitskraft gut gebrauchen«, sagte Ma.

Typisch Ma.

»Hey, seht euch das an«, unterbrach Marguerite. Sie hielt ein Blatt altes Zeitungspapier hoch. Da es vor Sonnenlicht geschützt gewesen war, hatte das Papier seine ursprüngliche cremeweiße Farbe behalten. Der kontrastierende schwarze

Text war leicht zu lesen. »Es ist ein Nachruf auf den alten Herzog von Brugel. Muss der Vater des jetzigen Herzogs sein. Oh, und er ist auch noch pikant. Hört euch das an: Hier steht, er sei gestorben, ohne sich für Anklagen wegen Veruntreuung verantworten zu müssen.«

»Heb das auf. Das könnte sich noch als nützlich erweisen«, sagte Da.

»Das hier vielleicht auch«, sagte Thomas und hob eine Diele an. »Hier drunter ist etwas.«

Gemeinsam zogen Da und Thomas zwei weitere Dielen hoch. Sie waren alle in kurze Längen geschnitten, als wären sie dafür gemacht, zusammen entfernt zu werden. In den staubigen, von Spinnweben durchzogenen Vertiefungen unter dem Schankraumboden lag eine große Metallkiste. Sie erinnerte Ondine an die Geldkassette in der Küche, in die sie all ihr Geld zur sicheren Aufbewahrung legten, bis die Banken öffneten. [4]

Die geheimnisvolle Kiste war so schwer, dass sie den Chef zu Hilfe riefen, um sie herauszuheben. Die Männer stöhnten und ächzten, zogen sie mit einem ›Hauruck‹ frei

---

4. In Brugel haben die Banken montags von 10 bis 15 Uhr, dienstags von 16 bis 19 Uhr, donnerstags und freitags von 11 bis 18 Uhr geöffnet. Mittwochs und an Wochenenden geschlossen.

Eine interessante historische Randnotiz: Brugels Erster Minister legte 2004 sein Veto gegen den Euro ein, nachdem er die Erstprägung der brugelschen 20-Cent-Münze gesehen hatte, die einen Bankier in einer Hängematte zeigte. Die Münzen wurden aus dem Verkehr gezogen, sind aber auf BeBay, Brugels Gegenstück zu eBay, für Gebote über 20 US-Dollar erhältlich.

und ließen die Kiste dann vor ihren Füßen fallen. Noch mehr Staub wirbelte auf.

Ein aufgeregtes Kribbeln – zusammen mit dem Staub – stieg Ondine in die Kehle, als sie sich auszumalen begann, was in der Kiste sein könnte.

»Was ist da drin?«, fragte Marguerite in den stillen Raum.

Blitzschnell ließ sich Shambles von Ondines Schulter fallen und kletterte auf die Kiste, wo er an den Lederriemen nagte, bis sie sich lösten. Thomas und Josef hoben den Deckel an. Ihre Münder klappten auf. Ondines ebenfalls. Und Mas und Marguerites. Sogar Shambles' kleines, pelziges Mäulchen, voller spitzer Reißzähne und einer kleinen rosa Zunge, stand vor Schreck offen.

»Saturnsringe!«, keuchte Ondine.

»Sieht so aus, als hätten wir einen Weg gefunden, die Renovierungen zu bezahlen«, sagte Da.

»Was hab ich euch gesagt? Ich wusste, dass Shambles uns Glück bringen würde«, sagte Ma.

KAPITEL SIEBEN

DER INHALT der Kiste glänzte in der Nachmittagssonne, die durch die vorderen Fenster schien. Goldene Ringe. Armbänder. Feine, mit Diamanten besetzte Halsketten. Broschen. Ohrringe mit Tropfenperlen. Ein Diadem mit roten Edelsteinen, die vielleicht Rubine waren – Ondine konnte es nicht sagen. Kein wirres Durcheinander, wie man vielleicht erwarten würde, sondern alles sortiert und in saubere kleine Fächer unterteilt. Unter dem Einsatz mit dem glänzenden Schmuck fanden sie Bündel von Banknoten, auf denen Gesichter und Orte abgebildet waren, die Ondine nicht wiedererkannte. Sie mussten vor der Währungsumstellung gedruckt worden sein. [1]

---

1. Vor der Dezimalwährung hatte Brügel eine kurze Periode der Fünferwährung. Fünf Tropfen für einen Schlip, fünf Schlip für einen Pennig, fünf Pennig für einen Lipp. Das nächstliegende Äquivalent des Lipp sind etwa

»Kommen Piraten so weit ins Landesinnere?« Cybelle hielt eine Halskette mit einem zarten, ankerförmigen Anhänger am Verschluss hoch. Der Anker drehte sich hin und her und fing das Licht ein. Seltsam, dass das Hauptmerkmal der Halskette hinten sein sollte, bis Ondine begriff, dass sie dafür gemacht war, mit hochgestecktem Haar getragen zu werden.

Marguerite trat näher, um die Beute zu bewundern. »Berufen wir uns auf den internationalen Vertrag von ›Wer's findet, darf's behalten‹?«

Ondine konnte nicht an sich halten, streckte die Hand aus und nahm ein paar elegante Halsketten auf. Eine sah so zart und kompliziert aus wie ein Häkeldeckchen, wenn man denn ein Deckchen aus gesponnenem Silber anfertigen und es dann mit Diamanten besetzen könnte. [2]

Ma klang außer Atem. »Lasst uns einfach mal eine Minute nachdenken. Darüber nachdenken, wo das alles hergekommen sein könnte.«

Ondine hätte schwören können, dass sie einen Speichelfaden aus dem Mund ihrer Mutter schießen sah, als ob ihr beim Anblick ihres neu gefundenen Reichtums das Wasser im Mund zusammenlief. Niemand sonst beachtete sie – sie waren zu sehr damit beschäftigt, seltsame »Ooh«-Laute von

---

zwei Euro. Oder wie man sich liebevoll daran erinnert: Mancher Tropfen schlüpft zwischen Pennig und Lipp vorbei.
2. Ein völlig überflüssiges, aber irgendwie faszinierendes Gerät, um glitzernde Plastikjuwelen an Kleidung zu befestigen.

sich zu geben und ein Schmuckstück nach dem anderen zu bewundern.

»Bringen wir es vorerst ins Hinterzimmer, damit wir mit dem Aufräumen weitermachen können«, sagte Ma schließlich.

»Äh, nein, meine Liebe, ich glaube, das bedeutet, dass für heute Schluss ist mit der Arbeit«, sagte Da und rieb sich nachdenklich die Hand über das Kinn.

Ondine fand sich im Netz der Bewunderung gefangen. Der nächste Gegenstand, den sie aufhob, war ein einfaches Armband aus geflochtenem Gold. Sie musste einfach den Verschluss ausprobieren, um zu sehen, ob es um ihr Handgelenk passte.

»Habt ihr alle den Verstand verloren?«, sagte Shambles, als er auf Ondines Schulter kletterte. »Da kommt eine Gesundheitsinspektorin.«

Ondine schüttelte den Kopf, um wieder zu Sinnen zu kommen. »Ähm, Leute, Shambles hat gerade etwas Wichtiges gesagt: Wir müssen die Beute verstecken, bevor die Gesundheitsinspektorin kommt.« Widerstrebend legte sie das edle Stück zurück in die Kiste.

Ma atmete tief durch und trat einen Schritt zurück. »Chef, Thomas, Josef, schafft die Kiste nach hinten an einen sicheren Ort. Wir machen hier mit dem Aufräumen weiter.«

Ein lautes Knarren von Holz setzte der Diskussion ein jähes Ende, als die Vordertür aufgestoßen wurde und eine Frau im Anzug (und nicht der Mann, den sie erwartet hatten) mit einem Klemmbrett zum Vorschein kam. Auf dem Steg ihrer schmalen Nase saß eine Brille mit schildpattgerahmten Gläsern, dick wie Flaschenböden, die ihre tiefgrauen Augen viel größer erscheinen ließen, als sie sein sollten.

In einer hektischen Bewegung warfen alle ihren Schmuck in die Kiste. Die Männer taten so, als wären sie beschäftigt. Ma und ihre Töchter stellten sich vor die Kiste, um sie zu verdecken.

Irgendetwas an der Frau kam Ondine seltsam vor. Es war nicht ihr kurzes, pfeffer-und-salzfarbenes Haar oder ihr enorm breiter Hintern mit den Oberschenkeln, die nur mühsam von ihrem zu engen Rock im Zaum gehalten wurden, obwohl das schon komisch aussah. Einen Moment länger starrte Ondine sie an, bevor ihr klar wurde, was es war. Die Frau hatte überhaupt keine Wimpern.

»Schnell, lenk sie ab«, befahl Shambles.

Ondine streckte die Hand zur Begrüßung aus und ging auf ihre Besucherin zu. »Hallo, Sie müssen die Gesundheitsinspektorin sein. Mein Name ist Ondine und ich komme gerade aus dem Psycho-Sommercamp. Darf ich bitte aus Ihrer Hand lesen? Oh, danke«, sagte sie und nahm die Hand der Frau, bevor diese ablehnen konnte. Währenddessen hämmerte Ondines Herz hinter ihren Rippen, schockiert über ihre eigene Dreistigkeit.

»Sie haben ein Nagetier auf Ihrer Schulter«, sagte die Frau, und ihre wimpernlosen Augen wurden noch größer.

»Grrrr«, machte Shambles.

Hoppla, machte Ondines Magen. Vielleicht war das Frettchen auf der Schulter in Sachen Hygiene doch keine so gute

Idee? »Oh bitte, beachten Sie ihn nicht weiter – er ist mein Vertrauter und außerdem meine Aufgabe aus dem Sommercamp. Und er ist ein Frettchen, kein Nagetier. Er gehört zur Familie der Hermeline und Otter, eine völlig andere Tierart als Nagetiere. Frettchen sind sehr saubere Tiere. Das kann ich von Ratten oder Mäusen allerdings nicht behaupten. Nun, schauen Sie mal hier auf Ihre Lebenslinie.« Ondine kanalisierte die Fähigkeit ihrer Mutter, von einem Thema zum nächsten zu springen, ohne Luft zu holen.

Es war nicht so, dass sie irgendetwas in der Handfläche sah, denn Ondine hatte keine Ahnung, worauf sie achten sollte. Das spielte auch keine Rolle – sie musste die Frau nur ablenken, nicht ihre Zukunft vorhersagen. Das bedeutete, das Erste zu sagen, was ihr in den Sinn kam.

»Sie haben drei erwachsene Söhne. Der jüngste ist ein Teenager, der noch zur Schule geht, aber die anderen beiden sind älter und haben jetzt Berufe.«

»Woher wussten Sie das?«, fragte die Frau, und ihre stahlgrauen Augen wurden bei dieser Information weicher. Sie hatte sich immer noch nicht vorgestellt, aber diese Gelegenheit schien verstrichen zu sein.

Mach weiter, das ist die beste Ablenkung.

»Ihnen gefällt nicht, was der Älteste tut. Nicht, dass Sie es missbilligen, Sie machen sich nur Sorgen um ihn. Er ist wirklich glücklich, weil er seinen Traum verfolgt. Der mittlere Sohn ist ein bisschen ein Schleicher. Er ist gut, aber er lässt sich nur treiben, nicht wahr? Sie wissen, dass er es besser könnte, aber er strengt sich nicht an. Der Jüngste ist

Ihr Baby und wird es immer bleiben, aber Sie müssen ihn erwachsen werden und seine eigenen Fehler machen lassen.«

»Na, so was!«, sagte die Frau. »Wenn Sie mir jetzt noch sagen, wie ich heiße, dann glaube ich wirklich, dass Sie hellsehen können.«

Etwas kribbelte in Ondine, eine Mischung aus unverhohlenem Stolz auf ihren bisherigen Erfolg und Adrenalin darüber, wie kühn sie geworden war. »Es ist Wilma Klegg, aber das macht mich nicht hellseherisch, sondern nur zu einer guten Beobachterin. Es steht ganz oben auf Ihrem Klemmbrett.« Ein zufriedenes Lächeln breitete sich auf ihrem Gesicht aus. Eine Welle des Selbstvertrauens durchströmte ihre Seele.

Hey, das kann ich.

»Ondine, lass die Gesundheitsinspektorin bitte in Ruhe, sie hat zu tun«, sagte Ma, als sie auf sie zukam. Die Stimme ihrer Mutter klang verärgert und gebieterisch. Für einen Außenstehenden hätte es so aussehen können, als rette die Mutter eine Besucherin vor einem frühreifen Kind. Die de-Groot-Frauen wussten jedoch, dass Ondine sie gerade vor einer ganzen Menge Ärger bewahrt hatte.

Als Ma Mrs. Klegg in Richtung Küche führte, drehte sie sich zu Ondine um und formte mit den Lippen das Wort »Danke«.

»Das hast du gut gemacht, Mädel. Das war genial, wirklich.« Shambles gab ihr einen feuchten, borstigen Kuss auf die Wange. »Ich bin wirklich stolz auf dich.«

Ein kleiner Anflug von Aufregung durchfuhr Ondine. »Ich habe nur gesagt, was mir gerade in den Sinn kam. Ich habe geraten, dass sie Kinder hat, denn solche Oberschenkel bekommt man als alte Jungfer nicht. Ich nahm ihre rechte Hand und sah den Ring daran, mit drei Saphiren, also dachte ich mir, dass sie drei Jungs hat.«

»Was? Schmuck steht für Kinder?«

Ondine strahlte. Wer hätte gedacht, dass es ihr so viel Spaß machen würde, so zu tun, als ob sie hellsehen könnte? »Aber ja, Shambles. Wenn eine Frau ein Kind zur Welt bringt, ist das Mindeste, was ihr ergebener Ehemann tun kann, sie zur Feier des Anlasses mit Schmuck zu überschütten. Das ist eine sehr starke Tradition in meiner Familie. Hast du nicht die Ringe von Ma gesehen, mit den Rubinen darin? Ein Rubin für jede von uns.«

»Bestnote für die Beobachtungsgabe. Aber was ist mit all dem Gerede über ihre Jungs und wie sie sie behandelt?«

Ein Kichern entfuhr Ondines Lippen, als sie sich zum Boden bückte, um verschimmelte Zeitungen für das Feuer aufzuheben, wobei sie sie zuerst durchsah, falls sie etwas Saftiges über den ehemaligen Herzog enthielten. »Ich habe nur daran gedacht, wie Da über uns denkt. Ich glaube, ich fange an zu verstehen, warum er so streng mit mir ist. Ich bin sein Baby; er will nicht, dass ich zu schnell erwachsen werde. Wenn das erste Kind das Nest verlässt, überschlagen sich die Eltern vor Sorge. Ich dachte mir nur, wenn Mrs. Klegg drei Jungen hat und wir drei Mädchen sind, wie anders könnte es schon sein? Ich habe ihr einfach erzählt, was sie hören wollte.«

»Na dann bist du wirklich eine Hellseherin. Die alte Lady Howser wäre stolz auf dich.«

»Mrs. Howser?« Ondine dachte an ihre Lehrerin aus dem Hellseher-Sommercamp. »Ich wette, sie hat nicht einmal bemerkt, dass ich weg bin.«

Ein Stich versetzte ihr einen Schmerz, als sie an ihre Freundin Melody dachte und daran, wie sehr sie sie vermisste.

»Hab ich dir eigentlich jemals erzählt, wie ich zu Mrs. Howser kam?«, fragte Shambles.

»Ich glaube nicht«, sagte Ondine, ohne ihm wirklich viel Aufmerksamkeit zu schenken, weil sie zu nervös war wegen dem, was die Gesundheitsinspektorin finden könnte.

»Es ist eine lustige Geschichte, wirklich. Nachdem die alte Col ihren Zauber gewirkt hatte, war ich sozusagen ziemlich haltlos. Sie war damals mit Mrs. Howser befreundet, siehst du. Aber sie waren nicht wirklich Freundinnen, weil sie nicht sehr nett zueinander waren. Eher das, was man Feindfreundinnen nennt. Hörst du mir überhaupt zu, Ondi?«

Was? »Ja, natürlich.« Ondine sah zu, wie Mrs. Klegg und Ma in der Küche verschwanden, und hörte viele missbilligende Zischlaute.

»Weißt du, Mädel, ich hab Mr. Howser nie kennengelernt. Ich glaube nicht, dass er es lange durchgehalten hat. Aber Mrs. Howser fand Gefallen an mir und hat mich Colette Romano direkt vor der Nase weggeschnappt. Ich dachte,

Colette würde mich holen, sobald sie über ihren Anfall von Gekränktheit hinweg war, aber das hat sie nie getan.«

»Das ist ja nett«, sagte Ondine, die kaum ein Wort davon hörte.

Eine Stunde später vertiefte sich Wilma Kleggs finsterer Blick zu einer dunklen Furche. Je schmaler ihre Lippen wurden und sich wie die Seiten eines geschlossenen Buches aufeinanderpressten, desto mehr drohte Mas aufgemaltes Lächeln zu zerbrechen. Wilma zog einen weißen Handschuh an und fuhr mit dem Finger über die Küchentheken. Sie seufzte enttäuscht. Etwas Schweres sank in Ondines Magen. Ein Gefühl böser Vorahnung umklammerte ihr Herz.

»Wir haben wegen Renovierungsarbeiten geschlossen, daher ist es natürlich, dass das Gebäude nicht den korrekten Vorschriften entspricht«, erklärte Ma, die Hände vor dem Bauch verschränkt, sodass nur ihre Daumen Platz zum Wackeln hatten – was sie auch taten und damit den nervösesten Zappler der Welt in den Schatten stellten. »Stellen Sie uns eine Liste zur Verfügung und wir werden alles darauf erfüllen.«

»Ja, das werden Sie«, sagte Mrs. Klegg.

»Das ist alles Quatsch«, sagte Shambles von Ondines Schulter aus. [3]

---

3. a) Etwas, das auf den ersten Blick gut aussieht, sich aber als schrecklich

Sie beobachteten beide aus sicherer Entfernung, damit Ma und Mrs. Klegg sie nicht hören konnten. »Der Herzog würde dich aus der Stadt jagen, das würde er. Höchstwahrscheinlich steckt diese Schachtel mit dem Klimbim unter dem Boden hinter der ganzen Sache.«

Eine Idee keimte in Ondines Kopf auf, also las sie den Nachruf auf den Vater des Herzogs in der Zeitung noch einmal und notierte sich das Datum der Ausgabe.

»Ich schätze, diese Juwelen sind das geheime Versteck des alten Herzogs«, sagte Shambles.

Ondine fragte sich, ob ihre Eltern in die gleiche Richtung dachten. »Vielleicht hast du recht mit dem alten Herzog, Shambles«, sagte Ondine, obwohl sie es nur sehr schwer glauben konnte, dass Vincent irgendetwas damit zu tun hatte. »Lass uns in die Stadtbibliothek gehen und sehen, ob wir mehr herausfinden können.« Sie schnappte sich ihre zerfledderte Schultasche und ging zur Tür.

Auf dem Weg zum Bahnhof vertrieben die warme Sonne und die frische Luft den Staub aus Ondines Gehirn. Shambles klammerte sich an ihre Schulter. Sie konnte der Familie mit dem Gesundheitsinspektor vielleicht nicht weiterhelfen, aber wenn sie mehr Informationen über den früheren Herzog finden könnte, hätten sie vielleicht eine Möglichkeit, sich den jetzigen Herzog vom Hals zu schaffen.

»Du bist ein gutes Mädel, und ich mag die Aussicht von

---

oder einfach nur als Schrott herausstellt. b) Dient zur Herstellung von Würstchen.

hier«, sagte Shambles mit einem frechen Kichern. Puderrot schaute Ondine nach unten, um zu sehen, was er meinte – den offenen V-Ausschnitt ihres Hemdes. Der Tag fühlte sich schon heiß an, aber sie knöpfte sich schnell bis oben hin zu.

Würde dieses Erröten denn nie ein Ende haben?

Und dabei habe ich dich tatsächlich vermisst!

Das uralte Blausteingebäude der Bibliothek machte Ondine zunächst Angst. Es war so hoch und dunkel, dass es die Sonne verdeckte. Ihre Beine fühlten sich etwas wackelig an, als sie die Stufen erklomm. Mit dem Frettchen, das sich auf ihrer Schulter bewegte, war sie sich sicher, dass sie jemand an der Tür aufhalten würde.

»Sei still«, flüsterte sie, aber es nutzte nichts.

Ein Bibliothekar näherte sich, sah etwas erschrocken aus, dann glätteten sich seine Gesichtszüge und er schenkte Ondine ein Lächeln, das seine Augen bis zu den Schläfen in Fältchen legte. »Tierpflege und Tiere finden Sie unter Sechs-Drei-Sechs. Das ist die zweite Reihe rechts.« [4]

»Danke, aber deswegen bin ich nicht hier. Ich würde mir gerne ein paar Zeitungen von vor etwa dreißig Jahren ansehen, bitte. Wo wären die denn?«

»Die sind im Archivraum, aber da dürfen Sie leider keine

---

4. Vor dem Internet gab es die Dewey-Dezimalklassifikation, die 1876 vom Amerikaner Melville Dewey geschaffen wurde. Sie wird auch heute noch weltweit in Bibliotheken verwendet. Obwohl er ein ausgezeichneter Organisator mit einer Zwangsstörung war, von der die meisten Pedanten nur träumen können, war seine Rechtschreibung eine Katastrophe. Um mit gutem Beispiel voranzugehen, änderte er seinen Namen in Melvil Dui, um die »Merikaner« zu ermutigen, »überflüsige Bukstabn zu entfern«.

Tiere mit hineinnehmen. Das ist eine kontrollierte Umgebung.«

»Ähm, was wäre, wenn ich mich vor den Archivraum setze und Sie mir die Zeitungen bringen? Wäre das in Ordnung?«

»Gut mitgedacht, Mädel«, flüsterte Shambles.

Der Bibliothekar schüttelte den Kopf. »Tut mir leid, das können wir auch nicht machen. Haben Sie eine Kiste, in die Sie Ihr Haustier für die Zeit legen könnten? Ansonsten könnten Sie sie in ein Schließfach stecken.«

»Ich geh' nicht in 'ne Kiste!«, protestierte Shambles, aber seine Worte stießen auf taube Ohren, als Ondine den Kompromiss annahm und einen Schließfachschlüssel entgegennahm. Ondine verspürte keinen Drang, den Bibliothekar zu korrigieren, da sie nicht wollte, dass er ihrem „Haustier"-Passagier noch mehr Aufmerksamkeit schenkte.

»Sei still. Es ist zu deinem eigenen Besten.« Ein Kribbeln der Freude lief Ondine den Rücken hinauf. Das machte ihr Spaß.

»Steck mich nicht in das Schließfach!«, flehte er, als sie die belüftete Tür öffnete.

»Hör auf zu jammern. Tu einfach so, als ob du reingehst, dann spring im letzten Moment in meine Tasche und bleib absolut still.«

Shambles hatte die Wahl – in einer Metallkiste eingesperrt oder in die Tasche gequetscht zu werden. Er entschied sich für Letzteres und war still.

Der Archivraum roch nach Naphthalin, was Ondines

Augen tränen und das Innere ihrer Nase erstarren ließ. [5] Lichtstrahlen fielen durch die kleinen, hoch oben angebrachten Fenster herein und verliehen dem Raum eine überirdische Atmosphäre. Sie fand den Stapel Zeitungen und arbeitete sich vom Datum des Nachrufs des alten Herzogs rückwärts durch, auf der Suche nach allem, was seinen Namen erwähnte. In den Monaten vor seinem Tod fand sie eine Seite mit Gerichtsberichten und einen kurzen Artikel, der einen gescheiterten Strafprozess gegen den alten Herzog schilderte. Es gab viele Zitate des Anwalts des alten Herzogs, in denen er sagte, sie wären »immer zuversichtlich gewesen, dass die verfassungswidrigen Anklagen fallen gelassen würden«. Hoffnung und ein wenig Verwirrung wallten in Ondines Brust auf. Sie waren da auf etwas gestoßen.

Als sie die Seiten weiter zurückblätterten, fanden sie einen früheren Gerichtsbericht.

»Hier steht, dass die Anwälte des Herzogs die ‚Verfassungsmäßigkeit‘ der Anklage anfechten. Kannst du dir darauf einen Reim machen?«

Shambles spähte auf den Zeitungsdruck, sein Kopf drehte sich nach links und rechts, während er die Textspalte überflog. »Ja, er sagt, er kann nicht vor Gericht gestellt werden, weil er der Herzog ist. Sie zitieren das alte Gesetz von ‚nascut regulum‘.« [6]

---

5. Naphthalin ist eine großartige Verbindung, um zu verhindern, dass Motten und Silberfische Kleidung zerfressen. Allerdings lässt sich der Geruch kaum beseitigen, was erklärt, warum deine Oma so riecht.
6. Alt-Bruglerisch für »zum Herrschen geboren«.

»Was soll das bedeuten?«

»Ich weiß es nicht, aber ich glaube, es hat funktioniert.«

Als sie die Seiten noch weiter zurückblätterten, fanden sie nur wenige Erwähnungen des Herzogs, abgesehen von der regelmäßigen vierzehntägigen Liste der besuchenden Würdenträger. Fast so, als ob die Zeitung ihn absichtlich ignorierte.

Aber natürlich betrachteten sie dies im Nachhinein – niemand wusste damals, dass er bald den Löffel abgeben würde. Eine Zeit lang ließ sich Ondine von anderen Nachrichtenereignissen ablenken, und all die Fotos, die die bizarre Mode der damaligen Zeit zeigten, ließen sie schnauben.

Dann fiel ihr etwas ins Auge – eine Fotografie des alten Herzogs und der Herzogin bei einer Premiere im Theater. Die Herzogin trug ein Diamantcollier, das auf den ersten Blick wie ein Dreieck aus Spitze aussah. Ondine holte ihren Notizblock hervor und zeichnete das Collier und den Rest des Schmucks, den die Herzogin trug. Es war eine alte Fotografie, und obwohl Ondine keine Schmuckdesignerin war, war sie sich sicher, dasselbe Stück in der Schatulle gesehen zu haben, die sie unter den Dielenbrettern ihrer Familie entdeckt hatten.

»He, Mädel, hast du den Rest gelesen?«, sagte Shambles. »Hier steht, der Schmuck der Herzogin ist eine Leihgabe aus der Hera-Kollektion. Hast du schon mal von denen gehört?«

»Kann ich nicht behaupten. Sei still und ich frage den Bibliothekar, ob er mir hilft, das nachzuschlagen.«

Bevor Shambles protestieren konnte, stopfte sie ihn wieder in ihre Tasche.

Dieses altbekannte, prickelnde Gefühl der Aufregung begann durch ihre Adern zu strömen. Ondine wusste, dass sie einer großen Sache auf der Spur war, und es fühlte sich großartig an. Jetzt musste sie nur noch den Bibliothekar finden und weitere Informationen sammeln.

Zu Ondines Überraschung musste der Mann ihre Fragen nicht erst nachschlagen. Er hatte schon von der Hera-Kollektion gehört und wusste, wo das beste Buch zu diesem Thema zu finden war.

»Sie ist berühmt, aber das war ein bisschen vor Ihrer Zeit«, sagte er und griff nach einem riesigen Buch voller Farbtafeln mit Abbildungen einiger der edelsten Schmuckstücke, die Ondine je gesehen hatte.

»Werfen Sie einen Blick hierauf und passen Sie auf, dass Ihnen nicht die Augen aus dem Kopf fallen«, fügte der Bibliothekar hinzu.

In einer öffentlichen Bibliothek zu sabbern gehörte sich nicht, also hielt Ondine den Mund geschlossen und schluckte mehrmals, um ihren Speichelfluss zu stoppen. Seite um Seite mit unglaublichen Designs brachten sie beinahe zum Weinen. Es gab Ensembles von Halsreifen, Perlenketten, glitzernde Diademe und atemberaubende, mit mehreren Juwelen besetzte Ohrringe mit passenden Colliers. Es gab zierliche Ringe für junge Debütantinnen, aber auch protzige große Monster für fette alte Damen mit dicken Fingern.

Als sie die Seite umblätterte, stockte ihr der Atem. Es war dasselbe Collier, das die Herzogin auf dem alten Zeitungsfoto getragen hatte. Ondine legte die Skizze, die sie angefertigt hatte, neben die Fotografie, und bei dieser Entdeckung begann ihr Herz viel zu schnell zu schlagen. Dann nahm sie ihren Bleistift und änderte ihre Zeichnung, radierte hier und da ein wenig aus, skizzierte es erneut und so weiter, bis ihre Zeichnung perfekt war.

Sicher, sie hatte ein gutes Gehirn, aber ihr fehlte einfach die künstlerische Ader, die Marguerite besaß, daher dauerte das Zeichnen und Neuzeichnen eine Weile. [7] Schließlich war sie fertig.

»Vielen herzlichen Dank für Ihre Hilfe«, sagte Ondine zum Bibliothekar, als sie ihre Sachen einpackte und in ihre Tasche stopfte. Ein gedämpftes »Uff« ertönte aus dem Inneren, aber sie hustete, um Shambles' Grunzen zu übertönen.

Sie konnte es kaum erwarten, mit der aufregenden Neuigkeit nach Hause zu kommen.

---

7. Sie fragen sich vielleicht, warum Ondine das nicht einfach im Internet nachgeschlagen hat. Aber denken Sie daran, diese Geschichte spielte vor zwölf Jahren, und damals waren die Dinge anders. Nicht, dass sie sich so sehr geändert hätten. Ehrlich gesagt ist Brugel das einzige Land in Europa ohne Breitbandinternet. Außerdem haben sie hohe Zölle auf importierte Computer, um die Leute zu ermutigen, »Brugel-Produkte zu kaufen«.

Ihr Telefonsystem ist zudem anfällig für Ausfälle, weshalb sie für den Eurovision Song Contest immer noch eine Jury haben, anstatt per Telefon und SMS abzustimmen. Brugel gibt der Slowakei immer zwölf Punkte, was zu Vorwürfen der Wahlmanipulation geführt hat. Besonders in dem Jahr, als die Slowakei nicht einmal im Finale war.

»Ondi, Gott sei Dank für deine Auffassungsgabe«, sagte Ma, als Ondine nach Hause zurückkehrte, während Shambles hoch auf ihrer Schulter thronte. »Frau Klegg hätte die ganze Kiste mit Juwelen gesehen, wenn du nicht so schnell gehandelt hättest. Und deine seherische Gabe ist genau im richtigen Moment zum Vorschein gekommen. Sie war wirklich sehr von deiner Vision beeindruckt, was das, was sie hier sonst so gesehen hat, wieder wettgemacht hat. Schau mal hier: Sie hat uns eine Liste mit Reparaturen und Änderungen gegeben, die wir vornehmen sollen, und dann können wir nächste Woche wieder eröffnen.«

Ich habe nur geraten, wollte Ondine sagen, behielt ihre Gedanken aber für einen Moment für sich, damit sie erklären konnte, was sie in der Bibliothek erfahren hatte. »Ich muss den Schmuck sehen. Ma, hast du schon mal von der Hera-Kollektion gehört?«

»Natürlich, jede Frau hat davon gehört.«

»Na ja, ich nicht. Bis heute jedenfalls.«

»Das war vor deiner Zeit, Liebes«, sagte Ma.

Ein enttäuschter Seufzer entfuhr Ondine. Warum mussten ältere Leute immer so bevormundend über Dinge und Ereignisse sprechen, die »vor ihrer Zeit« stattfanden? Diese Beschwerde musste jedoch auf einen anderen Tag warten – im Moment hatte sie dringendere Angelegenheiten.

»Der Herzog. Der vor unserem jetzigen. Shambles und ich waren in der Bibliothek und wir haben etwas über ihn herausgefunden. Die alte Herzogin hat sich Stücke aus der Hera-Kollektion geliehen. Eines davon sieht so aus«, sagte Ondine und zeigte ihrer Mutter die Zeichnung des Colliers, die sie angefertigt hatte.

Sie verschwendeten keine Zeit und gingen in Mas und Das Schlafzimmer, wo sie Cybelle und Marguerite kichernd wie Kleinkinder auf dem Bett sitzen sahen, wie sie Juwelen anprobierten.

»Margi, steh sofort auf«, befahl Ma.

Die Älteste gehorchte und senkte beschämt den Blick, weil sie ertappt worden waren. Die glitzernden Juwelen an ihrem Hals tanzten praktisch im Sonnenlicht. Aufregung sprudelte in Ondine auf, als sie das zierliche Collier um den Hals ihrer Schwester betrachtete.

»Das ist sie, ohne Zweifel«, sagte Shambles. »Steht ihr auch gut.«

KAPITEL ACHT

EIN PAAR TAGE später war Ondine, was das Schicksal all der schönen Juwelen anging, um nichts klüger. »Sag mir noch mal, warum die Hera-Kollektion nicht an die Öffentlichkeit geht?«, fragte Ondine ihre Mutter, während sie den neuen Teppich für das Esszimmer ausrollten.

Es war eine verrückte Zeit gewesen. In der letzten Woche hatte Ma es auf sich genommen, sich mit der Hera-Kollektion in Verbindung zu setzen und die sichere Rückgabe der Juwelen zu organisieren. Das Bargeld hingegen? Davon musste niemand etwas wissen, also fand es seinen Weg in die Kassette unter dem Küchenboden.

»Sie wollten nicht an die Öffentlichkeit gehen, weil der alte Herzog und die Herzogin nicht mehr unter uns weilen und die Familie des jetzigen Herzogs zu ihren besten Kunden zählt«, erklärte Ma.

»Hiiilfe!«, schrie Shambles, als er unter der Teppichrolle nach hinten umfiel.

»Aber der Herzog hat sie *bestohlen*, oder zumindest sein Vater«, sagte Ondine, während sie Shambles in Sicherheit brachte. Ein Glück, dass sie so schnell gehandelt hatte, sonst hätte er seine Tage als unschöne Beule unter dem neuen Teppich beendet.

Nur noch ein paar Meter Teppich, dann wären sie fertig. Zumindest in diesem Zimmer.

»Das ist wohl wahr«, sagte Ma. »Aber die jetzige Herzogin wird mit ihren Juwelen fotografiert, genau wie die alte Herzogin, und dadurch wird sie zu einer wandelnden Reklame für sie. Sie verdienen ihr Geld immer noch damit, an Leute zu verkaufen, die so sein wollen wie die Herzogin. Indem wir die Juwelen still und leise zurückgegeben haben, haben wir Hera einen öffentlichen Skandal erspart.«

Eher wohl die Familie des Herzogs vor einer schmutzigen Strafanzeige bewahrt, kochte Ondine innerlich vor Wut.

»Haben sie uns als Belohnung etwas davon behalten lassen?«, fragte Cybelle, während sie Teppichnägel in die Ecken des Zimmers schlug, um den neuen Bodenbelag zu befestigen. »Sicher gehörte nicht alles ihnen, oder?«

»Sicher gehörte es ihnen«, sagte Ma und fügte zur Betonung einen schweren Seufzer hinzu.

Tränen stiegen Ondine in die Augen. All der wunderschöne Schmuck, so schnell verschwunden, wie er in ihr Leben getreten war.

»Aber das ist nicht fair! Sie hätten uns etwas davon

dalassen können, als Dank dafür, dass wir ihren Ruf gerettet haben«, beschwerte sich Marguerite, während sie und Thomas einen weiteren Tisch an seinen Platz schoben. Trotz der harten Arbeit sah Marguerites langes, dunkles Haar glänzend und gewellt aus. Cybelles Bob sah adrett und ordentlich aus. Ondine? Ihr Haar hing in unordentlichen Strähnen herab und ihre Kopfhaut fühlte sich fettig an.

»Ich fürchte, nein. Sie konnten nicht riskieren, dass jemand die Stücke an einem von uns wiedererkennt. Stellt euch vor, wir würden sie zu einer öffentlichen Veranstaltung tragen. Wir säßen schneller im Gefängnis wegen Diebstahls, als ihr ›Das ist nicht fair‹ sagen könntet.«

»Weil wir nicht zu den Leuten gehören, die so etwas tragen dürfen. Stimmt's?«, sagte Ondine und ballte frustriert die Hände.

Das Leben schien in letzter Zeit nur noch aus einer frustrierenden Begebenheit nach der anderen zu bestehen.

»Aber warum musstest du dann alles zurückgeben?«, stöhnte Cybelle und schaffte es dabei erstaunlich gut, verständlich zu klingen, obwohl sie ein Dutzend Teppichnägel im Mund hatte.

»Pah! Ich habe nicht *alles* zurückgegeben. Haltet ihr mich für dumm?«, sagte Ma und lachte herzlich auf Kosten ihrer Töchter.

Wut und Jubel brodelten in Ondine. Wut darüber, dass ihre Mutter ihnen eine faustdicke Lüge aufgetischt hatte. Jubel darüber, dass noch ein paar schöne Stücke irgendwo sicher verwahrt waren.

»Du hast uns auf den Arm genommen, nicht wahr, Ma?«, sagte Ondine, als sie den Teppich fertig ausgerollt hatte. Dann schnitt sie das überstehende Stück mit einem scharfen Messer ab. Noch ein paar Nägel von Cybelle, und sie wären für den Nachmittag fertig. Auf Mrs. Kleggs Liste stand nun nicht mehr viel.

Einstimmig verdrehten Marguerite und Cybelle frustriert die Augen. Ihrer Mutter eine klare Antwort zu entlocken, wäre jetzt unmöglich, denn Ma wusste, wie sehr sie sich gewünscht hatten, etwas von dem Tand und den Klunkern für sich zu behalten.

»Kommen wir zu wichtigen Dingen«, sagte Da, als er den Raum betrat. Er und der Chefkoch manövrierten das Klavier in seine Ecke im Esszimmer. Alle machten Platz, damit sie es an seinen Platz bringen konnten. Shambles sprang auf Ondines Schulter.

Ma strich ihre Röcke glatt. »Wir öffnen morgen wieder zum Mittagessen. Ich dachte mir, vielleicht könnten wir dem Lokal mit der Neueröffnung einen neuen Namen geben.«

»Was ist mit dem alten Namen nicht in Ordnung, Mrs. G?«, fragte Thomas.

»Ach, der ist zu langweilig«, sagte Ma. »Er sagt mir nichts mehr. Was meinen Sie, Josef?«

»Ich finde, der jetzige Name ist in Ordnung«, sagte Da. »Jeder weiß, wo *The Station Hotel* ist – es ist gegenüber vom Bahnhof.«

»Wie wäre es mit ›Das Juwel‹?«, sagte Cybelle mit einem boshaften Funkeln in den Augen.

»Oder ›Die Krone‹?«, sagte Marguerite.

»Ich weiß. Was, wenn wir es *Der Herzog und das Frettchen* nennen?«, sagte Ondine.

Darüber lachten sie alle.

»Wisst ihr was? Das klingt ziemlich gut«, sagte Ma. »Und es könnte sich als praktische Absicherung erweisen. Der Herzog würde es nicht wagen, eine Kneipe zu schließen, die ihm zu Ehren benannt ist. Gut mitgedacht, Ondi. Du hast wirklich eine Gabe.«

Damit küsste ihre Mutter sie liebevoll auf die Stirn und begutachtete die Verbesserungen. »Das sieht alles großartig aus. Gut gemacht, alle zusammen.«

Später in dieser Nacht versuchte Ondine zu schlafen, aber ihre Gedanken kamen einfach nicht zur Ruhe. Wieder zurück in ihrem eigenen Zimmer, hatte sie niemanden zum Reden. Sie ging den dunklen Flur entlang, um nachzusehen, ob Cybelle wach war. Dem schallenden Schnarchen nach zu urteilen, war ihre Schwester tief und fest eingeschlafen. Es half also nichts, sie musste mit Shambles plaudern, einfach weil er für einen Schwatz zu haben war, wenn sonst niemand wach war. Aber wo war er? Die Küche schien der naheliegendste Ort zu sein, und tatsächlich fand sie ihn dort, wie er kaltes Fett aus einer schmutzigen Bratpfanne leckte.

»Bist du gekommen, um mich ins Bett zu bringen, Mädel?«

Musste er denn ständig so frech sein? »Du solltest in der Waschküche sein. Alle anderen schlafen.«

»Und warum bist du dann wach?«

Eine schwere Last drückte ihre Schultern nach unten. »Es ist wegen Ma. Ich überlege, wie ich ihr sagen soll, dass ich die Gabe nicht habe.«

»Sicher hast du die Gabe, das hast du doch«, sagte Shambles.

Vielleicht würde etwas warme Milch helfen. Ondine machte sich daran, sich etwas Wärmendes zuzubereiten. *Der Kakao muss hier irgendwo sein.* »Ich habe die Gabe nicht«, protestierte sie, während ihr Kopf vor Verwirrung zu pochen begann. Es war nicht richtig, ihre Mutter in die Irre zu führen. Wenn Ma sich erst einmal in den Kopf setzte, dass Ondine wirklich hellsichtig war, würde sie sie vielleicht zurück ins Summercamp zu Mrs. Howser schicken. »Ich habe nur immer das Erste gesagt, was mir in den Sinn kam. Das ist nicht hellsichtig, das ist einfach nur unüberlegtes Rausplappern.«

»Aber es sind die richtigen Dinge, das sind sie doch«, sagte Shambles.

Frustriert biss Ondine die Zähne zusammen, aber sie widerstand dem Drang, ihre Backenzähne zu Pulver zu zermahlen. »Na ja, vielleicht bin ich einfach nur ... klug. Ich meine, ist das so abwegig? Warum muss es irgendeine Superkraft sein? Warum kann ich nicht die Kluge sein anstatt die Hellsichtige?«

»Das stört dich wirklich, was, Mädel?«

Ondine atmete ein paar Mal tief durch und ordnete ihre Gedanken. Und ob es sie störte, aus mehr Gründen, als sie sagen konnte. Vielleicht, weil das ganze Hellsichtigen-Konzept ihr das Gefühl gab, eine Lügnerin und Betrügerin zu sein. Sie kannte viele Leute, die die Gabe wirklich hatten, aber sie gehörte nicht zu ihnen. Und noch etwas. Wenn die Leute sagten, sie sei hellsichtig, würden sie mehr davon wollen, und irgendwann würde alles auffliegen, weil sie herausfinden würden, dass es nichts mehr zu geben gab. Sie würden herausfinden, dass sie eine Hochstaplerin war.

Es fühlte sich nicht richtig an, eine Lüge aufrechtzu-erhalten.

»Du bist ein kluges Mädchen. Das kriegst du schon hin«, sagte Shambles.

Am nächsten Morgen blieb keine Zeit, über irgendetwas nachzudenken, denn die ganze Familie – die nun auch Thomas umfasste – machte sich für die Wiedereröffnung zum Mittagessen bereit. Der Chef und Cybelle waren kaum mehr als ein verschwommener Fleck bei der Arbeit in der Küche; Thomas und Da polierten die neuen Biergläser und Krüge; Margi, Ondine, Shambles und Ma bezogen die Gäste-betten im ersten Stock.

Wie ein schwarzer Blitz huschte Shambles unter das Bett, an dem sie gerade arbeiteten.

»Du bist hier oben unter jedes Bett gerannt. Ich habe die

Juwelen nirgendwo hingelegt, wo du sie finden könntest, weißt du«, sagte Ma.

»Ich suche nach Oose. Sie vermehren sich unter Betten und erschrecken die Leute.« [1]

Noch bevor ihre Mutter die Frage stellen konnte, zuckte Ondine mit den Schultern. »Ich habe keine Ahnung, wovon er redet.«

»Du wusstest, was ich fragen wollte? Ich hab's dir doch gesagt, du bist hellsichtig«, sagte Colette.

Ein Muskel zuckte in Ondines Kiefer. »Ma, bitte. Lass es gut sein, okay?«

»Wir sind hier fertig«, unterbrach Marguerite sie. Abgesehen von der leichten Röte auf ihren Wangen sah sie immer noch tadellos aus. Man hätte nie gedacht, dass sie so viel gearbeitet hatte. »Wir sollten besser nach unten gehen, bevor die Türen öffnen, sonst werden wir überrannt.«

»Danke, Margi, das ist sehr *klug* von dir«, sagte Ondine mit absichtlicher Betonung. Dann sah sie ihre Mutter an. »Oder vielleicht ist Margi die Hellsichtige?«

»Hör auf damit«, sagte Ma.

Sie schafften es gerade noch die Treppe hinunter, als Thomas die Tür für ein halbes Dutzend durstiger Leute öffnete, die direkt auf die Bar zusteuerten und Getränke

---

1. Oose – mächtig große Staubklumpen, die sich zu Wollmäusen zusammenrotten. Der Ursprung dieses Ausdrucks ist unmöglich zu überprüfen, ähnlich wie der geheime Händedruck eines Freimaurers. Für weitere Informationen über die Freimaurerei folgen Sie den Abenteuern von Pierre in Tolstois *Krieg und Frieden*. Oder schauen Sie sich *Freimaurer für Dummies* an.

bestellten. In wenigen Sekunden hatte Da die Hände voller Bierkrüge und die Kasse begann mit den Verkäufen zu klingeln. Cybelle kam in die Bar, trug einen Teller mit herzhaften Häppchen und bot sie herum.

»Du verschenkst doch nicht etwa Essen, oder?«, flüsterte Ma ihrem mittleren Kind zu.

»Das sind Kostproben, Ma, als Wiedereröffnungs-Special. Das ist die Idee vom Chef. Ist er nicht clever? Er hat einige richtig gute Ideen, um die Speisekarte zu modernisieren und –«

»Schon klar, ich werde mal ein ernstes Wörtchen mit dem Chef reden.«

Von ihrer Position im Türrahmen aus beobachtete Ondine den Wortwechsel, und ihr Herz schmerzte für ihre mittlere Schwester. Wenn sie älter wäre, könnte sie in die Bar gehen und ihr moralische Unterstützung anbieten. Da sie aber erst fünfzehn war, traute sie sich nicht, einen Fuß hineinzusetzen, nur für den Fall, dass sie jemand beim Duke oder bei Mrs. Klegg verpetzen würde. Stattdessen wartete sie, bis sie Cybelles Aufmerksamkeit erregte, und zeigte ihr den Daumen nach oben, denn das war alles, was sie im Moment tun konnte.

Cybelle warf ihr einen verwirrten Blick zu.

So viel zum Thema hellsichtig sein.

Der Andrang zur Mittagszeit hielt sie den ganzen Nachmittag auf Trab. Die Küche erwachte mit einer Vielzahl neuer und herrlicher Gerüche, den Kreationen des Chefs sei Dank, wieder zum Leben. Die Mittagszeit ging in den späten Nachmittag über und eine weitere Idee des Chefs – der Nachmittagstee – lockte weitere Gäste für Scones, Marmelade und Sahne mit Tee oder Kaffee an. Diesmal strahlte Ma über die Neuerung des Chefs, denn sie schuf eine profitable Tageszeit, wo es vorher keine gegeben hatte. Und Scones sind auf der ganzen Welt Scones, also brauchte niemand kostenlose Probierhäppchen.

Während Ondine die Gäste bediente, setzte sich Cybelle ans Klavier und Marguerite gesellte sich zu ihr. Von hinten stürmte Shambles durch den Speisesaal und huschte auf das Klavier, um mitzumachen. Ondine hielt den Atem an und wartete auf eine Katastrophe, aber diesmal schrie niemand. Die Mädchen lachten, als das Tier jammerte und sich aufführte, seine kleinen Frettchenpfoten auf die Brust gedrückt, während es sich die Seele aus dem Leib quietschte.

Es war eine ausgezeichnete Idee gewesen, den Pub in *The Duke and Ferret* umzubenennen. Wenn jemand Shambles sah, wusste er sofort, dass er das Hotelmaskottchen und keine Ratte war.

Über der Melodie hörte Ondine das Klimpern und Klirren von Münzen, die sich im Trinkgeldglas auf dem Klavier türmten. Ein strahlendes Lächeln breitete sich auf ihrem Gesicht aus.

Das ist genial!

»Ein schüchternes Kerlchen, nicht wahr?«, scherzte Ma und fing dann auf dem Weg zurück in die Küche, die Arme voller schmutziger Teller, ebenfalls an zu singen.

»Er will sich nur vor der Arbeit drücken«, sagte Ondine.

Mit einem Seufzer verabschiedete sie sich vom Klavier und machte sich auf den Weg zum Stapel schmutziger Teller am Spülbecken. Sie krempelte die Ärmel hoch und tauchte ihre Arme in das heiße Seifenwasser.

Der späte Nachmittag ging in den frühen Abend über. Ondine saß mit Shambles, Cybelle und dem Chef im Privatzimmer hinter der Küche. Sie aßen von einer Platte, die der Chef für sie herausgebracht hatte, ruhten sich aus und tankten neue Energie, bevor der Abendandrang begann. Soweit es Ondine betraf, hatte Shambles von ihnen allen am wenigsten richtige Arbeit geleistet, aber das hielt ihn nicht davon ab, sein eigenes Körpergewicht an Aufschnitt und Käse zu verdrücken.

»Ein geborener und überzeugter Salatmuffel, was, Shambles?«, sagte der Chef.

»Früher habe ich Kartoffeln und frisches Obst geliebt, aber das vertrage ich nicht mehr«, gestand Shambles mit vollem Mund sprechend. [2]

»Wahrscheinlich hast du früher auch Tischmanieren geliebt«, sagte Ondine.

Cybelle ignorierte sie und formte ein großes »O« mit ihrem Mund, um ihren Eyeliner richtig nachziehen zu können.

---

2. Frettchen sind berühmte Salatmuffel und können weder Zucker noch pflanzliches Eiweiß verarbeiten. Füttern Sie sie nicht mit Rosinen, da Frettchen auch dafür bekannt sind, ihr Futter zu horten. Der Zuckerrausch nach einem Rosinen-Exzess kann sie ins Koma versetzen. Dasselbe gilt für Alkohol, aber das ist nur gesunder Menschenverstand.

Durch das Schmatzen und Wasserschlürfen hindurch hörte Ondine, wie die Stimme ihrer Mutter vor Freude eine Oktave höher wurde, und das aus dem Speisesaal.

»Klingt, als wäre jemand für Margis Verlobungsfeier morgen aufgetaucht«, sagte Cybelle, als sie hörten, wie die Stimme ihrer Mutter beim Näherkommen lauter wurde.

Moment, was? Margis Verlobungsfeier war morgen? Wie hatte Ondine das verpassen können?

»Es ist so schön, dich wiederzusehen. Komm nur herein. Oh, du musst die Mädchen sehen, sie sind so groß geworden«, sagte Ma, als sie auf sie zukam.

Dort in der Tür stand ihre Großtante Col.

Shambles fiel das Essen aus dem Mund. »Es ist die Hexe! Diesmal ist sie es wirklich!«, kreischte er.

Niemand sagte etwas für eine gefühlte Ewigkeit, die in Wirklichkeit wahrscheinlich nur fünf Sekunden dauerte, während die ältere, aber rüstige Frau ihre Augen zusammenkniff und Shambles musterte.

Ein wenig Galle brannte in Ondines Kehle, so groß waren ihr Schock und ihre Überraschung. Die alte Col war hier, die Hexenfrau, die den jungen Hamish in das Tier verwandelt hatte, das er heute war. Ondine schluckte schwer und starrte zu ihrer älteren Verwandten hinauf, ihr Herz schlug schneller in Erwartung dessen, was kommen mochte.

»Hamish McPhee, du hast dich kein bisschen verändert«, sagte ihre Großtante Col.

»Aye, du hast mich gut verflucht, das hast du.«

»Nicht einer meiner besten, aber er scheint gehalten zu haben.«

»Aye. Komm her und gib mir einen Kuss.« Shambles hielt seine pelzigen Arme für eine Umarmung weit offen.

Ein kalter Stachel der Eifersucht bohrte sich in Ondines Herz. Was, wenn Tante Col Shambles wieder in seinen Hamish-Zustand zurückversetzte und er sie einfach verließ?

Noch ein kalter Stachel, diesmal aus Angst. Was, wenn es noch schlimmer war? Was, wenn Tante Col Shambles wieder in seinen Hamish-Zustand zurückversetzte und er hässlich war?

Sei nicht so oberflächlich.

Aber als der Gedanke einmal Wurzeln geschlagen hatte, konnte sie ihn nicht mehr *loswerden.*

KAPITEL NEUN

SIE HATTEN sich schon über zwei Stunden unterhalten, Shambles und die alte Col, aber Ondine hatte keine Ahnung, worüber sie sprachen. Jedes Mal, wenn sie mit leeren Tellern aus dem Speisesaal zurückkam, schaute sie in das Séparée hinter der Küche. Dort saßen sie, Shambles zappelte auf dem Tisch herum und die alte Col nickte von Zeit zu Zeit mit dem Kopf. Sie sprachen mit gedämpften Stimmen und hatten dem Eingang den Rücken zugewandt, sodass Ondine nicht einmal ihre Mienen lesen konnte.

Die alte Dame und das Frettchen. Worüber konnten die sich nur unterhalten?

»Nicht faulenzen, nimm die Dessertbestellung von Tisch zwölf auf«, sagte Ma. »Lass Hamish und Tante Col in Ruhe. Wenn sie so weit sind, mit dir zu reden, werden sie es dich wissen lassen.«

Ein Schauer lief Ondine über den Rücken. Ihre Mutter

hatte ihn Hamish genannt, anstatt Shambles. Bedeutete das, dass ihre Großtante beschlossen hatte, den Zauber aufzuheben, damit er wieder ein Mensch werden konnte? Wieder einmal fragte sich Ondine, ob Hamish vielleicht so gutaussehend war, wie er klang. Oder zumindest so gutaussehend wie Lord Vincent.

Ich sollte sie nicht vergleichen, aber ich kann nicht anders.

Für Hamish war es unmöglich, stillzusitzen. Als Mensch mit Frettcheneigenschaften (obwohl es inzwischen vielleicht schon umgekehrt war) gab er sein Bestes, ruhig zuzuhören und »sitz schön«, wie seine Mutter zu sagen pflegte. [1]

Es war ein hoffnungsloser Kampf. Die Mischung aus Aufregung und Angst, die durch seinen Körper schoss, ließ ihn von der Nase bis zur Schwanzspitze zittern.

»Du verstehst, wie unendlich leid es mir tut«, begann er, wissend, dass das kaum an der Oberfläche des abgrundtief schlechten Gefühls zwischen ihnen kratzte.

»Du hast mich zutiefst beleidigt, das weißt du«, sagte Tante Col, und ihrem Gesichtsausdruck nach – so faltig und

---

1. Sitz brav. Anweisung an Kinder, sich zu benehmen, wird selten bis gar nicht verwendet, da sie für die Erziehung von Kindern von vernachlässigbarem Wert ist. Wird häufiger als Vorstufe zu einer Ohrfeige verwendet. Wie in: »Ich hab dir gesagt, du sollst brav sitzen, und das hast du nicht. (Klaps!) Jetzt hör auf zu heulen und geh auf dein Zimmer.«

»in einem gewissen Alter«, wie es auch war – hielt sie schon seit vielen, vielen Jahren an ihrem Schmerz fest.

»Ja, ich weiß, und es tut mir aufrichtig leid. Und zuerst war ich wütend auf dich, dass du's getan hast, aber inzwischen verstehe ich, warum du's getan hast. Du hast mir eine Lektion erteilt, eine, die ich so schnell nicht vergessen werde«, sagte Hamish, holte tief Luft (jedenfalls für ein Frettchen) und versuchte, das Gespräch voranzubringen. »Mir war nicht klar, dass dir dein Debütantinnenball so wichtig war. Aber ich weiß, dass ich ihn dir ruiniert hab, und das tut mir sehr leid. Wenn du mich zurückverwandelst, werde ich wieder dein Partner sein, und diesmal machen wir's richtig.«

Sie saßen beide einen Moment da, Hamish schaute die alte Col an, und sie schaute ihn an. Die ganze Zeit über wirbelte Hamishs winziges Shambles-Herz wie ein Trommelwirbel.

»Na, Mädel? Jetzt, wo wir älter und weiser sind, gibt's da irgendeine Chance, dass du mir verzeihen kannst?«

Die papierdünne Haut auf dem Gesicht der alten Col zog sich auf ihren Wangen wie eine Ziehharmonika zusammen, als sie lächelte. »Du hast halb recht. Ich bin gewiss viel älter, und ich glaube, ich bin auch etwas weiser. Du hast mich verletzt, Hamish, aus vielen Gründen – aber du hast recht, es ist lange her, und nachtragend zu sein lässt einen so schrecklich altern.«

Hamish hielt den Atem an und wartete auf das, was als Nächstes kam.

»Ich vergebe dir«, sagte die alte Col, und ihre Augen funkelten hinter den kurzen Wimpern. Bei diesen wenigen Worten fühlte Hamish, wie seine Stimmung in die Höhe schoss.

Genauso schnell sank sie wieder, als er seinen pelzigen Körper betrachtete. »Aber, ich bin immer noch ein Frettchen!«

»Das bist du. Was bedeutet, dass es jetzt wohl an dir liegen muss. Vielleicht bist du gern ein Frettchen, weil du dann von den Verpflichtungen des Lebens entschuldigt bist.«

»Du willst also sagen, ich bin immer noch ein Frettchen, weil … weil es mir *gefällt*?«

Das Grinsen, das sie ihm schenkte, ließ ein schweres, flaues Gefühl in seiner Magengrube aufsteigen. »Das muss es sein. Da musst du dich jetzt selbst raus*wieseln*!«

Die Minuten schleppten sich dahin wie Stunden, bis Ondine gegen Ende des Abends schließlich hörte, wie ihre Großtante Col sie zu sich an den Tisch rief. Die Falten in ihrem Gesicht und ihre knorrigen, arthritischen Finger mochten der Frau ein betagtes Aussehen verleihen, aber ihr Verstand war noch immer so scharf wie eine Peitsche.

»Ondine, komm her, Kind. Hamish möchte dir etwas sagen«, sagte Tante Col und deutete auf das Frettchen, das mit gesenktem Kopf am Rand des Tisches saß.

»Aye, Mädel, das möchte ich. Aber bevor ich weitermache, will ich dir sagen, wie sehr ich alles schätze, was du für mich getan hast. Du hast mich aufgenommen und für mich gesorgt. Ich hätte mir nicht mehr wünschen können.«

Angst packte Ondines Herz und drückte es fest zusammen. Seine Worte klangen so unheilvoll. Ihre Hände zitterten, also faltete sie sie, um sie ruhig zu halten.

»Tante Col hat den Zauber aufgehoben, aber ich glaube, ich war so lange ein Frettchen, dass ich vergessen habe, was ich früher war. Sie sagt, es liegt jetzt an mir, aber ich bin nicht sicher, ob ich weiß, wie ich wieder ich selbst sein kann. Du hast mir gezeigt, was es bedeutet, Teil einer Familie zu sein, zusammenzuarbeiten und wirklich was auf die Beine zu stellen.«

Ondine flehte Tante Col an. »Verwandle ihn zurück!«

»Das habe ich bereits. Er ist jetzt für sein Leben selbst verantwortlich.«

»Aber du warst diejenige, die ihn überhaupt erst in ein Frettchen verwandelt hat«, protestierte Ondine.

»Das ist wahr, aber Zauber wirken nur bei willigen Empfängern. Ich habe ihn zwar ein Wiesel genannt, weil er so schrecklich zu mir war und meinen großen Abend ruiniert hat, aber er muss es geglaubt haben, damit der Zauber wirkt.«

»Warum verwandelt er sich dann nicht zurück?«

Eine traurige, leise Stimme meldete sich zu Wort: »Weil ich deiner nicht würdig bin.«

Ondine bemerkte den schleppenden Tonfall seines

Akzents, was bewies, wie furchtbar peinlich es ihm sein musste.

»Sei nicht albern. Natürlich bist du würdig. Du hilfst hier im Pub aus und hast, um Himmels willen, das Attentat auf den Herzog verhindert. In meinen Augen sind das ziemlich ehrenwerte Dinge.«

Das kleine Frettchen seufzte und sagte: »Ja, ich schätze schon.« Aber er klang nicht überzeugt.

Eine Träne kullerte Ondine über die Wange bei dem Gedanken, dass Hamish den Rest seines Lebens in diesem kleinen Körper gefangen sein würde.

»Och, trockne deine Augen«, sagte Shambles, sein Akzent schwer von Reue. »Ich weiß, du hast dich drauf gefreut, dass ich wieder ein Mensch werde, aber du wirst noch'n bisschen warten müssen, bis ich meinen Kopf wieda klarkriege.« [2]

Na, wer von uns ist jetzt der Hellseher?

Später in dieser Nacht, als alles still war, schlich sich Shambles in Ondines Zimmer. Als automatische Reaktion

---

2. Wird oft tröstend gesprochen, aber je nach Tonfall ebenso oft auch nicht, z. B. »Oh, du hast deine kleine Flasche Ingwerlimonade fallen lassen und alles ist verschüttet? Ach, trockne deine Tränen.« Im Vergleich zu: »Du bist aus dem Fenster gefallen und hast einen komplizierten Bruch? Ach, trockne deine Tränen.« Das nächstliegende moderne Äquivalent ist »Reiß dich zusammen und geh wieder an die Arbeit.«

darauf, das Frettchen in der Nähe ihres Bettes zu sehen, klopfte Ondine auf das Kissen und machte ihm Platz.

»Nee, Mädle, ich bin nur gekommen, um dir eine gute Nacht zu wünschen. Jetzt schlaf mal. Ich geh in die Waschküche.«

Eine Schwere legte sich auf Ondines Herz. Als ob sie ihn jetzt schon vermissen würde. »Du musst nicht da unten schlafen, Shambles. Ma weiß doch sowieso, dass du hier bist.«

»Umso mehr ein Grund, in der Waschküche zu bleiben. Es is' nich' angebracht, dass ich in deinem Zimmer bin. Ich hab deine ... *Gastfreundschaft* ... schon genug ausgenutzt.«

Ondine hörte die Betonung auf dem Wort und beschloss, sie zu ignorieren. Sie öffnete den Mund, um etwas zu sagen, aber es kam nichts heraus, weil ihr Verstand wie leer gefegt war. Nicht völlig leer, natürlich, sonst hätten ihre lebenswichtigen Funktionen wie das Atmen aufgehört. Aber der denkende Teil ihres Gehirns schaltete ab. Wahrscheinlich, weil sie sich nur vorstellen konnte, wie einsam sie sein würde, ohne dass er sich neben sie kuschelte. Eine Weile saß Ondine da in ihrem Bett, während Shambles mitten auf dem Boden stand, und keiner sagte etwas, für eine, wie es sich anfühlte, unendlich lange Zeit.

Schließlich seufzte Shambles. »Ich glaube, deine Großtante hat recht. Ich muss mich wie ein Mann benehmen. Ich denke, vielleicht, wenn ich mit ihr gehe, könnten wir einige Zaubersprüche finden, die helfen könnten.«

Er ging weg? Wie sollte das irgendjemandem helfen?

»Sham- nein, Hamish?« Ondine räusperte sich. »Du bist der Einzige hier, der mich nicht wie ein Kind behandelt. Bitte fang jetzt nicht damit an.«

»Du bist kein Kind, das is' sicher.« Das Frettchen schüttelte seinen pelzigen Kopf. »Du bist die Klügste hier. Und deshalb muss ich gehen. Ich werde dich nur runterziehen, wenn ich bleibe.«

Nichts, was er sagte, ergab einen Sinn. »Du bleibst doch wenigstens für Margis Party morgen Abend, oder?« Ondine versuchte, vernünftig zu klingen, während sie in ihrem Herzen kurz davor war zu betteln. Aber sie würde nicht betteln, und sie würde nicht jammern, weil das verraten würde, wie erwachsen sie zu wirken versuchte.

»Eine letzte Party, was? Na gut, wenn es dir so viel bedeutet.«

Ondines Schultern sackten erleichtert nach unten. Ihr war nicht bewusst gewesen, wie angespannt sie im Laufe ihres Gesprächs geworden war, aber jetzt seufzte sie laut über die Atempause. Vielleicht konnte sie Tante Col und Shambles überreden, bei ihnen zu bleiben? Schließlich hatten sie unter ihrem Dach noch Platz für viele mehr.

Shambles machte sich auf den Weg zur Tür, hielt aber inne, bevor er ging.

»Gibt es noch etwas?«, fragte Ondine.

»Ja, gibt es. Deine Ma hat mir von Lord Vincent erzählt. Sie sagte, er hat dir neulich im Esszimmer schöne Augen gemacht.«

»Danke, Ma.« Ondine errötete bei der Erinnerung.

Shambles zuckte mit den Schultern. »In großen Familien gibt es wenig Privatsphäre.«

»Was ist mit Lord Vincent?«, fragte sie, als eine neue Welle des Kribbelns bei der Erinnerung an seinen Kuss über ihr Handgelenk lief.

»Du bist 'ne schlaue Person. Ich glaube, du weißt es schon.«

»Und wenn ich nicht schlau wäre? Wenn ich nur ein Kind wäre. Was würdest du mir dann sagen?«

»Ich würd' dir sagen, dass du dich von ihm fernhalten sollst, weil er mich zu sehr an mich selbst erinnert.«

Damit ging Shambles aus ihrem Zimmer und ließ Ondine mit einem mulmigen, leeren Gefühl zurück.

In dieser Nacht, während Ondine schlief, versuchte sie, von Lord Vincent zu träumen, aber ihr Unterbewusstsein ließ es nicht zu. Stattdessen erschien Melody, ihre Freundin aus dem Hellseher-Sommercamp. Autsch! Ondine hatte vorgehabt, mit ihrer Freundin in Kontakt zu bleiben, aber sie hatte so viel zu tun gehabt, dass sie keine Zeit gefunden hatte. Im Traum saßen sie an einem lauen Sommerabend in der Dämmerung auf einem Blumenfeld. Glühwürmchen tanzten um sie herum. Es war eine schöne, ruhige Szene, und Shambles erschien (und aß natürlich eine Wurst, denn wann immer Ondine an Shambles dachte, verband sie es mit

Essen). Alles fühlte sich so friedlich an, dass Ondine wollte, der Traum möge ewig dauern.

»Mrs. Howser will Sie sehen«, sagte Melody. Die Worte ihrer Freundin brachten einen Szenenwechsel. Es wurde dunkel und ein kalter Luftzug umspielte ihre Beine, doch ein heller Scheinwerfer war auf sie gerichtet. Shambles hörte auf zu essen und schrie vor Schmerz auf, den Bauch umklammernd.

»Wir kommen«, sagte Melody.

»Och nee! Ich sterbe«, sagte Shambles.

Ondine schrak schweißgebadet auf, während ihr Herz hinter den Rippen donnerte und zu zerspringen drohte.

»Ich bin nicht hellsichtig, es war nur ein Traum«, sagte sie in den leeren Raum.

Warum konnte sie sich das nur nicht selbst einreden?

Der Schlafmangel machte Ondine mürrisch. Als Melody und Mrs. Howser am späten Nachmittag im Speisesaal auftauchten, sank ihr Herz in die Hose und sie wurde noch mürrischer. Nicht, weil sie sie nicht mochte, sondern weil die Tatsache, dass sie persönlich hier waren, bedeutete, dass vielleicht auch der Rest des Traums von letzter Nacht wahr werden könnte. Der Teil, der für Shambles nicht gut ausging. Trotzdem umarmte sie Melody zur Begrüßung.

»Hey, Ondi, schön dich zu sehen! Hast du meine Nachricht in deinem Traum erhalten?«, strahlte Melody. »Ich habe endlich die Astralprojektion geknackt. Mrs. Howser war so eine große Hilfe. Ist Shambles noch hier?«

»D-Das warst du?« Eiskalte Furcht kroch in ihr hoch.

»Ja! Ich bin immer noch nicht sicher, wie viel durchgekommen ist. Ich habe eine neue Technik angewendet, aber ich war letzte Nacht in deinem Traum, nicht wahr? Ich merke es, weil du ganz blass geworden bist. Oh je, ich habe es doch nicht übertrieben, oder?«, platzte Melody heraus.

Ondine hätte sich am liebsten übergeben.

»Wollen Sie uns nicht zu einem Tisch führen?«, fragte Mrs. Howser, während sie sich eine Vielzahl bunter Schals über die Schultern warf. Hochsommer, aber die Frau tat so, als würde sie frösteln. »Sie können uns erzählen, wie Sie mit Shambles zurechtkommen. Ich habe ihn tatsächlich vermisst.«

Ondine besann sich gerade noch rechtzeitig auf ihre guten Manieren (und atmete tief durch, um ihre Übelkeit in den Griff zu bekommen), bat die beiden, Platz zu nehmen, eilte dann in die Küche und kehrte wenige Minuten später mit einer Kanne dampfenden Tees zurück.

»Wir haben alle Hände voll zu tun, um ehrlich zu sein. Wir haben heute Abend einen ziemlich vollen Speisesaal, und draußen im Garten ist auch noch Margis Verlobungsfeier mit Thomas. Hallo, Thomas«, fügte sie hinzu, als der Gegenstand ihres Gesprächs hereinkam und den Gästen an einem Nachbartisch eine Karaffe Wein brachte.

»Ich weiß, dass es die Verlobungsfeier Ihrer Schwester ist«, sagte Mrs. Howser in einem hochmütigen Ton. »Ihre

Mutter hat uns eingeladen, als Gegenleistung dafür, dass ich Ihnen großzügigerweise den Rest Ihrer Studiengebühren erlasse. Obwohl ich dazu nicht verpflichtet war, da Sie unter etwas *überstürzten* Umständen gegangen sind.«

Schluck.

»Hey, Ondi. Danke, dass du die Lichterketten im Garten aufgehängt hast – sie werden im Dunkeln großartig aussehen«, sagte Thomas.

Ondine war Thomas unendlich dankbar für die Unterbrechung. Sie begann, ihren zukünftigen Schwager wirklich zu mögen, und spürte einen kleinen Anflug zusätzlicher Liebe für ihre älteste Schwester. Margi hatte eine gute Wahl getroffen.

Melody warf ein: »Lichterketten? Aber im Traum waren es Glühwürmchen.«

Etwas stolperte hinter Ondines Rippen und ihre Kehle fühlte sich an wie Asche. Alles aus ihrem Traum wurde wahr.

»Wo ist Shambles?«, fragte Mrs. Howser.

»Er ist irgendwo hier in der Nähe. Er passt wirklich gut hierher«, sagte Ondine und machte belanglosen Smalltalk, während sie versuchte herauszufinden, ob das heutige Erscheinen von Melody und Mrs. Howser und die Glühwürmchen, nein, *Lichterketten* im Garten bedeuteten, dass auch alles andere im Traum geschehen würde. Sobald sie einen freien Moment hatte, würde sie diese schrecklichen Lichter abnehmen. Wenn sie nicht da wären, könnte der Rest des Traumes doch sicher nicht wahr werden?

In diesem Moment kamen Ma und Großtante Col herein.

Ondine ergriff die Initiative, stellte sie einander vor und holte weitere Stühle, um sie unterzubringen, während sie die ganze Zeit nach einer Ausrede suchte, um zu gehen. Sobald sie in den Garten gelangen konnte, konnte sie ihre frühere Arbeit sabotieren.

»Wir kennen uns bereits«, sagte die alte Col und warf Mrs. Howser einen strengen Blick zu. »Ist schon eine Weile her, Birgit. Treibst du dich immer noch im Lager herum und starrst in Teeblätter?«

»Hallo, Col. Spuckst immer noch Gift und Galle, wie ich sehe?« Obwohl es körperlich unmöglich war, fühlte es sich für Ondine an, als würden ihr vor Schreck gleich die Augen aus dem Kopf fallen.

»Ähm, Melody, warum gehen wir nicht raus in den Biergarten und helfen bei der Dekoration?« Wenn diese beiden alten Schachteln Beleidigungen austauschen und in der Vergangenheit wühlen wollten, wollte sie lieber nicht dabei sein, um es mitzuerleben.

»Oh, es ist genau wie im Traum!«, sagte Melody entzückt, als sie die zwischen den Bäumen aufgespannten Lichter sah. In der Dämmerung war der Effekt nicht besonders gut, aber wenn die Sonne in etwa einer Stunde unterging, würden sie genau wie Glühwürmchen aussehen.

Ein bleiernes Gefühl der Angst schnürte Ondine die Kehle zu, als sie einen Stuhl heranzog und eine Lichterkette vom nächsten Ast entfernte. »Nein, es wird nicht wie im Traum sein! Melody, was hast du getan? Ich bin aufgewacht und hätte fast gekotzt, so krank war ich vor Angst.

Warum hast du den Teil reingebracht, in dem Shambles stirbt?«

Jetzt war es an Melody, blass zu werden, sodass nur noch die kontrastierenden braunen Sommersprossen auf ihrem Gesicht zurückblieben. »Aber das habe ich nicht. Wir waren auf einem Feld voller Glühwürmchen und ich sagte, wir kämen zu Besuch. Shambles war nicht einmal dabei. Er ist doch nicht krank, oder?«

Jetzt war die Verwirrung komplett. »Bist du sicher?« Ondine rollte die Kabel auf.

»Ja, absolut sicher, das verspreche ich dir«, sagte Melody.

Ondine atmete ein paar Mal tief durch, um ihre Nerven zu beruhigen. Es hatte keinen Sinn, auch nur zu versuchen zu denken, während all dieses Adrenalin durch ihren Körper raste. Es ließ sie zittern und weinen wollen, und doch war sie seltsamerweise gleichzeitig hungrig. Sie brauchte einen klaren Kopf, um über eine rationale Antwort nachzudenken und sich nicht in ein emotionales Wrack zu verwandeln.

Melody hatte also nicht von Shambles geträumt? Endlich ein positives Zeichen! Es ging aufwärts. Wenn Melodys Teil des Traumes wahr wurde, war das kein Problem. Solange Shambles' Teil nicht wahr wurde. Das war der entscheidende Punkt.

»Schon gut. Ich habe da was durcheinandergebracht. Lass uns den Rest hier aufbauen. Wir sollten uns hier draußen beschäftigen, damit wir den beiden Hexen da drinnen aus dem Weg gehen können, was meinst du?«

Melody kicherte.

Es mussten Tischtücher und Stapel von Tellern und Besteck für die Party am Abend aufgedeckt werden, also machten sie sich an die Arbeit. Ma hatte den Abend so geplant, dass er auf den Vollmond fiel, damit sie reichlich natürliches Licht hätten, um die Stimmung zu untermalen. [3]

Die Arbeit erwies sich als eine willkommene Ablenkung, und es dauerte nicht lange, da sah der Ort einladend aus.

»Ondi, vielleicht ... vielleicht bin ich in den Traum geplatzt, den du bereits hattest«, schlug Melody vor, während sie Messer und Gabeln an jeden Platz legte.

»Ja, das könnte sein. Ich meine, hey, es war nur ein Traum, oder?«

»Na ja, klar. Manchmal ist ein Traum nur ein Traum. Er muss nichts bedeuten«, sagte Melody.

Das Objekt ihrer Sorge kam als dunkler Fellstreif in den Biergarten geschossen, das Maul voller Essen. »Ondi, du musst die neuen Fleischbällchen vom Chefkoch probieren, die sind zum Sterben gut«, sagte Shambles.

Genau genommen sagte er eher »O-fi, u uss i euen eischällchen om Effoch obiern, i ind um erb'n uut«, weil er den Mund voller Essen hatte.

---

3. Es mag kurzfristig erscheinen, die Verlobungsfeier so bald nach Josefs Entdeckung der Absichten seiner Ältesten abzuhalten. Doch so wie Ma die Sache mit Margi und Thomas vor ihrem Mann geheim gehalten hatte, hatte sie auch die Feier geheim gehalten und Josef erst am Tag davor erzählt, dass sie stattfindet. Ihre Begründung war, dass es zu spät wäre, sie abzusagen, wenn sie es ihm erst in letzter Minute sagte und alle, die sie eingeladen hatten, auch kommen würden.

»Juchhu!« In einem Wirbel aus schwarzem Fell sprang er auf den letzten noch nicht gedeckten Tisch und schlitterte über die Oberfläche, wobei sich das Tischtuch unter seinen Füßen zusammenknüllte.

Die Mädchen lachten über Shambles, obwohl Ondine eigentlich sauer auf ihn hätte sein müssen. Aber das konnte sie nicht sein, nicht, wenn er vielleicht bald mit Tante Col weggehen würde. Sie würde nicht zulassen, dass sie im Streit auseinandergingen.

»Oh, ich hab deinen Tisch versaut«, sagte Shambles und begutachtete den Schaden. »Ich mach das wieder gut für dich.« Daraufhin packte er den Rand des Stoffes mit den Zähnen und ging rückwärts über die Tischplatte, wobei er das Tuch hinter sich herzog.

Am anderen Ende hielt Ondine die Ränder fest, glättete es und richtete es her. »Danke, du bist eine große Hilfe«, sagte sie.

Plötzlich, mit einem Schreckensschrei, fiel das Frettchen rückwärts von der Tischkante und riss das Tischtuch mit sich.

»Shambles!«, schrie Ondine und rannte auf ihn zu.

Er lag da, ein Klumpen unter dem Stoff, und stöhnte vor Schmerz.

»Oh, mein Schatz, es tut mir so leid!«, rief Ondine. Sie musste sich nicht umsehen, um zu wissen, dass Melody hinter ihr stand, wahrscheinlich genauso aus dem Häuschen wie sie. Ondine zog das Tischtuch zurück, um Shambles' Kopf freizulegen und ihm frische Luft zu verschaffen.

Shambles stöhnte noch lauter. »Oh, die Schmerzen!«

»Er kann sprechen! Großer Himmel! Shambles kann sprechen!«, sagte Melody verblüfft.

»Du hast das gehört?« Ondines Herz schlug bei dieser Enthüllung schneller, doch es blieb kaum Zeit, alles zu erklären. Wenn sie dachte, die Tatsache, dass Melody Shambles verstehen konnte, wäre ein Schock, dann stand ihr ein noch viel größerer bevor.

Während er stöhnend und sich windend auf dem Boden lag und sich unter dem Tischtuch drehte und wendete, wurde Shambles doppelt so groß und sein Gesichtsfell verfilzte und bildete Haut. Die langen Schnurrhaare zogen sich zurück und sein Kopf begann anzuschwellen.

»Ich sterbe!«, rief er Ondine zu. »Bring mir Whisky, ich sterbe!«

Der Traum. Dieser schreckliche Traum!

»Flügel des Merkur!«, schrie Ondine, als dicke, nasse Tränen ihr Gesicht hinunter und auf Shambles' sich windenden, deformierten Körper tropften. »Du kannst nicht sterben, Shambles! Das lasse ich nicht zu!«

»Ich hole Mrs. Howser«, sagte Melody und rannte zurück ins Haus.

»Oh Gott, oh Gott«, stöhnte Shambles, »ich muss gleich kotzen.« [4]

»Nein, Shambles, dir wird nichts passieren. Melody holt Hilfe«, sagte Ondine, obwohl es ihr schleierhaft war, wie

---

4. Sich übergeben. Viel. Normalerweise nach dem Trinken. Von viel.

irgendjemand in diesem Moment eine Hilfe sein könnte. Andererseits hatte ihn eine Hexe in dieses Schlamassel gebracht; vielleicht konnte ihn eine Hexe auch wieder herausholen?

Verwirrung brachte ihr Gehirn durcheinander. Sie konnte nicht klar denken – so etwas hatte sie noch nie gesehen und wusste nicht einmal, wie sie anfangen sollte, ihm zu helfen. Alles, was sie tun konnte, war, einen Schritt zurückzutreten, während Shambles unter dem Tischtuch weiterwuchs und sich ausdehnte. Er stöhnte und ächzte über den Zustand seines gallertartigen Körpers. Währenddessen pulsierte und wackelte sein Gesicht. Ein schrecklicher Gedanke ließ Ondine sich schämen, ihn auch nur gehabt zu haben.

Was, wenn sein Gesicht so bleiben würde?

»Da ist das Licht«, sagte er. »Es ruft mich, ich muss zum Licht gehen.«

Zitternd vor Angst blickte Ondine in die gleiche Richtung. Ihr schrecklicher Traum war im Begriff, Wirklichkeit zu werden.

Als sie den Kopf drehte, spürte sie, wie sich ihr Magen umdrehte, als ein weißes Licht auf ihr Gesicht schien. Einen Moment später durchströmte sie eine glückselige Erleichterung. »Das ist nicht das Licht, Shambles. Das ist nur der Vollmond, du Vollidiot.«

Als sie sich umdrehte, um nach Shambles zu sehen, stockte ihr der Atem. Er hatte aufgehört, um sich zu schlagen, aufgehört zu stöhnen und zu ächzen. Jetzt zitterte er.

Und war vollkommen menschlich.

Die nächste Überraschung folgte direkt auf die erste, als Shambles zu Ondine aufblickte. Weit davon entfernt, wie ein Eimer voller verdrehter Schuhe auszusehen, hätte sein Gesicht einem Filmstar gehören können. Er war sogar noch schöner als Lord Vincent. Mit einem Schopf schwarzen Haares und einem gefährlichen Funkeln in seinen grünen Augen.

Er war herrlich!

Hitze durchströmte ihren Körper und ihre Zunge wurde zu Sandpapier, als sie zu schlucken versuchte. Etwas schlug in ihrem Bauch einen Salto. Dem Himmel sei Dank für das Tischtuch, denn so wie die Dinge aussahen, trug er nicht einen Fetzen Kleidung am Leib. Ondines Puls hämmerte frisch in ihren Ohren.

Ich kriege noch einen Herzinfarkt, bevor ich sechzehn werde.

»Ich bin nicht tot«, sagte er schließlich.

Obwohl sie sich um ein wenig Anstand sorgte, breitete sich ein Lächeln auf ihrem Gesicht aus und Glück sprudelte in ihren Adern. Du lieber Himmel, ihr Traum war falsch gewesen. Völlig falsch.

Diese teuflisch grünen Augen hafteten auf ihren, während ein schiefes Grinsen ihnen einen schelmischen Glanz verlieh. Plötzlich wandte sie den Blick ab und senkte die Wimpern, um den Boden zu mustern.

»Ich bin nicht tot«, sagte Shambles noch einmal, diesmal lauter, während er seine Hände im Mondlicht hin und her drehte. Dann wickelte er sich die Tischdecke um die Hüften, stand auf und schüttelte ungläubig den Kopf. Er trat einen

Schritt näher und nahm Ondines Wange in seine Handfläche. Hitze durchfuhr ihr Gesicht. »Der Traum ist nicht wahr geworden.«

»Der … der …« Der Traum? Er wusste davon?

»Du bist noch lange nicht tot«, sagte die alte Tante Col von der Tür aus, woraufhin sich Ondine und Shambles-Hamish schnell umdrehten und sahen, dass sie Gesellschaft hatten.

»Aber wenn du auch nur einen Finger an meine Großnichte legst, wirst du dir wünschen, du wärst es.«

In der Tat hatten sie ein Publikum, einschließlich Ondines Mutter, die dem schockierten Ausdruck auf ihrem Gesicht nach zu urteilen, auch schon einiges gesehen hatte.

KAPITEL ZEHN

MA WAR DIE ERSTE, die wieder zur Vernunft kam, und befahl Shambles – wir-sollten-ihn-jetzt-Hamish-nennen –, hineinzugehen und sich anzuziehen. Sie gab ihm ein paar von Josefs alten Sachen, damit er sich ordentlich kleiden konnte.[1]

Tischdecken sind schließlich nur für Toga-Partys angesagt, und dies war kein solcher Anlass.

»Ich sehe aus wie ein Kellner«, sagte er, als er in den Biergarten zurückkam.

Bei dem Klang seiner Stimme drehte sich Ondine um und

---

1. Sie waren während Colettes erster Schwangerschaft mit Marguerite beim Waschen »eingelaufen«. Männer nehmen oft zu, wenn ihre Frauen oder Partnerinnen schwanger sind. Manche nennen es sympathisches Essen, andere behaupten, es sei das Couvade-Syndrom, bei dem ein Mann aufgrund seiner »engen Verbundenheit« mit ihren Gefühlen die gleichen Schwangerschaftssymptome wie seine Partnerin erlebt. Die wahrscheinlichste Erklärung ist zu viel Kuchen.

blickte zu Boden, weil sie es gewohnt war, dass Shambles sich von unten näherte und an ihrem Bein hochflitzte. Aber natürlich war er kein Frettchen mehr, er war ein richtiger Mann.

Ein richtiger Mann, der ihr Herz verrücktspielen ließ, weil sie so viel Zeit damit verbracht hatte, sich auszumalen, wie er wohl aussehen würde, und jetzt war er sogar noch besser, als sie es sich vorgestellt hatte.

Alte, schwarze Lederschuhe, abgewetzt und an den Spitzen etwas aufgebogen, kamen in ihr Blickfeld, dann eine Fläche schwarzer Socken, über denen der Saum seiner Hose endete. Irgendetwas ließ sie beim Saum innehalten, denn sie wollte nicht weiter aufblicken, da sie wusste, wie schnell sie knallrot anlaufen konnte.

»Klar, die Hose ist zu kurz, aber sie ist besser als die Tischdecke«, sagte er und trat einen Schritt näher an Ondine heran. »Du kannst aufschauen, Mädel, du wirst nicht zu Stein erstarren. Deine Ma meint, sie hat mich fesch gemacht.«

Hätte sie das Wort »hin und weg« gekannt, hätte Ondine es benutzt, um sich selbst zu beschreiben, als sie in Hamishs Gesicht blickte. In seinen grünen Augen lag im Mondlicht ein gefährliches Glimmen, während sein schwarzer Haarschopf, mit Gel in die Unterwerfung geglättet, flach auf seinem Kopf lag. In Ondines Handflächen juckte es, alles wieder durcheinanderzubringen, während ihr Gesicht vor neuerlicher Verlegenheit brannte.

Was für ein Mann! Wenn sie Lord Vincent für attraktiv

gehalten hatte, dann sprengte Hamish alle Maßstäbe. Zu ihrer tiefen, zutiefst peinlichen Verlegenheit kam nichts aus Ondines Mund, denn sie ertappte sich bei dem Gedanken: *Du siehst umwerfend aus.* Aber sie wusste nicht, ob sie es laut gesagt hatte oder nicht.

In diesem Moment ging Cybelle vorbei und machte Kussgeräusche, als sie zurück in die Küche ging, und zerstörte damit Ondines Illusion, dass sie die einzigen beiden Menschen auf dem Planeten wären. Auch alle anderen im Garten sahen die beiden an: Mrs. Howser, die alte Col, Melody, Ma und Marguerite.

Dann ergriff Ma das Wort: »Heute Abend ist alle Mann an Deck, die Leute werden bald zum Abendessen eintreffen. Hamish, geh in die Küche und hilf dem Chefkoch und Josef, die rennen sich die Füße wund. Ondi, es ist nicht deine Verlobungsfeier, es ist Margis. Krempel die Ärmel hoch und geh ans Spülbecken.«

Typisch für ihre Mutter, den Abend doppelt zu belegen. Sie dachte sich wahrscheinlich, dass sie bei all den zusätzlichen Gästen auf der Verlobungsfeier einige von ihnen zum Kellnern einspannen könnte.

»Ja, Ma'am«, sagte Hamish und warf Ondine einen Blick zu, den sie nicht deuten konnte – obwohl sie spürte, wie sich etwas in ihrem Bauch umdrehte –, bevor er sich umdrehte und ging.

Natürlich würden sie keinen Moment für sich allein bekommen, schäumte Ondine innerlich, als sie ihm in die Küche folgte und sich eine Schürze und ein enormes Paar Handschuhe anzog. Sicher, sie standen nahe beieinander, aber bei dem Tempo, mit dem sich das Geschirr stapelte, gab es keine Gelegenheit, mehr zu sagen als: »Gib mir noch ein Geschirrtuch, das hier ist durchnässt.« Und obwohl sie in dem Traum, den sie gehabt hatte, offensichtlich telepathisch verbunden gewesen waren, schien es im Wachzustand nicht zu funktionieren. Ein paar Mal versuchte sie, ihn telepathisch zu bitten, ihr ein Handtuch zu reichen, aber er tat es nicht.

Kannst du meine Gedanken hören?, fragte Ondine stumm.

Hamish zeigte keine Reaktion, also nahm sie das als ein »Nein«. Sie war frustriert über ihren mangelnden telepathischen Fortschritt, aber gleichzeitig auch ein wenig froh, dass er im Moment ihre Gedanken nicht lesen konnte.

Da warf ihnen immer wieder schräge Blicke zu und schüttelte ein paar Mal den Kopf. Ondine hätte schwören können, dass er auch gekichert hatte. Hin und wieder ertappte Ondine ihre Eltern dabei, wie sie hastig Dinge in gedämpftem Ton besprachen, dann warfen sie einen Blick in ihre Richtung. Wahrscheinlich nur, um ihr das Gefühl zu geben, paranoid zu sein.

Der Chefkoch hatte kaum Zeit, den neuen Mitarbeiter zu bemerken, denn er war damit beschäftigt, ein Dutzend

Steaks auf fünf verschiedene Arten von blutig bis durchgebraten zuzubereiten.[2]

Dann kam Ondine ein weiterer Gedanke: Mit Beginn des neuen Schuljahres nach dem Sommer würde sie den ganzen Tag weg sein und die ganze Nacht an Aufgaben schreiben. Sie müssten Hamish behalten, um auszuhelfen, während sie mit dem Lernen beschäftigt war. Sicherlich würden ihre Eltern ihre Ausbildung nicht aufs Spiel setzen?

Perfekte Logik.

Der Gedanke schickte einen Schimmer der Aufregung durch ihren Körper, als sie ihre Hände in das kochend heiße Wasser tauchte, um einen der besonders üblen Suppentöpfe des Chefkochs zu schrubben.

»So, ihr beiden, hört auf, euch schmachtende Blicke zuzuwerfen«, sagte Ma, als sie näher kam. Zu diesem Zeitpunkt hatten sie schon fast eine Stunde lang schmutziges Geschirr gespült. »Ihr seid beide für den Rest des Abends im Service, also gebt euer Bestes. Wer das meiste Trinkgeld bekommt, verdient sich einen freien Tag morgen.«

Der Gedanke an einen freien Tag – ausschlafen, ihr Lieb-

---

2. Wenn Sie zu den Leuten gehören, die ihr Steak »durchgebraten« mögen, überlegen Sie mal: Mögen Sie es verbrannt, weil Sie wirklich durch verbranntes Essen Krebs bekommen wollen, oder weil Sie den Anblick von Blut nicht ertragen können? Wenn es daran liegt, dass Sie ein bisschen Rosa nicht ertragen können, dann sind Sie ein Weichei. Ein Steak sollte innen schön rosa und sein und herrlich blutige Säfte auf den Teller tropfen lassen. Und noch etwas: Wenn Sie Ihr Steak »durchgebraten« bestellen, bekommen Sie das miese Stück Fleisch, weil der Koch denkt, dass Sie keine Ahnung haben, wie echtes Essen schmecken sollte.

lingsbuch lesen, bis mittags im Schlafanzug herumlungern –
hatte einen großen Reiz. Das und nicht bis zu den Achseln im
fettigen Wasser zu stecken.

Ondine drehte sich zu Hamish um und zog mit einem
lauten Schmatzen ihre Hand aus dem Handschuh. »Möge
der Bessere gewinnen.«

»Abgemacht«, sagte er und schüttelte ihr freundschaftlich die Hand.

Sie hätte zuversichtlich sein sollen, aber als seine Hand
die von Ondine ergriff, wurden ihre Knochen zu Wackelpud-
ding und die Intensität seines Blickes ließ sie vergessen, was
sie eigentlich tun sollten. Dann kam ihr ein weiterer
Gedanke: Vielleicht sollte sie den Wettbewerb verlieren und
dafür sorgen, dass Hamish gewann?

»Hört auf, euch anzuhimmeln, macht euch sauber und
geht nach vorne. Das Abendessen serviert sich nicht von
selbst«, sagte Ma.

Ondine huschte für einen Moment aus der Küche und
kam in frischer, sauberer, trockener Kleidung zurück. Es
hatte nicht lange gedauert, aber sie war schon im Rückstand.
Laut Ma war Hamish bereits draußen und bezauberte alle.

Sie brachte die Teller mit dem Essen zu einer Familie mit
vier Kindern und seufzte. Bei einer großen Familie würde
nicht viel Geld als Trinkgeld übrig bleiben. Andererseits
würde es Hamish helfen, im Rennen die Nase vorn zu haben,
also wäre das gar nicht so schlecht.

Ihr Ehrgeiz erwachte, als sie die Damengruppe an ihrem

nächsten Tisch sah. Ein Blick auf ihre pastellblauen Haare verriet ihr, dass es sich um Rentnerinnen handelte, höchstwahrscheinlich Witwen, die vielleicht etwas Geld locker sitzen hatten. Sie nahm ihre Bestellungen auf und alle sagten Ja zum Dessert, plus Tee und Kaffee. Als sie sich zur Küche umdrehte, erblickte sie Hamish, wie er eine frühere Gruppe verabschiedete – alle gut gekleidet und um die dreißig. Die sollten doch jede Menge übriges Geld haben. Der resignierte Ausdruck auf seinem Gesicht deutete jedoch auf etwas anderes hin.

»Was ist los?«

»Lehrer. Geizhälse beim Trinkgeld«, sagte er.

»Warum übernimmst du nicht meinen Tisch, der gerade hereingekommen ist? Wickel sie um den Finger.«

Hamish warf einen Blick auf die neue Gruppe von Frauen. Ihren auffälligen Ohrringen und gepflegten Händen nach zu urteilen, hatten sie jede Menge Geld übrig. »Das würdest du für mich tun?«

»Klar, wozu hat man denn Freunde?«

Hamish grinste, dann stockte er einen Moment, als er Ondine in die Augen blickte. »Du lässt mich gewinnen?«

Ein verschmitztes Lächeln huschte über Ondines Gesicht. »Nein, ich gebe dir nur eine faire Chance. Du wirst ihnen das Gefühl geben, wieder jung und hübsch zu sein; ich erinnere sie nur an ihre längst vergangene Jugend.« Dann tat sie so, als würde sie auf ihre Nägel hauchen und sie an ihrem Hemd polieren.

Das Spiel kann beginnen. Zeig mal, was du draufhast.

Großer Plutos Geist, ich bin dazu verdammt, in Klischees zu denken.

Man stelle sich Folgendes vor: zwei alte Einmachgläser, die einst industrielle Mengen an Artischockenherzen und mit Pimientos gefüllten Oliven (die übrigens sehr lecker waren) enthielten, stehen auf einem Regal. Immer wenn Hamish das Trinkgeld von einem Tisch annahm, ließ er die Münzen und gelegentlich einen Schein mit einem befriedigenden Klimper-Klack in sein Glas auf der rechten Seite fallen.

Wenn Ondine Trinkgeld von ihren Tischen annahm, kehrte sie in die Küche zurück und legte die Hälfte ihres Trinkgelds in ihr Glas auf der linken Seite (wieder mit einem befriedigenden Klimper-Klack) und die andere Hälfte in Hamishs Glas auf der rechten Seite. Eine Person, die nichts Besseres zu tun hätte, als die ganze Nacht die Trinkgeldgläser zu beobachten, würde sehen, wie die Münzen und Scheine links und rechts klimperten und klackerten, ein paar mehr für Hamish, dann ein paar mehr für Ondine, die wiederum noch mehr an Hamish gab.

Jeder würde denken, sie versuche, das Spiel absichtlich zu verlieren.

In diesem Fall stimmte das absolut.

»Ondine, was machst du da?«, fragte Ma mit fest vor ihrer üppigen Brust verschränkten Armen.

Ein großer, unsichtbarer Stein bildete sich in Ondines

Kehle, als sie zu schlucken versuchte. Als sie den Mund öffnete, kam kein Ton heraus.

Hamish kam federnden Schrittes auf sie zu, die Hände voller Geld, seine Stimme sang und klang. »Mrs G, hier sind die Quittung und das Geld von Tisch zehn für Sie und das Trinkgeld für mich.«

Ma musste ihre Arme lösen, um das Geld anzunehmen, doch sobald sie die Scheine genommen hatte, verschränkte sie sie wieder. Den Blickkontakt ihrer Mutter zu halten, fühlte sich zu sehr wie eine Konfrontation an, also wandte sich Ondine ab, um nach Hamish zu sehen.

Auf seinem Gesicht sah sie das Lächeln eines Mannes ohne Sorgen.

»Na gut, zählen wir es mal, oder?« Er hob mit jeder Hand ein Glas hoch. »Ach, es ist so schön, wieder Daumen zu haben!«

Die Zeit verging langsam, da Ondine sich nicht vom Fleck bewegen konnte. Ma hielt sie mit einer Art bannendem Blick gefangen, der sie an die Stelle fesselte. Das genaue Gegenteil von dem, was sie tun sollte, nämlich von dort zu verschwinden und sich dem Rest der Verlobungsfeier im hinteren Garten anzuschließen.[3]

---

3. Es ist eine bekannte Tatsache, dass Eltern solche Superkräfte besitzen, allerdings nur in begrenztem Umfang. Viele beherrschen Blicke, die einen auf der Stelle erstarren lassen. Mamas Spucke auf einer Serviette ist das stärkste Schmutzlösemittel im bekannten Universum. Außerdem verfügen sie über unbegrenzte Mittel, um einem ein schlechtes Gewissen zu machen, wenn man auch nur ansatzweise aus der Reihe tanzt. Sie sind auch gut

Hamish schien von all dem nichts mitzubekommen, als er die Gläser auf den Tisch wuchtete. »Mal sehen, wer der Gewinner ist.«

Ondine war sich sicher, ein Glitzern in seinen Augen zu sehen. Und tatsächlich, das Glitzern wurde zu einem ausgewachsenen funkelnden Glimmen, als er beide Gläser gleichzeitig auf den Tisch leerte. Der gesamte Inhalt vermischte und klimperte zu einem unordentlichen Münzhaufen zusammen.

Ondines Mund klappte auf. Er hatte das mit Absicht getan! Wollte er denn nicht gewinnen?

»Oh je, ich schätze, darüber hätte ich besser nachdenken sollen.« Er zuckte lässig mit den Schultern.

Ein Kichern entwich Ondines offenem Mund. Trotz aller Bemühungen konnte sie es nicht unterdrücken.

Ma löste die Verschränkung ihrer Arme, aber nur, um die Hände in die Hüften zu stemmen. »Ihr zwei. Ihr seid unverbesserlich!«

Ondine schnaubte.

Ma gab sich geschlagen. »Na gut, nennen wir es unentschieden. Genießt euren freien Vormittag morgen.«

Hamish grinste und warf Ondine einen Blick zu, der

---

darin, mit scheinbar wenig Aufwand Deckel von Gläsern zu bekommen, und wissen über alles und jeden Bescheid, sodass man bei einem Streit niemals gewinnen wird. Kinder dieser Welt, freut euch, denn das Kryptonit ist zum Greifen nah. Macht ihnen Frühstück ans Bett und sagt ihnen oft, dass ihr sie lieb habt. Denn dann habt ihr sie um den Finger gewickelt und sie werden nach eurer Pfeife tanzen.

etwas in ihrem Inneren auf eine ganz und gar reizvolle Weise herumschwirren ließ. Dann verdüsterte sich seine Miene. »Freier Vormittag? Ich dachte, der Gewinner bekommt den ganzen Tag frei?«

»Ja, aber es ist ein Unentschieden, also wird aus einem freien Tag für eine Person ein freier Vormittag für zwei. So, Margis Leute sind noch hinten im Garten, geht und gesellt euch zu ihnen.«

Typisch Ma, dachte Ondine, immer einen Schritt voraus.

Als sie in den hinteren Garten gingen, hielt sich Ondine ein paar Schritte hinter Hamish. [4]

Schon bald stand sie unter der vollen Aufmerksamkeit ihrer Großtante.

»Er muss sich wohl bessern«, meldete sich die alte Col zu Wort, als sie unter einem Baum Platz nahm, um sich für die Nacht einzurichten. »Obwohl ich nach der Art, wie er dich ansieht, Ondi, nicht dafür bürgen kann, wie lange das anhalten wird. Dem Himmel sei Dank für den Vollmond, denn es gibt kein Versteck, wenn Luna uns beobachtet.«

»Wieso ist er kein Frettchen mehr?«, stellte Ondine die

---

4. Es wäre unhöflich zu unterstellen, dass sie das absichtlich tat, nur um einen Blick auf seinen knackigen Hintern zu erhaschen, der in Josefs alter Hose ziemlich eng saß. Aber, tja, sie schaute hin, und es war ein guter Anblick.

Frage, deren Antwort sie brennend interessierte, seit Shambles sich in Hamish verwandelt hatte.

Ihre Großtante stieß einen theatralischen Seufzer aus und schüttelte den Kopf. »Er muss die Motivation gefunden haben, den Fluch zu brechen. Lass mich nachdenken. Womit habe ich ihn verflucht ...«

Als ob man so etwas vergessen könnte.

»... Offensichtlich will er wieder ein Mensch sein. Was glaubst *du* denn, was hier los ist?«

»Ich habe keine Ahnung.«

»Doch, das tust du ganz sicher. Er baut eine Bindung zu dir auf, da bin ich mir absolut sicher. Was mich zu der Frage bringt, welche Kräfte du hast, dass du einen meiner Flüche aufheben kannst?« Großtante Col musterte Ondine mit stechendem Blick.

Ihr Magen machte einen Satz.

Margi entdeckte sie und kam herüber. »Ondine, was ist mit den Lichterketten passiert?« Sie zeigte auf die Knäuel aus Lichtern, die in einem Baum hingen.

»Oh, tut mir leid, ich kümmere mich darum«, sagte Ondine, dankbar für eine Beschäftigung, die sie vor dem Verhör der alten Col bewahrte. Margi sei Dank, sie hatte Ondine gerade noch rechtzeitig gerettet.

Doch als sie die Stehleiter hinaufsteigen wollte, geriet sie ins Wanken und wäre beinahe heruntergefallen.

Hilfe war zur Stelle. Melody kam ihr zu Hilfe und hielt die Leiter fest. »Ondi, er ist umwerfend«, flüsterte sie.

Das Knäuel Lichterketten verhedderte sich in ihren Händen. »Ähm, wenn du meinst.«

»Bist du blind? Er ist absolut göttlich«, sagte Melody und fächelte sich mit der Hand Luft zu, als sei sie aus der Fassung geraten.

»Hör auf damit!«, zischte Ondine und versuchte verzweifelt, das Zittern in ihren Händen zu unterdrücken, was ihr aber nicht gelang.

»Er mag dich auch wirklich. Das sehe ich daran, wie er dich ansieht. Glaubst du, deine Mutter erlaubt ihm, bei dir zu bleiben?«

»Oh, Melody, lass es einfach gut sein!« Ondine wurde noch nervöser, aber dem schelmischen Blick in Melodys Augen nach zu schließen, würde ihre Freundin ihr den Gefallen nicht tun. So sehr sie es auch liebte, an Hamish zu denken, der Gedanke, dass alle anderen über sie und Hamish nachdachten, verstärkte nur ihre Frustration. Ihre einzige Chance auf eine Atempause war, das Thema komplett zu wechseln. »Also, Mrs. Howser, was?«

Es funktionierte. Melody sah verwirrt aus und legte die Stirn in Falten. »Was ist mit ihr?«

»Sie und die alte Col kennen sich offensichtlich schon ewig – sie waren heute alles andere als erfreut, sich zu sehen.« Ondine war schwindelerregend zufrieden mit sich, dass sie das Thema so erfolgreich auf etwas viel Harmloseres gelenkt hatte.

»Oh ja, schon ewig. Sie waren gute Freundinnen, aber ich habe von Mrs. Howser erfahren, dass sie sich ausgerechnet auf einem Debütantinnenball furchtbar zerstritten haben. Übrigens, überlegst du, deinen Debütantinnenball zu machen? Meine Mutter will, dass ich es tue, aber die sind so was von letztes Jahrhundert. All die Tanzstunden nur für eine Nacht, in der man sich aufbrezelt. Ich nehme an, das haben die gemacht, bevor es Fernsehen gab.«

Etwas weckte eine Erinnerung in Ondine. Hatte Hamish, als er noch Shambles war, ihr so etwas erzählt? Aber sie, die Närrin, hatte nicht aufgepasst, weil ihr Kopf voller Lord Vincent war. »Mrs. Howser hat dir all das erzählt?« Nun war es an Ondine, auf Antworten zu drängen und zuzusehen, wie Melody sich wand.

»Nicht mit so vielen Worten. Ich habe es, ähm, sozusagen während einer, äh, astralen Übung herausgefunden.«

Das war ernsthaft beeindruckend. »Astral, was? Darin bist du ja richtig gut. Und Mrs. Howser hat keine Ahnung, dass du das alles weißt?«

Das Gespräch hätte damit enden sollen, dass sie beide kicherten, aber was Melody als Nächstes sagte, ließ Ondine wünschen, sie hätte diesen Weg nie eingeschlagen.

»Ich glaube, es ging um Hamish. Beide wollten denselben Mann als Partner für den Debütantinnenball, aber die alte Col hat sich durchgesetzt. Aber ... ich schätze, am Ende hat Col verloren, denn Hamish hat sich betrunken und alles endete schlimm. Man würde es ihnen heute nicht ansehen, aber diese Hexen waren beide richtig hübsch, als sie in unserem Alter waren.«

»Das nenne ich nachtragend sein. Nur wegen eines dummen Tanzes«, sagte Ondine.

»Aber wenn es um Hamish ging und er so aussah«, Melody fächelte sich wieder mit der Hand Luft zu, »kann ich es verstehen!«

Ondine verdrehte die Augen. »Versprich mir, dass wir uns nicht wegen so etwas Albernem wie einem Tanz zerstreiten werden?«

»Natürlich nicht. Und wir werden uns auch nicht wegen Hamish zerstreiten, denn er ist so von dir angetan, dass niemand sonst auch nur eine Chance hätte.«

Ondines Hände zitterten vor Nervosität und sie ließ das Lichterknäuel auf den Boden fallen.

KAPITEL ELF

Trotz der späten Stunde war Marguerite und Thomas' Verlobungsfeier noch in vollem Gange. Zwischen ihren Aufgaben in der Küche zeigten sich Colette und Josef regelmäßig im Garten und benahmen sich in der Nähe von Thomas' Leuten von ihrer besten Seite.

Die ganze Nacht kämpfte Ondine darum, sich auf die Feier zu konzentrieren, während ihre Gedanken die ganze Zeit zu Hamish in seiner menschlichen Gestalt abschweiften. Wäre er nur in der Küche geblieben, wäre es erträglich gewesen, aber nein, er musste ja ständig mit Tabletts voller Essen herumlaufen und sich bei allen einschmeicheln. So wie jetzt zum Beispiel:

»Darf ich euch verführen?«, fragte er eine Gruppe von Margis Freundinnen und bot ihnen ein Tablett mit Canapés an.

Dieser dreckige Flirt! Die Mädchen lächelten und

kicherten alle und nahmen die Häppchen. Kaum hatte er ihnen den Rücken zugewandt, steckten sie die Köpfe zusammen und kicherten unterdrückt. Das Gleiche passierte bei der nächsten Gruppe, an die er herantrat.

Frustriert schaute Ondine absichtlich von Hamish weg und sah Mrs Howser an einem Tisch sitzen, zusammen mit einer gemischten Gruppe von Thomas' Freunden. Was konnten die nur gemeinsam haben? Dann sah sie es: Mrs Howser stülpte eine Teetasse auf ihre Untertasse und drehte sie wieder um.

Sie schlich näher heran und hörte die Vorhersagen der alten Dame. »... eine Kutsche. Sie werden auf eine Reise gehen.«

Pfft, ist nicht jeder auf einer Reise? Ondine unterdrückte ihren Spott, konnte sich aber ein Augenrollen nicht verkneifen. Etwas, das sie wirklich aufhören musste, denn ihre Augenhöhlen taten schon davon weh.

»Lies meine«, begeisterte sich ein Mädchen.

»Du musst erst den Tee trinken. Um ihn mit deiner Aura zu durchdringen.«

»Aber ich mag keinen Tee.«

Ondine unterdrückte ein Schnauben und wollte gerade gehen, doch ihre Mutter, die in diesem Moment zufällig vorbeikam, hatte andere Pläne. »Frag Ondi nach deiner Zukunft – sie liest sie dir aus der Hand.«

Ein Rinnsal der Angst drang in Ondines Seele. Erwartungsvolle Augen richteten sich auf sie. Sie fühlte sich in die

Enge getrieben. Aus Protest formte sie mit den Lippen ein »Nein« zu ihrer Mutter, doch die Frau ignorierte sie.

Ist heute der »Alle-gegen-Ondine«-Tag?

»Aber Ma, ich bin doch nicht –«

»Du hättest sie neulich sehen sollen! Sie hat den Gesundheitsinspektor auf den Kopf zugenagelt, bis hin zur Anzahl seiner Kinder. Wir haben die Inspektion übrigens mit Bravour bestanden.«

»Dann lies meine.« Dieselbe junge Frau, die keinen Tee mochte, stürzte mit ausgestreckter Hand auf Ondine zu. »Sag mir, was auf mich zukommt.«

»Sie hat die Gabe, es liegt ihr im Blut«, schwärmte Ma.

Ondine wusste nicht, was Muttermord bedeutete, aber die Gedanken daran kamen ihr trotzdem. [1]

Das Zeitfenster für einen Protest schloss sich mit einem Knall in ihren Ohren. Die eifrige Jugendliche hielt ihre Hand zur Begutachtung hin. Das Gesicht, das Ondine begrüßte, sah so glücklich, so erwartungsvoll aus. Es würde die Partystimmung wirklich trüben, wenn sie sich weigerte. Sie schwor sich, ihre Mutter später anzuknurren, und machte sich an die Arbeit, sich etwas auszudenken.

»Ich brauche beide Hände. Die eine Handfläche ist das, womit du geboren wurdest, die andere ist das, was du daraus machst.« Sie spürte Mrs Howsers Blicke auf sich, als sie die

---

1. Eine unangenehme Angelegenheit. Deren Ergebnis die schriftstellerische Karriere von Charles Lamb ernsthaft beeinträchtigte. Shakespeare hatte keine derartigen Probleme.

beiden Handflächen betrachtete. Nur wenige Wochen zuvor war sie aus dem Sommercamp für Hellseher geflohen. Leider war es ihr nach Hause gefolgt. Die Zeit dehnte sich. Nichts kam ihr in den Sinn, um ihr zu helfen. Ihre eigenen Handflächen wurden schweißnass. Die Handflächen ihrer Kundin waren nur weiche Fleischhügel mit Linien darauf. Blass, mit ein paar roten Flecken in der Nähe des Fingeransatzes.

Ein Ekzem?

»Du musst wirklich auf Allergien achten«, platzte Ondine heraus.

»O mein Gott, du hast recht! Ich habe schreckliches Heuschnupfen und Neurodermitis. Was noch?«

Als Ondine in das Gesicht des Mädchens blickte, sah sie ihr Lächeln und bemerkte das sehr blasse Zahnfleisch um ihre Zähne.

»Bist du Vegetarierin?«

»Normalerweise nicht, aber ich habe gerade mit dieser neuen Diät angefangen, um zu sehen, was meine Beschwerden auslöst. Wow. Du bist gut!«

Nein, sie war nicht gut, sie hatte sie eher beleidigt, indem sie ihr Eisenmangel unterstellte. Kaum ein Zeichen des Himmels. Das Raten hätte ihre Kundin abschrecken sollen, aber es machte sie nur noch gieriger auf weitere »göttliche« Anweisungen.

»Du hast ein gutes Herz und kümmerst dich gern um Menschen«, sagte Ondine. Niemand bei klarem Verstand würde dem widersprechen.

Das Mädchen zog ihre Hände zurück. »Ich hätte es fast

vergessen«, sagte sie. »Ich muss deine Hand mit Silber kreuzen, nicht wahr? Sonst bringt es Unglück.« Sie holte ein paar Münzen aus ihrem Portemonnaie und gab sie Ondine.

Geld.

Deshalb war ihre Mutter also so erpicht darauf, die übersinnliche Verbindung zu fördern. Sie konnten damit Geld verdienen! Die Erkenntnis machte sie bis in die Stiefelspitzen krank. Es war eine Sache, sich als Partytrick an einer harmlosen Unterhaltung zu beteiligen, aber wenn Geld im Spiel war, wurde es zu glattem Betrug. »Nein, bitte, das ist nur zum Spaß. Behalt dein Geld.«

»Wohl kaum.« Das Mädchen protestierte. »Das Letzte, was ich will, ist ein Zigeunerfluch, der über mir hängt. Ich habe gehört, was mit deinem Freund passiert ist.«

Wow, *Freund*?

»Wenn du das Geld nicht willst, dann leg es für Margis Hochzeit zurück«, sagte sie zu Ondine. »Und jetzt sag mir, wie ich meinen Mann kennenlerne und wie viele Kinder wir haben werden.«

»Ich bin die Nächste«, hörte Ondine links von sich. »Danach ich«, sagte eine andere. »Dann stellt euch in einer Schlange an«, hörte sie ihre Mutter sagen.

Ihr Magen machte einen Satz.

Ihr Kopf schwirrte.

Sie war erledigt.

Abgesehen von ihrem Handlese-Schwindel war der Rest der Party ausgezeichnet. Weniger als ein halbes Dutzend Biergläser gingen zu Bruch, niemand prügelte sich, die Leute lachten viel, die Polizei kam nur zweimal wegen des Lärms vorbei und Margi und Thomas tanzten, wann immer die Musik spielte. Der beste Teil des Abends – was Ondine betraf – war, dass Mrs Howser und Tante Col sich früher als alle anderen zurückzogen und beide »Kopfschmerzen« vorschoben. Wahrscheinlich hatten sie sich in die vordere Bar geschlichen, um weiterzustreiten. Oder vielmehr, um den Plütz-Vorrat zu plündern. Negativ war, dass Hamish den Rest des Abends unter den Leuten verbracht hatte. Korrektur, er hatte mit allen *geflirtet* und die Leute mit Tellern voller Essen in Versuchung geführt. Immer wenn Ondine ihn sah, musste sie die wachsenden Hungerschmerzen in ihrem Bauch gegen die Aussicht abwägen, dass ihre Familie sie beim Reden mit Hamish erwischen und ein Theater machen würde. Es war das Beste, sich komplett von ihm fernzuhalten und hungrig zu bleiben.

Da hielt eine Rede, die rührselig begann und dann noch schlimmer wurde, als er darüber klagte, seine älteste Tochter zu verlieren, sein erstes Baby, das immer sein Baby bleiben würde. Komisch – er hatte Ondine an jenem Tag am Bahnhof gesagt, sie würde immer sein Baby bleiben. Inzwischen musste er doch akzeptieren, dass seine drei »Babys« erwachsen werden durften, oder?

»Mit drei Töchtern ist das für mich schwierig«, fuhr er

fort und sah alle durch seine Bierbrille an. [2] »Als ich in Thomas' Alter war, konnte ich nie verstehen, warum die Mädchen, die ich mochte, so strenge Väter hatten. Jetzt verstehe ich es. Weil jeder junge Mann da draußen genauso ist, wie ich früher war!«

Die Leute brüllten vor Lachen und klopften Thomas auf den Rücken.

»Aber mal im Ernst«, fuhr Da fort, »Thomas, du bist eine echte Überraschung. Du bist einer von den Guten, und ich freue mich wie Bolle, dich in der Familie willkommen zu heißen.«

Zu Ondines völliger Überraschung umarmten sich die beiden Männer herzlich. Ihr Vater wurde weicher. Ein Hoch auf Margi!

Das Rede war harmlos im Vergleich zu denen von Thomas' Freunden, die unter der Gürtellinie anfingen und in der Gosse endeten. Margi wurde scharlachrot und Thomas rief: »Wer hat euch eingeladen?«

»Du!«, schrien sie zurück.

»Ich kenne diese Leute nicht!« Thomas vergrub sein Gesicht in den Händen.

Arme Margi, sie zuckte bei den anzüglichen Reden so sehr zusammen und schämte sich, dass Ondine Mitleid mit ihr hatte. Obwohl es für einen kurzen Moment eine Erleich-

---

2. Die Bierbrille lässt jeden viel attraktiver aussehen, als er wirklich ist. Besonders zur Sperrstunde, wenn nicht mehr viele Singles in der Bar übrig sind.

terung war, dass jemand anderes im Mittelpunkt der Peinlichkeit stand. Als die Reden vorbei waren, wurde wieder getanzt, also schlossen sich Ondine und Melody einer großen Gruppe von Margis und Thomas' Freunden an. Während eines der altmodischen Progressiv-Tänze wirbelte Ondine durch die Gruppe und erhaschte einen Blick auf Hamish, der in der Tür stand und sie beobachtete.

Natürlich musste sie genau in diesem Moment stolpern. Dumme Schuhe. Als sie aufblickte, war Hamish zum Glück verschwunden. Sie konnte weitermachen und ihn ordentlich ignorieren.

»Ich sehe, wie er dich ansieht«, sagte Marguerite, als sie sich an Ondine heranschlich. »Erinnert mich daran, wie Thomas mich früher immer angesehen hat. Er sammelt gerade den Mut, dich um eine Verabredung zu bitten.«

»Das bezweifle ich.« *Ich hoffe es.*

»Verlass dich drauf.« Margi umarmte sie herzlich und ließ dann ihren Blick zurück zu ihrem Verlobten schweifen. »Schau dir das an. Da und Thomas trinken Plütz wie alte Freunde.«

»Wer hätte das gedacht?«, sagte Ondine. »Da freundet sich wirklich mit dem Gedanken an, dass Thomas zur Familie gehört.«

»Das kannst du Ma verdanken, sie hat ihn dazu gebracht. Und Thomas auch – er war der perfekte Gentleman.« Natürlich würde ihre Schwester das sagen, wo sie doch so unsterblich in Thomas verliebt war. Ondine versuchte zu lächeln und sich für ihre Schwester zu freuen – das tat sie wirklich –, aber Traurigkeit schlich sich ein.

»Oh, Ondi, Kopf hoch.« Margi bemerkte es natürlich sofort. »Es mag jetzt nicht so scheinen, aber eines Tages wirst du so glücklich sein wie ich. Ich weiß es.«

Als die letzten Gäste gegen drei Uhr morgens gingen, humpelte Ondine zu einer Bank unter den Lichterketten und rieb sich die schmerzenden Füße. Es tat gut, die Verspannungen und Schmerzen zu lindern. Während sie die wunde Haut massierte, hatte sie das Gefühl, als würde sie jemand beobachten.

»Deine Familie schmeißt ein feines Ceilidh.« [3]

Hamish näherte sich mit einem Teller Horsd'œuvres. [4]

Ondine versteckte ihre Füße unter ihren Röcken, um zu verbergen, wie hässlich ihre Zehen aussahen, nachdem sie die ganze Nacht eingequetscht und zerdrückt worden waren. Sie wollte etwas sagen, aber ihr Mund war ganz trocken.

»Du hast die ganze Nacht nichts gegessen. Wenn ich es nicht besser wüsste, würde ich sagen, du bist mir aus dem Weg gegangen, Mädel.«

––––––––––

3. Eine beliebte Form der Unterhaltung mit Tanz und Musik, ausgesprochen »Käi-lie«. Nicht zu verwechseln mit »Kylie«, die eine beliebte Entertainerin ist.

4. Ausgefallenes französisches Fingerfood. Ausgesprochen »Or-dörfr« mit einem Hauch von Knoblauchatem.

»Sei nicht albern«, sagte sie, überrascht, dass sie drei Worte herausbrachte, obwohl sich ihre Kehle so trocken anfühlte.

»Hier, iss.« Hamish packte Ondines Hand und drückte ihr den Teller mit dem Essen hinein. Bei seiner Berührung schoss ihr eine Hitze den Arm hinauf, und sie starrte auf das Essen, ihr Appetit war wie weggeblasen.

»Ich mag es, wieder ein Mensch zu sein«, sagte Hamish und neigte seinen Kopf, um ihrem gesenkten Blick zu begegnen.

Eine dunkle Haarsträhne fiel ihm in die Stirn. Ein Schmerz machte sich in Ondines Herz breit. Himmel, er war so gut aussehend, dass ein Mädchen völlig den Kopf verlieren konnte. Als wollte sie ihre Gefühle verleugnen, nahm sie ein Stück der herzhaften Torte und schob es sich in den Mund. Es spielte keine Rolle, dass sie nur wenige Augenblicke zuvor ihre Füße berührt hatte und ihre Hände wahrscheinlich voller Keime waren. Alles, was sie wollte, war, sich den Mund mit Essen vollzustopfen, um nichts Dummes zu sagen.

Normalerweise liebte sie das Essen von Chef. Kein Wunder, dass Cybelle sich in ihn verliebt hatte – der Mann kochte wie ein Gott! Doch in diesem Augenblick schmeckte Ondine nichts, weil die Anwesenheit dieses Schotten all ihre Sinne vereinnahmt und das Essen zu Staub hatte werden lassen.

Hamish hätte Ondine am liebsten auf der Stelle geküsst. Sie war plötzlich schüchtern geworden, und das war gar nicht ihre Art. Aber dann war er auch ein bisschen schüchtern geworden, und das war überhaupt nicht seine Art.

»Ondi, magst du mich immer noch?« Sie konnte doch unmöglich immer noch an Lord Vincent denken, oder?

Bevor das Mädchen antworten konnte, kamen Chef und Cybelle heraus, jeder mit einem dieser Einkaufstrolleys, die Omas so sehr lieben.

»Da seid ihr ja. Zeit für den Markt«, sagte Cybelle.

»W-was?« Ondines Stimme klang in Hamishs Ohren nicht richtig. Auch ihm fiel es schwer, Worte zu bilden. Sie standen unter einer Art neuem, einschränkendem Zauber, der das normale Sprechen behinderte. Normalerweise hatte er an der Gesprächsfront keine Probleme. Was brachte es ihm, wieder er selbst zu sein, wenn er bei dem Mädchen, das er beeindrucken wollte, nur Kauderwelsch redete?

»Wir gehen um diese Zeit immer zum Markt«, sagte Chef. »Da ihr beide schon wach seid, könnt ihr helfen.«

»Ich helfe gern«, brachte Hamish hervor. Er musste ja irgendwie anfangen, ihre Gastfreundschaft zu erwidern.

Als ob sie einen unausgesprochenen Gedanken teilten, nickte Cybelle Chef zu und nahm seine Hand. Dann gingen sie gemeinsam durch das Seitentor hinaus. Das brachte Hamish auf eine Idee. Er hielt Ondine seine Hand hin. Einen Moment lang war er sich nicht sicher, ob sie den Wink verstand, bis sie blinzelte und ihre Hand in seine gleiten ließ. Bei der Berührung durchströmte eine Wärme seinen Arm und drang bis in sein Herz. Ihre weiche, kleine Hand in seiner fühlte sich absolut perfekt an, als ob sie dorthin gehörte. Dann lächelte sie, und er strahlte zurück, während sein Gehirn vorübergehend nicht in der Lage war, etwas Sinnvolles zu sagen.

So untypisch für ihn.

Sie gingen Hand in Hand, ein paar Schritte hinter Cybelle und Chef, in der dunklen Morgendämmerung. Die Straßen waren still, nur unterbrochen von den Geräuschen ihrer Schritte.

Ihre Schritte fanden einen natürlichen Rhythmus, als sie den Markt erreichten und sich in einer verborgenen Welt von Händlern und Geschäften wiederfanden, die von normalen Leuten nie gesehen wurde. Der Art von Leuten, die ihren Schlaf zu schätzen wussten.

Laternen jeder Form und Farbe hingen von den Dachsparren, um den Weg zu beleuchten. Selbst zu dieser frühen Stunde wimmelte es auf den Märkten von Menschen wie Ameisen auf einer Bananenschale.

Sie überquerten die Straße, wo Belle und Chef bereits hingegangen waren, und fielen weiter zurück. Ondine lehnte sich näher an Hamish. »Bleib dicht bei mir, es kann ziemlich voll werden. Wenn du dich verläufst, treffen wir uns wieder an dieser Ecke, okay?«

»Kein Problem«, sagte er und drückte ihre Hand nur ein klein wenig fester.

Für jemanden, der daran gewöhnt war, die Welt aus Knöchelhöhe zu sehen, erwies sich der frühmorgendliche

Markt für Hamish als aufregender und einschüchternder Ort. Es war eine Mischung aus einem Tollhaus und einem Viehhof. Stände voller zusammengepferchter Hühner standen neben Gemüsehändlern, die Berge von frischem Gemüse und Obst verkauften. Und der Geruch! Tiere, frisches Obst, matschiges Obst, Gemüse, Blumen und Gewürze vermischten sich in seiner Nase. Wie übel wäre es erst, wenn man später hierherkäme? Die Hitze des Tages würde den ganzen Ort zum Stinken bringen.

»Wie viel für die Kiste Orangen?«, fragte Ondine einen der Händler.

»Für eine hübsche junge Dame nur fünf Schlip«, sagte der Gemüsehändler mit einem strahlenden Lächeln.

»Fünf! Sehe ich aus, als hätte ich einen Geldscheißer? Ich gebe Ihnen drei«, feilschte Ondine.

»Ich muss fünf Töchter verheiraten, haben Sie ein Herz mit mir. Viereinhalb.«

»Unter der obersten Schicht sind die doch alle matschig, da wette ich drauf. Dreieinhalb, und das ist mein letztes Wort.«

Hamish stand da und versuchte, seine Kinnlade oben zu behalten, während er zusah, wie Ondine den Preis drückte und dabei die ganze Zeit lächelte und so überaus nett war, während sie den Gemüsehändler in den Ruin trieb.

Mit gespielter Qual sagte der Gemüsehändler: »Nehmen Sie sie, bitte, bevor ich in den Fluss springe.«

»Abgemacht! Hamish, schnapp dir bitte die Kiste«, sagte Ondine und reichte das Geld hinüber.

Der Gemüsehändler warf Hamish einen Blick zu. »Dieser Mann, ist das Ihr Ehemann?«

»Oh nein, er ist nur wegen der Muskeln hier.«

»Na dann, Muskelprotz, komm später wieder und lerne meine Töchter kennen. Du wirst eine von ihnen heiraten müssen, da ich es mir nicht mehr leisten kann, sie durchzufüttern.«

Ondine tat sein Geplänkel ab. »Folge mir, Hamish.«

In einem anderen Leben hätte man Hamish für kein Geld der Welt auf einem Markt angetroffen, wo er mit Leuten feilschte. Einkaufen war einfach nicht sein Ding. Doch hier, mit Ondine als seiner Führerin, folgte er ihr nun glücklich von Stand zu Stand und trug ohne zu klagen all ihre Waren.

Und lächelte dabei auch noch! Was war nur los mit ihm?

Er hatte noch nie dieses ... seltsame und doch beruhigende Gefühl von ... häuslichem Leben verspürt. Vielleicht lag es daran, wieder ein Mensch zu sein und das Leben zu erfahren, wie es sein sollte. Oder vielleicht kam die Freude einfach daher, in Ondines Nähe zu sein.

Der nächste Anblick ließ alles in ihm verkrampfen, und das aus den ganz falschen Gründen.

Frettchen. In Käfigen. Fünf Stück hochgestapelt. Es war zu viel, um es zu ertragen, und er schloss die Augen. Säure brannte in seinem Magen. Etwas Ekelhaftes stieg ihm in die Kehle, also schluckte er schwer.

»Oh je«, sagte Ondine, als sie die eingesperrten Tiere sah.

Das Mädchen war vernünftig genug, keine Szene zu

machen. »Können wir weitergehen?« Hamish wandte den Blick ab, sein Verstand rebellierte bei dem Gedanken, dass er selbst in einem dieser winzigen Käfige hätte sitzen und durchdrehen können.

Wäre Old Col nicht gewesen, wäre ich das.

»Warum kaufen wir sie nicht und lassen sie frei?«, fragte Ondine.

In seinem Herzen wusste er, dass sie nur helfen wollte. Frettchen freilassen? Wohin sollten sie gehen? Er hatte Glück gehabt, er war auf die Füße gefallen, als er Ondine getroffen hatte.

Er überlegte, mit ihnen zu sprechen und sie zu fragen, was sie wollten. Dann wurde ihm klar, dass er das nicht konnte. Die Geräusche, die sie machten, waren genau das: Geräusche. Er konnte sie genauso wenig verstehen wie Ondine.

»Lass uns von hier verschwinden«, er stemmte die Kisten mit Obst und Gemüse hoch und trug sie weg.

»Ist alles in Ordnung? Du siehst ganz mockit aus.«

Eines seiner Wörter mit ihrem Akzent zu hören, klang putzig, aber es hatte den glücklichen Nebeneffekt, dass er für einen Moment die Übelkeit vergaß, die der Anblick seiner Frettchen-Artgenossen im Käfig ausgelöst hatte.

»Schon gut. Ich hatte nur nicht erwartet, das zu sehen. Sie werden nicht als Nahrung oder für ihr Fell verkauft, falls du dir darüber Sorgen machst. Sie werden für die Kaninchenjagd verkauft.« [5]

Ondine warf ihm einen mitfühlenden Blick zu, bevor sie zu einer Auslage von Kürbissen in der Farbe der Morgensonne ging. Ihm war klar, dass sie ihm seine Erklärung nicht abgekauft hatte, aber sie bohrte auch nicht weiter nach.

Eine Frau, die einen Mann mit seinen Gedanken allein ließ. Was für ein Wunder. Die Anspannung wich aus seinen Schultern und er reihte sich hinter Ondine ein.

Nach einer weiteren Stunde Einkaufen und Feilschen trugen Ondine und Hamish ihre Kisten mit Lebensmitteln zu einer Straßenecke, wo sie auf die anderen warteten. [6]

»Chef und Belle sollten bald zurück sein«, reckte Ondine den Hals, um über die wogende Menge zu sehen. Die Sonne ging auf, aber das zusätzliche Licht half nicht dabei, ihre Schwester zu finden. »Ich bin zu klein. Hilf mir, diese Kisten zu stapeln.«

Wie ihm aufgetragen wurde, stapelte Hamish die Kisten übereinander, damit sie hinaufklettern und über die Köpfe

---

5. Frettchen sind beim Frettieren unglaublich praktisch. Dabei wird ein Kaninchenbau gefunden, alle Ausgänge bis auf einen blockiert und ein oder drei Frettchen in den Bau geschickt. Alles, was der Fallensteller tun muss, ist, am Ausgang mit einem großen Jutesack und Appetit auf Kanincheneintopf zu warten.

6. In welcher weitere Lebensmittelhändler behaupteten, Ondine würde sie ins Armenhaus treiben und sie müssten im Hotel um Essen betteln oder ihre Kinder auf dem Schwarzmarkt verkaufen. In Brugel nehmen Händler Schauspielunterricht, damit sie beim Handeln zur Höchstform auflaufen können.

der Leute sehen konnte. Er hielt ihre Hand fest und genoss das warme Kribbeln, das die Berührung ihrer Haut auslöste.

Verirrte Gedanken, was? Was kann man da schon machen?

Mit einem Schaudern verlor Ondine das Gleichgewicht und schwankte auf der obersten Kiste. Sein Herz machte einen Satz. Blitzschnell packte er sie um die Taille und zog sie an sich. »Schon gut, ich hab dich«, sagte er.

Sie rutschte weiter in seinen Armen nach unten, bis sie Nase an Nase waren. »Das hast du wirklich«, sagte sie atemlos.

Hinter seinen Rippen erwachte Hamishs Herz zum Leben, als er diese temperamentvolle junge Frau in seinen Armen hielt. »Hast du Chef oder Belle gesehen, als du da oben warst?«

»Nein, habe ich nicht.«

»Sie könnten also noch eine Weile brauchen?« Er war fasziniert davon, wie sehr sich Ondines Pupillen weiteten.

»Ja«, kam es wie ein Hauch heraus. »Könnte sein.«

Eine Stimme in seinem Kopf sagte: »Ich habe den Verstand verloren. Ich habe mich doch tatsächlich verliebt.« Und einen Moment später sagte eine andere Stimme in seinem Kopf: »Na, dann ist ja gut für mich.«

Wenn er sie jetzt küsste, würde sie ihn zurückküssen?

Eine neue – weibliche – Stimme mischte sich von der Seite ein. »Alles klar bei euch?« Es war Belle, die neben Chef stand, und beide zogen ihre gefüllten Wagen hinter sich her. »Wir müssen das alles zurück in den Kühlraum bringen.«

Obwohl sie bei der unhöflichen Störung auseinandergefahren waren, konnte Hamish das Lächeln nicht aus seinem Gesicht wischen. Und nach Ondines geröteten Wangen zu urteilen, würden seine Gefühle vielleicht erwidert werden.

Etwas regte sich hinter Hamishs Rippen.

Ein Zauber gebrochen, ein anderer tritt an seine Stelle?

Belle und der Chef, die die Wägelchen hinter sich her zogen, konnten auf dem Rückweg Händchen halten. Ondine und Hamish hatten nicht so viel Glück; sie schleppten ihre Kisten mit Lebensmitteln und konnten sich erst entspannen, als sie wieder im Hotel waren.

Wenn ihre Schwester sie nicht auf dem Markt unterbrochen hätte, war sich Ondine sicher, Hamish hätte sie geküsst. Würde er es wieder versuchen? Das hoffte sie, als sie sich auf den Weg in den Garten machte, um auf den Sonnenaufgang zu warten.

»Ich muss dir was sagen, Ondi.« Hamishs Hand berührte ihren Handrücken.

Ondines Herz begann in ihrer Brust zu rasen und die Haut an ihrem Arm überzog sich mit einer Gänsehaut.

»Dir ist kalt.« Er zog seine Jacke aus und legte sie Ondine um die Schultern. »So, die passt dir sowieso besser als mir.«

Mehr als ein Nicken brachte sie nicht zustande.

»Magst du mich nicht mehr?«

Ondine schluckte, als sich ihre Kehle zusammenschnürte. »Nein, das stimmt nicht«, erwiderte sie, aber mehr sagte sie nicht, weil ihr Gehirn aufgehört hatte, richtig zu funktionieren. Sie sagte nicht: »Hamish, ich mag dich viel zu sehr«, oder »Hamish, du bist der schönste Mann, den ich je getroffen habe«, oder »Hamish, du solltest mich besser fragen, ob ich dich heirate, sonst sterbe ich auf der Stelle.« Obwohl ihre Gedanken genau in diese Richtung gingen.

»Ich bin kein Hellseher, also kann ich deine Gedanken nicht lesen. Aber ich sage dir, was mir durch den Kopf geht«, begann er.

Ondine vergaß zu atmen.

»Ich habe mir den Rat von Old Col zu Herzen genommen. Ich muss mein Leben in Ordnung bringen. Die heutige Nacht hat mir das gezeigt. Ich habe es in mir, ich kann mein Leben zurückgewinnen und es auch zu einem guten Leben machen.«

Hamish rutschte auf der Gartenbank hin und her und drehte sich zu ihr. »Ondi, kannst du mich bitte ansehen? Ich will wissen, dass du mich nicht hasst.«

Es kostete sie eine fast übermenschliche Anstrengung, aber irgendwie schaffte sie es, ihren Kopf weit genug zu drehen und ihre Augenlider weit genug zu heben, um ihm ins Gesicht zu sehen. Nicht in seine funkelnden Augen, das würde ihrem Herzen zu sehr wehtun, wenn sie tief in sie hineinblickte. Sie entschied sich für seine Lippen. Das war ein Fehler, denn in dem Moment, als sie seinen Mund ansah, wollte sie ihn küssen.

Dumme Hormone. Machen mich zum Idioten.

»Du hast mir gezeigt, dass es edel ist, nützlich zu sein. Ein Teil einer Familie zu sein. Das hatte ich noch nie ...«

Was er sagte, ergab keinen Sinn, denn sie hörte kaum die Hälfte davon über ihr hämmerndes Herz. Sagte er, er wolle bei ihrer Familie bleiben, oder wollte er zu seiner Familie in Schottland zurückkehren?

»Ich habe deine Ma und deinen Da gefragt, ob es in Ordnung ist, wenn ich hierbleibe. Nur bis ich wieder auf die Beine komme.«

Jippie! Hamish bleibt. Hamish bleibt. Hamish bleibt. Oh je, habe ich das laut gesagt?

»Ich habe mich zu lange auf die Nächstenliebe anderer Leute verlassen. Ich muss meinen eigenen Weg finden.«

He? Hatte sie einen Übergang verpasst? Im einen Moment sprach er davon zu bleiben, dann sprach er davon zu gehen. Sie wünschte, er würde sich entscheiden!

Dann überschritt er ernsthaft die Grenze und nahm Ondines Hände vollständig in seine. »Tu mir einen Gefallen und halte dich von Lord Vincent fern.«

Wut ergriff sie und ihr stockte der Atem. Sie zog ihre Hände weg und spürte, wie ihre Handflächen zu jucken begannen. Oh, wie gerne hätte sie seinem selbstgefälligen Gesicht eine geklatscht! Es war schon schlimm genug, dass er so schön war, dass sie sich sicher war, dass er sie auf dem Markt küssen wollte, dass er gerade eben so schöne Dinge sagte ... bevor er alles ruinierte.

»Du klingst genau wie Da.«

»Ich will, dass du glücklich bist, und ich glaube nicht, dass Lord Vincent dich glücklich machen würde.«

»Also darf ich nicht mal ein bisschen Spaß haben?«, platzte sie heraus.

Hamish sah ihr in die Augen und ein schiefes Grinsen verwandelte sein Gesicht von ernst zu vergnügt. »Doch, ein Mädchen wie du sollte seinen Spaß haben.«

Die Atempause gab Ondine die Gelegenheit, sich zu sammeln. Jeder andere hätte sie bevormundet, sie wie ein Kind behandelt, aber nicht Hamish. Schuld stach ihr ins Herz. Sie schuldete ihm die gleiche Höflichkeit.

»Hamish?« Sie zögerte, weil sie nicht wusste, was sie als Nächstes sagen sollte. Es war richtig, dass er nicht auf unbestimmte Zeit bleiben konnte. Ihre Eltern waren ziemlich großzügig und kamen mit allem zurecht, was passiert war, aber Großzügigkeit hat ihre Grenzen.

Er lehnte sich näher heran, seine Augen auf ihre Lippen gerichtet. Näher. Näher, seine Lippen senkten sich auf ihre. Seine Augen schlossen sich, ihre folgten seinem Beispiel, ihr Herz hämmerte vor Erwartung und in ihrem Bauch schlugen Purzelbäume, während sie darauf wartete, dass seine Lippen die ihren berührten.

Zu ihrer völligen Bestürzung berührten seine Lippen stattdessen ihre Wange.

»Sapperlot!«, rief sie aus. Wenn das ihr erster Kuss sein sollte (hoffentlich von vielen), wollte sie, dass es ein guter war. Sie ergriff ihre Chance, nahm Hamishs Gesicht in ihre Hände und drückte ihre Lippen direkt auf seine.

Ein pfeilschneller Ruck purer Lust durchfuhr Ondine und ihr stockte der Atem. Seine Lippen fühlten sich so warm und einladend an, der Druck war kaum mehr als keusch, aber der Kontakt ließ ihren ganzen Körper summen und prickeln. Die Zeit erstarrte um die beiden herum, dehnte den Moment aus und erfüllte ihr Herz mit einer seltsamen Mischung aus Hochgefühl und Stolz. Sie hatte ihn geküsst, wirklich geküsst, und es nicht vermasselt.

Hamish zog sich zurück, sein leuchtender Blick traf ihren. Das Lächeln, das er ihr schenkte, jagte ihr wohlige Schauer über den ganzen Körper.

»Das hättest du nicht tun sollen«, sagte er, und es klang, als wäre auch er außer Atem.

»Warum nicht?«

»Weil ich jetzt das hier tun muss«, sagte er, öffnete seine Lippen und drückte sie wieder auf Ondines, um sie zu überreden, sich ihm zu öffnen. Bei dem intimen Kontakt und der Welle süßer und seltsamer Empfindungen, die durch ihren Körper rauschten, verlor sie fast den Verstand. Der Kuss wurde tiefer, und sie hörte ein leises Stöhnen von Hamish. Winzige elektrische Schläge tanzten über ihre Lippen.

Sein Kinn fühlte sich auf ihrer vollen Haut stachelig an. Bartstoppeln rieben daran.

»Aua.« Sie zog sich zurück und rieb mit den Fingerspitzen über ihre gereizte Haut.

Ein halb verlegenes Grinsen breitete sich auf ihrem Gesicht aus. Ihre erste Bartflechte? Sie erwartete, die gleiche Freude in seinem Gesichtsausdruck zu sehen, und blickte ihm in die Augen, gerade als diese von Grün zu Schwarz wechselten.

Passend dazu breitete sich schwarzes Fell über sein Gesicht aus.

»Oh nein, nicht jetzt!« Es wurde ihr schwer ums Herz.

»Was?«, brachte Hamish gerade noch heraus, bevor er sich vor Schmerz krümmte und sich an den Bauch fasste. Er griff nach Ondine, um Halt zu suchen, und die Haut auf seinem Handrücken wurde schwarz und pelzig.

Die Sonne ging für den neuen Tag auf und tauchte den Biergarten in pink-oranges Licht. Der Vollmond war verschwunden. Ein Haufen gebrauchter Kleidung lag leblos auf dem Boden. Wo zuvor der Mann Hamish gewesen war, saß jetzt das Frettchen Shambles.

KAPITEL ZWÖLF

FLUCHEN. Manche Leute sind gut darin, andere verknoten sich dabei die Zunge. Nehmen wir zum Beispiel die noch nicht ganz sechzehnjährige Ondine. Ihr Fluchen war nicht sehr weit entwickelt, denn sie hatte bisher ein recht behütetes Leben geführt – so behütet, wie man eben sein kann, wenn man in einem Pub lebt.

Wenn sie zum Beispiel frustriert oder schockiert ist, wird sie genauso wahrscheinlich »Jupitermonde!« wie »Scheibenkleister!« sagen (oder etwas, das sich sehr ähnlich anhört). Andererseits bewies Shambles, der es bisher geschafft hatte, vor der Familie de Groot nicht allzu viel zu fluchen, dass er die Kunst des Fluchens beherrschte.

»Ye chanty wrassler, A'll dun't ye!« [1]

---

1.   Du Lügner, ich schlag dich.

Sein Akzent kam dick und kräftig zurück. »A'll gar ye claw whaur it's no yeukie!« [2]

»A'll saut yer brose, Old Col!« [3]

»Ma tongue isna unner yer belt!« [4]

Trotz des Akzents bedurften einige seiner weiteren Flüche keiner Übersetzung, was Ondines Gesicht nur vor Scham brennen ließ. Dieselben Lippen, die sie gerade geküsst hatte, spien die furchtbarsten Flüche aus.

»Shambles, beruhige dich bitte!« Ihr Herz schmerzte um den Mann, der er noch vor einem Moment gewesen war. Wie schrecklich unfair, dass er so zurückfallen sollte. Hätte der Zeitpunkt noch schlechter sein können?

Trotz ihrer Bitten war Shambles nicht zu stoppen. Er fluchte noch mehr, mit ein paar neuen Ausdrücken. Nachdem er sein Repertoire erschöpft hatte, begann er von vorn und wiederholte die Tirade noch einmal.

Es war zu grausam, ihn sich auf dem Boden winden zu sehen, ihr gutaussehender junger Mann wieder auf die Gestalt eines Frettchens reduziert. Ondine spürte, wie sich ihr Herz zusammenschnürte, verschnürt wie einer von Chefs Rollbraten. Hitze sengte ihr Gesicht und ihre Augen. Etwas Nasses spritzte auf ihre Wangen. Oh, welch eine Schande, sie weinte! Was nützte es, sich wie eine Erwachsene zu benehmen – und behandelt zu werden –, wenn sie am Ende

---

2. Ich werde meine Faust dorthin stecken, wo sie nicht willkommen ist.
3. Ich werde mich rächen.
4. Und denk nicht mal daran, mich zum Schweigen bringen zu wollen.

flennte wie ein Kind, das gerade erfahren hat, dass es den Weihnachtsmann gar nicht gibt. [5]

»Was ist das für ein Lärm?«, fragte Ma, als sie in den Garten kam und die Szene mit der weinenden Ondine und einem schwarzen Frettchen zu ihren Füßen erfasste. »Was hat er Ihnen angetan?«

»Es ist Eure verrückte Tante, sie hat mich wieder niedergestreckt, und ich habe gar nichts getan!«, klagte Shambles und rieb sich gequält die pelzigen Pfoten über den Kopf.

»Wir haben uns nur geküsst«, sagte Ondine und war überrascht, als ihre Worte als Krächzen herauskamen.

»Das ist höchst unangebracht, Ondine de Groot«, sagte Ma.

Es ist ein sicheres Zeichen für Ärger, wenn Eltern einen beim vollen Namen nennen. Ondine wusste es besser, als mit ihren Eltern zu streiten, wenn sie mieser Laune waren. [6]

Eigentlich erwies sich das Streiten mit ihnen zu jeder Zeit als Zeitverschwendung, denn sie ging selten als Siegerin hervor. Aber alle Vernunft war verflogen, weil ihr Wunderschöner Kuss zu früh geendet hatte, genauso wie Hamishs menschliche Gestalt. »Es war nur ein Kuss«, hörte sie sich in

---

5. Tut mir leid, dir das sagen zu müssen. Ach, heul nicht.
6. Wie man die elterliche Stimmung an dem Namen erkennt, mit dem sie einen ansprechen. z.B. Ondi = Ma hat gute Laune.
Ondine = Ma ist beschäftigt.
Ondine de Groot = Ma ist richtig sauer.
Ondine Benedicte Wilhelmina de Groot = Ma ist gerade hereingekommen und Ondine steht mit einem blutigen Messer in der Hand über einer Leiche.

einem Ton wiederholen, der andeutete, dass es keine Rolle spielte, obwohl es in Wirklichkeit eine sehr, sehr große Rolle spielte. Es spielte eine gewaltige Rolle.[7]

Sie war mit Shambles, dem Frettchen, gut befreundet, aber Hamish, der junge Mann, schien die Antwort auf ihre Träume zu sein. Wie lange hatte sie sich vorgestellt, wie er als wirklicher Mensch sein würde? Und dann einen Blick auf sein wahres Ich zu erhaschen, ihn in ihr Herz zu lassen – nur um es so bald wieder weggenommen zu bekommen. Konnte das Leben noch grausamer werden?

Shambles begann wieder zu fluchen. Laut und kräftig.

»Geh rein, Ondine. Ich möchte allein mit Shambles sprechen«, sagte Ma.

»Du bist so unfair.« Ondine wischte sich die Tränen mit dem Handrücken aus dem Gesicht. »Ich bin kein Baby, also hör auf, mich wie eins zu behandeln!«

»Wir hören auf, dich wie eins zu behandeln, wenn du aufhörst, dich wie eins zu benehmen«, schoss Ma zurück.

Vor Frust ballte Ondine ihre Hände zu Fäusten. Das war ein Streit, den sie nicht gewinnen konnte, aber sie würde es trotzdem versuchen. »Du warst in meinem Alter, als du und Da zusammengekommen seid, das macht dich also auch zu einer Heuchlerin!«

»Damals war das anders –«, begann Ma.

---

7. Dies war ihr erster Ernsthafter Kuss gewesen, also verdiente er Großschreibung. Wenn man bedenkt, dass Ondine fünfzehn ist, zeigt das, wie behütet ihr Leben bis zu diesem Zeitpunkt gewesen war.

»Ach, pfeif doch drauf!«

Die Stille wurde ohrenbetäubend. Ondine schlug sich schockiert die Hand vor den Mund. So hatte sie noch nie zuvor mit ihrer Mutter gesprochen, und die Wucht davon ließ ihr Herz gegen die Rippen hämmern.

Ma stand mit offenem Mund da. Sogar Shambles hörte auf zu fluchen und am Boden zu stöhnen.

Mit zu zwei geraden Linien des Zorns zusammenge-pressten Lippen straffte Ma die Schultern und richtete sich zu ihrer vollen Größe auf, die ein paar Zentimeter unter der ihres jüngsten Kindes lag. Wann war ihre Mutter so geschrumpft? Ondine dachte eine Nanosekunde darüber nach, bevor der Mutter-Tochter-Showdown weiterging.

Mit leiser und gefährlicher Stimme sagte Ma: »Zeig etwas Respekt vor deinen Älteren.«

»Fällt dir nichts Besseres ein? Mit mir zu reden, als wäre ich ein Kind? Ma, ich bin fast sechzehn. Ich darf küssen, wen auch immer ich will!«

»Es war nicht ihre Schuld«, warf Shambles ein. »Das ging alles von mir aus. Ich habe sie ausgenutzt, und das muss der Grund sein, warum ich wieder ein Frettchen bin. Ich hatte lüsterne Gedanken und fühlte mich ihrer nicht würdig.«

Verwirrung machte sich in Ondines Gehirn breit. Ihre Begegnung war ganz anders gewesen, als Shambles sie beschrieb. So wie sie sich erinnerte, hatte Hamish ihr einen keuschen Kuss auf die Wange gegeben, und sie hatte mehr verlangt. Ihre Wangen röteten sich vor Hitze.

»Es heißt ›wen‹. Und jetzt geh rein, Ondine – du bist übermüdet.« [8]

Es muss die pure Verärgerung gewesen sein, die Ondine dazu brachte, zu sagen, was sie als Nächstes sagte, denn kein vernünftiger Mensch hätte das herausplatzen lassen.

»Ach ja, klar, schick mich auf mein Zimmer. Aber während du so damit beschäftigt warst, mich auszuspionieren, hast du nicht einmal bemerkt, dass Cybelle und Chef sich schöne Augen machen.«

»Sie redet nur daher. Hören Sie nicht auf sie«, sagte Shambles, aber seine Einmischung zeigte keine Wirkung.

Ma wich alle Farbe aus dem Gesicht, und zum ersten Mal, soweit Ondine sich erinnern konnte, verschlug es ihrer Mutter die Sprache.

Ein gewaltiges, theatralisches Gähnen entfuhr Shambles' kleinem Mund, als hätte er sie beide aufgegeben. Oder als wollte er nur das Feld für den bevorstehenden Zickenkrieg räumen. »Ich hab mein Bestes getan, ihr wolltet ja nicht hören. Ich bin dann mal in der Wäschekammer. Gute Nacht, meine Damen.«

Schwere, hässliche Schuldgefühle sanken Ondine in die Glieder. Sie konnte sich nicht rühren. Sie hatte ihre Schwester gerade voll reingeritten, und Cybelle hatte nichts getan, um das zu verdienen. Wenn Ondine glaubte, ein Recht

---

8. Was haben Eltern eigentlich immer damit, die Grammatik ihrer Kinder zu korrigieren? Bei ihren Freunden würden sie das nie tun.

auf Glück zu haben, hatten ihre Schwestern dann nicht dasselbe Recht?

Was sie zu einer Heuchlerin allererster Güte machte.

Zwischen zusammengebissenen Zähnen sagte ihre Mutter: »Geh. In. Dein. Zimmer.«

Irgendetwas brachte Ondines Füße dazu, sich zu bewegen, obwohl sich ihr Gehirn so vernebelt anfühlte, dass sie keine Ahnung hatte, wie sie den Weg in ihr Schlafzimmer fand und unter die Decke kroch.

Sonnenlicht stach wie Dolche durch die Lücken im Vorhang. Sie fürchtete den Schlaf wegen der furchterregenden Träume, die sie heimsuchen könnten. Sollte sie wach bleiben und sich elend fühlen oder einschlafen und Gefahr laufen, dass ihr Unterbewusstsein alles nur noch schlimmer machte?

Am Ende wurde ihr die Entscheidung abgenommen. Trotz der frühen Morgenlichtstrahlen in ihrem Zimmer glitt Ondine in die Bewusstlosigkeit, kurz bevor die schlimmsten Stunden ihres Lebens anbrachen.

KAPITEL DREIZEHN

Ondine hatte das seltsame Gefühl, einen besonders schrecklichen Traum gehabt zu haben. Shambles war zu einem richtigen Mann geworden, und noch dazu zu einem umwerfend gut aussehenden, doch dann hatte irgendeine Macht alles zunichtegemacht und er war wieder ein Frettchen.

Als ihr Gehirn ratternd und surrend zum Leben erwachte, wusste sie, dass es kein Traum gewesen war. Als sie weiter erwachte, sprang sie aus dem Bett und umklammerte ihren Bauch. Ihr war schlecht, und das aus so vielen Gründen. Letzte Nacht hatte sie sich vor Hamish und vor ihrer Mutter zum Narren gemacht. Zu allem Überfluss hatte sie ihrer mittleren Schwester jegliche Privatsphäre geraubt, die sie hätte genießen können, während ihre Eltern mit Margi und Thomas abgelenkt waren.

Es galt, eine Entscheidung zu treffen. Aus dem Bett

steigen und sich ihrer Mutter und Schwester stellen oder für immer in ihrem Zimmer bleiben.

Ein stakkatoartiges Klopfen an der Tür machte jede Vorstellung zunichte, dass sie die Wahl hatte.

»Ondi, steh auf, Familienbesprechung«, sagte Da.

»Ich will zuerst mit ihr reden«, sagte Cybelle. Mit einem wütenden Blick, der Farbe hätte abblättern lassen, stürmte Cybelle in ihr Zimmer und knallte die Tür hinter sich zu. Schwarze Panda-Flecken umrandeten ihre Augen, wo früher der saubere Lidstrich gewesen war.

Hässliche, schwere Dinge purzelten in Ondines Magen durcheinander.

»Wie konntest du nur!«, Cybelles Gesicht war rot vor Wut. »Hast du überhaupt eine Ahnung, was du getan hast? Henrik wird deinetwegen gefeuert!«

»Es ... es tut mir leid«, stieß Ondine hervor. Heiße Tränen stiegen ihr in die Augen und verschleierten ihre Sicht. Wer war Henrik noch mal? Ach ja, so hieß Chef früher, bevor er Chef war. »Es tut mir so leid, Cybelle. Ich wollte das nicht. Ich war so wütend auf Ma ... es ... es ... ist einfach aus mir herausgeplatzt.«

Cybelle stand mit in die Hüften gestemmten Händen da, ihre Lippen zu einer harten, geraden, weißen Linie zusammengepresst. Genau wie die ihrer Mutter am Abend zuvor.

»Entschuldigung reicht nicht! Du hast gerade mein Leben ruiniert. Ich hoffe, du bist zufrieden!«

Damit verpasste Cybelle ihr eine schallende Ohrfeige.

Der Schmerz durchfuhr Ondines Gesicht, aber sie wehrte

sich nicht. »Das habe ich verdient.« Wieder stiegen ihr Tränen in die Augen. »Belle, es tut mir so leid, wirklich ...«

Cybelle schlug ihr auf die andere Wange und verteilte den Schmerz. Hinter Cybelle stürmte Da herein und packte seine mittlere Tochter in einer Bärenumarmung.

»Das reicht!«

Cybelle fuchtelte mit den Armen, strampelte mit den Beinen und schrie so heftig, dass ihr Spucke aus dem Mund flog: »Ich hasse sie, ich hasse sie! Sie ist nicht meine Schwester!«

»Beruhige dich, mein Schatz. Es ist alles gut, ich werde Chef nicht feuern.«

Ein neuer Schwall Tränen schoss Ondine in die Augen, und sie verbarg ihr Gesicht in Scham. Schwere Schuld wühlte in ihrem Magen und zermarterte ihr Gehirn. Alles, was sie wollte, war, in ihrem Zimmer zu bleiben und zu weinen. Ihr Vater wollte davon aber nichts wissen und verlangte ihre Anwesenheit unten.

Ohne sich darum zu scheren, wie sie aussah, warf Ondine sich einen Morgenmantel über und trottete hinunter zu der Versammlung. Old Col saß wie eine Königin am Kopf des Tisches, während Shambles vor ihr stand und seine Sache vertrat.

»Was habt Ihr mit mir gemacht, Col? Ich dachte, Ihr hättet den Fluch aufgehoben.«

»Habe ich auch«, sagte die ältere Frau mit einem müden Achselzucken. »Ich tappe da genauso im Dunkeln wie Ihr. Meine einzige Vermutung ist, dass der Vollmond eine Rolle gespielt haben muss. Wir alle wissen, dass es in der Nacht des Vollmonds kein Versteck gibt.«

»Spart Euch Eure Sprüche«, sagte Shambles.

Da klappte überrascht der Mund auf. »Ondi, ich kann ihn jetzt reden hören.«

Wenn ihr Vater Shambles hören konnte, würde das bei den Übersetzungen Zeit sparen. Es zerstörte aber auch jeden letzten Rest von Privatsphäre, den sie mit ihm gehabt haben mochte. Nicht dass sie nach dem, was sie letzte Nacht über Cybelle ausgeplaudert hatte, irgendeine Privatsphäre verdient hätte.

Shambles nickte Ondine zu, um ihre Ankunft zu bestätigen, und fuhr dann mit seiner flehentlichen Bitte an Old Col fort, wobei er beim Reden mit seinen kurzen Armen gestikulierte.

»Aber ich habe doch nichts Falsches getan. Das wissen wir alle. Ich war das erste Mal in meinem *Leben* verantwortungsbewusst. Es war nur ein Kuss, es wäre nie weitergegangen. Warum sollte ich mich deswegen wieder in … in das hier verwandeln?«

»Nur ein Kuss« – das waren dieselben Worte, die Ondine benutzt hatte. Sie waren eine Lüge, damit sie ihr Gesicht wahren konnte. Aber Hamish-als-Shambles das zu jemand anderem sagen zu hören, während alle zuhörten, nun, das war eine ganz andere Sache. Vielleicht war es für ihn nur ein Kuss, aber für sie war es alles gewesen.

Old Col sah das Frettchen an. »Ah, aber seht Ihr, Hamish, vielleicht ist das hier gar keine Strafe. Vielleicht hat der Vollmond ein Licht auf die Art von Mann geworfen, die Ihr sein könntet.« Ihre Augen glänzten zuversichtlich.

Ondine hatte keine Ahnung, worauf die alte Frau hinauswollte. Weiser Rat war das keiner, es war eher so, als würde sie wie ein Huhn auf einem Komposthaufen nach Antworten scharren.

»Genug davon«, sagte Da, nahm seinen Platz am anderen Ende des Tisches ein und zog Ondine neben sich auf den Stuhl. Cybelle saß ihnen gegenüber, sodass sie ihrer Schwester dreckige Blicke zuwerfen konnte. Die Tatsache, dass Cybelle auch neben Chef saß, entging niemandem, besonders Josef nicht.

Unglaublicherweise blieb Ma still, als Shambles sich Ondine näherte und auf ihre Armbeuge kletterte. Wäre das letzte Nacht gewesen, wäre er wieder ein Mann gewesen, hätte seine Berührung sengende Hitze durch ihre Adern geschickt.

Aber es war Morgen. Er war wieder ein Frettchen. Was für ein Abtörner!

»Es tut mir leid, was gestern Abend war. Es tut mir leid, dass ich dich zum Weinen gebracht habe«, sagte Shambles.

»Es ist nicht deine Schuld«, brachte Ondine hervor und schenkte ihm ein mattes Lächeln, das ihre Augen nicht erreichte. Vielleicht war er wieder ein Frettchen, weil sie nicht wollte, dass er ging. War es nicht das, was sie gestern in ihrem Kopf hin und her gewälzt hatte? Wenn er wieder zum Menschen würde, würde er wahrscheinlich fortgehen. Wenn er ein Frettchen bliebe, würde er bei ihr bleiben.

Das Familienoberhaupt räusperte sich und richtete seine Worte an den Chef. »Ich habe von letzter Nacht rasende Kopfschmerzen, also entschuldigen Sie bitte meine schlechten Manieren. Henrik, ich will wissen, was Ihre Absichten mit Cybelle sind.«

An Das scharfem Tonfall konnten sie alle erkennen, dass es keine Bitte war. Und er hatte den Chef zum ersten Mal seit Ewigkeiten bei seinem richtigen Namen genannt. Ondines Herz sank ihr in die Hose. Ihr Vater war in letzter Zeit so schön weich geworden – jetzt schien er wieder in eine Steinzeitmentalität zurückgefallen zu sein.

Cybelle hielt den Kopf gesenkt, ihre Hände zu Fäusten auf dem Tisch geballt. Ab und zu hob sie die Augen, um Ondine einen gehässigen Blick voller Verachtung zuzuwerfen, bevor sie wieder zu schmollen begann.

Ein paar Sekunden lang sagte niemand etwas, während sich die Blicke aller anderen auf Henrik richteten.

Als Henrik sprach, war seine Stimme leise, aber entschlossen. »Nein, Josef. Das ist privat. Das ist etwas zwischen mir und Cybelle, sonst niemandem.«

Geschockt hob Cybelle den Kopf und lächelte, als sie ihren Liebsten mit Stolz ansah. Henrik blickte zu Cybelle zurück und fuhr mit seinen Fingern über ihre weißen Fingerknöchel.

Einen Moment lang kam nichts aus Da heraus, so überrascht war er. Er schluckte und setzte erneut an. Wie ein stotternder Rasenmäher dauerte es eine Weile, bis er richtig in die Gänge kam. »Sie werden es mir sagen, weil es meine

Tochter und Ihre Anstellung hier als Mitarbeiter betrifft«, forderte er.

Wollte er ihn also feuern? Ondine konnte nicht glauben, wie fies ihr Vater klang.

»Erinnere mich daran, niemals mit deinem Da Poker zu spielen«, flüsterte Shambles.

»Das habe ich gehört«, sagte Josef und richtete seinen mittlerweile berühmten eisigen Blick auf Ondine, der sie an Ort und Stelle festnagelte. Nachdem er ihr das Blut in den Adern hatte gefrieren lassen, blickte er über alle am Tisch. »Wer hat ihn noch gehört? Hebt die Hände.«

Allmählich hob jeder eine Hand etwa auf Schulterhöhe, sogar Henrik.

»Ihr alle?«, platzte es aus Ondine heraus.

Sie nickten. Ihr Herz sank. In einer großen Familie gab es wirklich keine Privatsphäre. Nach den zusätzlichen Leuten zu urteilen, die um den Tisch saßen, würde ihre bald noch größer werden.

Shambles meldete sich zu Wort: »Das sind großartige Neuigkeiten! Wenn ihr mich alle hören könnt, muss das bedeuten, dass der Zauber nachlässt.«

Da wandte sich an Henrik und wartete auf eine Antwort auf seine vorherige Frage.

Henrik hielt seine Stimme leise und ruhig, während sein Blick den von Josef festhielt. »Mr. de Groot, wenn Sie mich feuern, haben Sie einen Koch weniger. Ich werde mir eine andere Stelle suchen. Aber das wird mich nicht davon abhalten, Cybelle zu sehen. Das kann nur Cybelle entscheiden.«

Ein seltsames, eisiges Gefühl breitete sich im Raum aus. »Das stimmt«, sagte Cybelle kaum mehr als flüsternd, als sie Henriks Arm berührte, um sich Halt zu holen. »Wenn Henrik geht, gehe ich auch. Dann habt ihr einen Koch und eine Tochter weniger.«

Rote Flecken blühten auf Das Gesicht, während die Adern an seinem Hals auf die doppelte Größe anschwollen und zu platzen drohten. Ondine hatte das Gefühl, ihr könnte vor lauter Aufregung schlecht werden.

»Was er meint, ist, er will nur das Beste für Belle«, unterbrach Ma. »Wir wollen, dass du glücklich bist, mein Schatz.«

»Mein Kopf bringt mich um«, sagte Da zur Erklärung. »Ich weiß, das kommt jetzt falsch rüber, aber das ist alles ein großer Schock für mich.«

Henrik sprach erneut: »Es ist nur noch eine Stunde bis zum Mittagessen, also, wenn Sie mich feuern wollen, tun Sie es besser jetzt, sonst habe ich Arbeit zu erledigen.« Damit erhob er sich von seinem Platz.

Josef sagte nichts mehr.

Henrik küsste Cybelle auf den Scheitel, nicht um seinen Sieg auszukosten, sondern nur um zu bestätigen, dass er und Cybelle eine Einheit waren. Ein Team.

Ein Stich der Eifersucht durchbohrte Ondines Herz, als sie zusah, wie ihre Mutter tröstend die Arme um Das Schultern legte, während Margi ihren Kopf auf Thomas' Schulter ruhen ließ.

Die Hoffnung sank wie ein Stein, als sie dasaß mit einem sprechenden Frettchen anstelle des echten Mannes, der er sein sollte, einem echten Mann, in den sie sich verlieben könnte.

Dann wurde es noch schlimmer, als Ma sie ansah.

»Ondine, du kannst dich jetzt bei mir entschuldigen.«

Es wäre so praktisch gewesen, wenn Melody oder sogar Mrs. Howser in diesem Moment hereingekommen wären, um die Spannung zu lösen. Kein Glück – sie schliefen die Party aus. Da sie nicht zur Familie gehörten, war ihnen das Treffen erspart geblieben. Ein harter Kloß bildete sich in Ondines Hals, als sie schluckte. Sie hatte ihre Mutter noch nie so angeschrien wie letzte Nacht, und das verlangte nach einer unterwürfigen Entschuldigung. Alle sahen sie an, und das machte es umso schwerer, sie auszusprechen, wo sie doch am liebsten in eine Höhle gekrochen wäre. Vorzugsweise eine mit einem großen Felsen, den sie vor den Eingang schieben konnte. Das Leben als Einsiedlerin hatte eine enorme Anziehungskraft.

»Tut mir leid, Ma.« Ondines Stimme war kaum mehr als ein Flüstern, als sie den Kopf senkte.

»Habe ich nicht ganz verstanden«, schoss Ma zurück.

Ondine versuchte erneut zu schlucken. »Es tut mir leid, Ma.« Diesmal kam es nur wie ein Quietschen heraus, aber es war lauter, und wenigstens konnte ihre Mutter es hören.

»Wofür?«

Ondine hob den Kopf und sah ihrer Mutter direkt in die Augen. »Es tut mir leid, Ma, dass ich gestern Abend unhöflich zu dir war, dass ich dir widersprochen habe und dass ich angedeutet habe, du würdest Unsinn reden.« Tränen verschleierten ihren Blick.

Ma lächelte und sagte: »Danke, das weiß ich zu schätzen. Und jetzt kannst du dich bei Cybelle entschuldigen.«

Na toll, jetzt musste sie das alles noch einmal durchmachen.

»Es tut mir aufrichtig leid, Belle, dass ich dein Vertrauen missbraucht und Ma etwas erzählt habe, das ich nicht hätte erzählen dürfen.«

»Ich nehme die Entschuldigung nicht an. Du hattest kein Recht, irgendetwas zu sagen, du ...«

»Belle, das reicht«, unterbrach Da sie.

Eine unangenehme Stille senkte sich über den Tisch.

Ma räusperte sich. »Gut. Und jetzt geh auf dein Zimmer, Ondine. Du hast Hausarrest, bis ich etwas anderes sage. Ich erlaube dir, dich von Melody und Mrs Howser zu verabschieden, aber das ist alles. Und dann werden wir darüber reden, deine Wahlfächer in der Schule zu ändern. Dem Skiteam beizutreten, ist keine Option mehr.«

Etwas Schweres entwich aus Ondine. Es hätte ihr Kampfgeist sein können oder vielleicht ihr Gerechtigkeitssinn. Hatten ihre Eltern ihr gerade ihre Entscheidungen weggenommen? Und wofür? Weil sie über ihre Schwester gelästert hatte? Sie konnte ihre Beine nicht bewegen. Der Schock fesselte sie an Ort und Stelle.

»Ihr nehmt mir meinen Skiunterricht weg, weil ich unhöflich war?«

Da ergriff das Wort. »Nein, wir müssen deine Wahlfächer

ändern, weil wir sie uns nicht mehr leisten können. Du musst Kurse wählen, die die wenigsten Ausflüge und die billigsten Lehrbücher haben. Wir müssen jetzt zwei Hochzeiten planen, und die kosten mehr als deine Ausbildung.« [1]

»Was?« Cybelle sah schockiert aus. »Warum sollte ich heiraten? Ich werde nicht heiraten! Niemand heiratet mehr.«

»Es ist mir egal, wie modern Sie sich halten, es gibt einige Traditionen, auf denen ich bestehe. Sie werden heiraten. Das ist ein Streit, den Sie nicht gewinnen werden«, sagte Ma.

Vergiss, dass ihre Schwester nicht heiraten wollte, Ondine war immer noch fassungslos über ihr beschnittenes Studium. »Aber was ist mit all dem Schmuck und dem Geld, das du behalten hast?«

Jetzt war Ma an der Reihe, rot zu werden. »Es ist weg, Ondi. Wir haben es für Renovierungen ausgegeben. Deshalb konnten wir es uns nicht leisten, das Esszimmer gestern Abend zu schließen. Wir brauchen alles, was wir kriegen können.«

Scham und Frustration ließen Ondines Kinn unkontrolliert zittern. Zu ihrem Elend spürte sie heiße Spritzer hemmungsloser Tränen auf ihren Wangen.

---

1. Brugels staatliches Schulsystem ist nominell kostenlos, ein Erbe aus der Sowjetzeit. Allerdings müssen die Eltern »freiwillige« Zahlungen leisten, um Kopien der Zeugnisse ihrer Kinder zu erhalten. Es fallen auch Gebühren für Fächer an, die zusätzliche Kosten für Ausflüge oder Ausrüstung verursachen. Die teuersten Wahlfächer sind Wintersport (Skigebühren) und Medienkunde (Camcorder-Gebühren). Beide Fächer standen weit oben auf Ondines Liste der Wahlfächer.

Bring mich einfach um, mein Leben ist vorbei.

»Und lass Shambles hier. Er hat in deinem Zimmer nichts mehr zu suchen.«

»Tut mir leid, Mädel«, sagte Shambles und beugte sich vor, um ihr einen kalten, nassen und etwas kratzigen Kuss auf den Hals zu geben.

Ondine blieb nichts anderes übrig, als in ihr Zimmer zu stapfen und dort zu verrotten.

KAPITEL VIERZEHN

EIN PAAR STUNDEN nach der schrecklichen und seelenzerstörenden Familienbesprechung klopfte jemand leise an Ondines Zimmertür.

»Was?«, stöhnte sie und machte sich nicht einmal die Mühe, das Elend in ihrer Stimme zu verbergen.

»Ich bin's nur«, flüsterte Melody. »Darf ich reinkommen?«

»Ich habe Hausarrest. Ich darf keine Freunde mehr haben.«

Melody kam trotzdem herein und schloss die Tür mit einem leisen Klicken hinter sich. »Ich habe gehört, was passiert ist. Es ist furchtbar.«

Als sie näher kam, bemerkte Ondine, dass das Mädchen ein schlaffes, in Leder gebundenes Notizbuch in der Hand hielt.

»Da müsstest du schon genauer werden. Es ist *alles*

furchtbar«, sagte Ondine und wischte sich die Nase am Ärmel ab. »Hamish hat sich wieder in ein Frettchen verwandelt, Cybelle hasst mich, ich habe Hausarrest und meine Eltern können sich die Kurse, die ich machen will, nicht leisten, weil sie wollen, dass Belle und der Chef heiraten. Pass auf, dass Ma dich hier nicht findet – sonst gibt sie dir auch noch Hausarrest.«

»Sie kann mir keinen Hausarrest geben«, sagte Melody.

»Nee, du hast recht, sie gibt mir dann einfach doppelt Hausarrest.« Ondine seufzte. Mitleiderregend, mit allem Pathos, das sie aufbringen konnte, sagte sie: »Ich weiß, warum es Hausarrest heißt – weil es einen zu Staub zermahlt und einem jede Hoffnung raubt.«

»Dann kam ich ja gerade rechtzeitig. Schau, was ich gefunden habe.« Melody hielt Ondine das Buch hin, damit sie es sich ansehen konnte.

Von außen sah es weich und alt aus, und innen waren die Seiten mit handschriftlichen Notizen versehen, bis auf die leeren Seiten am Ende.

»Das ist das Tagebuch von jemandem. Aber es ist schwer zu lesen, weil die Schrift so zusammengequetscht ist«, sagte Ondine.

Die Tagebuchseiten fühlten sich gut erhalten an, als wären sie lange Zeit irgendwo im Dunkeln versiegelt gewesen.

»Ich glaube, es ist von der alten Col«, schlug Melody vor, ihre Augen vor Staunen weit aufgerissen.

»Wo hast du es gefunden?« Ondine versuchte, die krakelige Handschrift zu entziffern. Blinzeln half nicht. Sie hielt die Seiten weiter von ihrem Gesicht weg. Das half auch nicht. »Es ist alles nur Gekrakel, eine Seite nach der anderen.«

Sie betrachteten die Seiten schweigend und versuchten, aus den eng geschriebenen Buchstaben schlau zu werden. »Wo hast du es gefunden, Mel?«, fragte Ondine erneut.

»Ähm ... Schau mal auf diese Seite, ich glaube, ich kann erkennen, was da steht.«

Dass sie der Frage auswich, bestätigte Ondines Verdacht. »Hast du es gestohlen?«

»Oh nein, ich würde niemals stehlen«, sagte Melody und machte eine bekreuzigende Bewegung über ihre rechte Brust.

»Das Herz ist auf der linken Seite.«

Hastig machte Melody eine bekreuzigende Bewegung über ihre linke Brust, bevor sie gestand: »Es ist mir im Traum erschienen.«

Ondine klappte vor Schreck der Kiefer herunter. »Du warst in den Träumen der alten Col? Wie hast du das gemacht, ohne dass sie es merkt?«

Einen Moment lang fand Melody etwas Interessantes auf der Bettdecke. »Ich werde ziemlich gut darin«, gab sie zu.

»Nicht gut genug«, sagte eine kräftige Stimme von der Tür.

Beide blickten auf und sahen die alte Col dort stehen.

»Du musst wirklich vorsichtiger mit deinem Traumfangen sein, junge Dame«, sagte die alte Col und kam herein. »Ehrlich, ich konnte mich kaum halten vor Lachen. So etwas

Stümperhaftes habe ich nicht mehr gesehen, seit ... na ja, Howser war nie gut darin, und jetzt gibt sie ihre Fehler an dich weiter. Na los, macht Platz auf dem Bett für eine alte Dame, ich muss meine Knochen ausruhen.«

Zu schockiert, um die Anweisung infrage zu stellen, rückten die Mädchen auseinander und machten zwischen sich Platz für die alte Col. Die Frau ließ sich alle Zeit der Welt, um sich auf das Bett niederzulassen.

»Wenn Sie wussten, dass Mel in Ihrem Traum war, warum haben Sie das Tagebuch dann nicht versteckt?«, fragte Ondine.

»Weil es so viel mehr Spaß gemacht hat«, sagte ihre Großtante und fügte ein schelmisches Lachen hinzu. »Für ein Mädchen mit Hausarrest hast du aber ganz schön viel Besuch. Shambles, du kannst jetzt unter dem Bett hervorkommen.«

Verwirrt und verblüfft zog Ondine die Füße unter sich und spähte über die Bettkante, um zu sehen, wie Shambles darunter hervorschlich. »Seit wann bist du da drin?«

»Entschuldige, Ondi. Ich wollte ja was sagen ... aber ... na ja ... es wäre unhöflich gewesen zu unterbrechen«, sagte er. Für ein Frettchen sah er ziemlich verlegen aus.

»Also gut, Mel, pass auf«, sagte die alte Col. »Das ist mein Tagebuch, und ich habe dich finden lassen, weil ich alt bin und mir meinen Spaß hole, wo ich ihn kriegen kann. Natürlich kannst du es nicht lesen, weil ich es in einem Code geschrieben habe. Shambles, Ondi, das betrifft euch beide, weil ich irgendwo hier drin den Zauber habe, den ich bei

Hamish angewendet habe. So, jetzt wollen wir mal die Seite finden, die ich suche ...« Sie leckte sich einen faltigen Finger an und tippte auf die Seitenecken, um sie umzublättern. »Gleich hab ich's, hmm, nein, das kann ich nicht vorlesen, das ist privat, okay, nächste Seite, nein, das ist auch privat.«

Das ging eine Weile so weiter, und Ondine konnte nicht anders, als unruhig herumzurutschen und sich zu fragen, ob noch jemand vorbeikommen und all die Leute in ihrem Zimmer bemerken würde. Sie warf Melody einen schnellen Blick zu und sah, dass auch sie herumzappelte.

»Jetzt wird es interessant, ich habe gerade einen gut aussehenden jungen Laird namens Hamish McPhee getroffen, und er ist absolut charmant.« Die alte Col hob den Blick vom Tagebuch und sah zum Frettchen hinüber. »Das wären dann wohl Sie.«

Ein seltsames Gefühl überkam Ondine. Sie wollte alles wissen, was zwischen Hamish und der alten Col auf diesem schicksalhaften Debütantinnenball passiert war, aber gleichzeitig war sie sich nicht sicher, ob sie es wirklich wissen wollte. Oder zumindest wusste sie, dass sie es wissen wollte, aber es fühlte sich komisch an bei dem Gedanken, dass die alte Col wissen würde, dass sie es wusste. Und Melody auch.

»Hab's gefunden. Ich dachte, Hamish wollte mir den Hof machen, aber er ist nicht interessiert, genau wie all die and-… ähm, mal sehen, was ich sonst noch geschrieben habe.«

Ondine hätte schwören können, dass ihre Großtante rot wurde. Was hatte sie beinahe gesagt? Es klang verdächtig nach »all die anderen«, was genau bedeutete das?

Vielleicht war sie doch nicht ihr ganzes Leben lang so prüde gewesen. Dann schoss ihr ein anderer, unheimlicherer Gedanke durch den Kopf. Wenn sie Hamish in ein Frettchen verwandelt hatte, weil er ihren Debütantinnenball ruiniert hatte, wozu war sie dann sonst noch fähig?

»Welche anderen?« Hamish richtete sich zu seiner vollen Größe auf (die nicht sehr beeindruckend war) und stemmte seine Pfoten dorthin, wo bei einem Mann die Hüften wären. »Wie viele andere habt Ihr noch in so was wie mich verwandelt?«

Ein Kribbeln überzog Ondines Haut und sie dankte Hamish im Stillen, dass er die Frage stellte, die sie sich nicht zu stellen traute. Das könnte sehr pikant werden. Sie mussten nur still sein und es sich entwickeln lassen. Wenn sie jetzt nur einen Weg finden könnte, Melody klarzumachen, dass sie die Klappe halten sollte, könnten sie –

»Du meinst, es gibt noch andere wie Hamish?«, platzte Melody heraus.

Zu spät!

»Wollt ihr nun den Fluch hören oder nicht?«, sagte die alte Col, ihre Stimme klang gereizt, während sie die Seiten überflog. »Ich kann nämlich auch sehr gut das Tagebuch nehmen und gehen.«

»Bitte bleiben Sie, Tante Col«, flehte Ondine. »Wir müssen den Fluch hören, damit wir herausfinden können, wie wir ihn endgültig aufheben können.«

»Ihr Mädchen erinnert mich so sehr daran, wie wir früher waren, Birgit und ich. Wir waren gute Freundinnen –

wir haben alles zusammen gemacht. Ich weiß nicht genau wie, aber als wir älter wurden, fingen wir an, ziemlich wetteifernd zu werden. Ich hatte meine Gaben, sie hatte ihre. Als Hamish auf der Bildfläche erschien, schlug unser Wettbewerbsgeist in Eifersucht um. Wir hätten wissen müssen, dass Hamish seinen eigenen Kopf hatte, aber jede von uns dachte, wir könnten ihn kontrollieren. Ich ... du meine Güte, ich kann nicht glauben, dass ich das getan habe, aber ich habe ihn mit einem Zauber belegt, nur um seinen armseligen Hintern überhaupt erst zum Debütantinnenball zu schleppen. Er war so ein gut aussehender Mann. Hat mir ziemlich den Kopf verdreht. Ach, herrje, die Dinge, die wir tun. Damals schien es so wichtig, aber im Nachhinein betrachtet hat mich die Eitelkeit übermannt. Nur ein einziges Mal wollte ich mich wie eine Prinzessin fühlen. Birgit sah so viel besser aus als ich, seht ihr. Aber ich hatte Hamish auf dem Ball an meinem Arm.«

Für einen Moment blinzelte die alte Frau mit den Augen, als ob sie weinen würde, dann fing sie sich wieder und machte weiter.

»Alle sahen mich an und ich fühlte mich wunderbar. Birgit war stinksauer und sagte, sie würde nie wieder mit mir reden. Aber das war mir damals egal, denn ich hatte Hamish. Nur begann der Zauber nachzulassen, denn Alkohol und der freie Wille haben eine stärkere Anziehungskraft als Magie. Das konnte ich damals nicht wissen, da ich das Zeug bis zu diesem Zeitpunkt in meinem Leben noch nie angerührt hatte. [1] Hätte ich Hamish nur vorher zu Wort kommen lassen, hätte er mich vielleicht trotzdem begleitet. Aber seht ihr, ich war zu eifersüchtig auf Birgit. Ich wollte sichergehen, dass ich die beste Verabredung hatte. Also ließ ich ihn denken, er wolle die ganze Nacht mit mir tanzen. Nur kam er bald genug wieder zu Sinnen und wusste, dass ich ihn ausgetrickst hatte.«

»Nicht einmal die stärkste Magie der Welt kann Menschen dazu bringen, etwas zu tun, was sie wirklich nicht tun wollen. Nicht wahr, Hamish?« Col blickte auf das Frettchen am Boden.

»Tut mir leid, Col. Ich war damals selbst ziemlich jung und dumm.«

Die alte Col wischte sich die Augen und blätterte durch das Buch. »So, der Fluch, mal sehen … oh, hier ist er …«

»Du widerliches kleines Wiesel. Wie kannst du es wagen, mein Herz zu brechen?«

»Das ist keiner von meinen besseren.« Die alte Col kratzte sich geistesabwesend im Gesicht.

Melody sah verwirrt aus. »Er reimt sich nicht einmal. Ich dachte, alle Zaubersprüche müssten sich reimen.«

---

1. Es stimmt zwar, dass Colette Romano erst mit fast fünfundzwanzig Jahren Alkohol trank, aber danach holte sie das ziemlich schnell wieder auf.

»Das ist nur das, was Birgit Howser euch weismachen will. Keine Sorge, es wird noch schlimmer.« Die alte Col räusperte sich, um den nächsten Teil ihres Fluchs zu lesen.

»Von mir aus kannst du so bleiben. Ihr seid alle gleich, ihr Kerle.«

»Seht ihr, ich habe auch das Versmaß komplett zerstört. Das schreibe ich wohl der Hitze des Gefechts zu«, sagte sie mit einem Achselzucken.

»Das ist alles? Das ist der Fluch?«, fragte Melody.

»Ich habe euch ja gesagt, dass es keiner meiner besseren war, obwohl er länger gehalten hat, als ich dachte«, sagte Col.

Ondine rieb sich die Hautpartie zwischen den Augenbrauen, um besser denken zu können. »Also, wenn er die ganze Zeit ein Frettchen war, bedeutet das, dass es Ihnen nicht egal ist? Ist es das, was nötig wäre, um ihn zurückzuverwandeln?«

Die alte Col klappte das Buch zu. »Ich sollte besser verschwinden, bevor Eure Ma mich hier drin findet und ich auch noch Hausarrest bekomme.«

»Ich bin immer noch im Raum, wisst ihr, meine Damen. Können wir wieder zu der Frage zurückkommen, wie ich wieder mein normales Ich werde?«

Sie alle sahen Shambles an.

Er räusperte sich. »Ich habe eine Theorie. Die meiste Zeit

über, in der ich so war, konnte mich niemand hören. Aber jetzt hören mich die Leute. Der Fluch lässt nach, ganz bestimmt. Ich habe mich gebessert, seit Ondi mich aufgenommen hat, das habe ich wirklich. Das reicht doch sicher, damit es Ihnen nicht mehr egal ist?«

»Ich glaube tatsächlich, dass Sie sich geändert haben, Hamish«, sagte die alte Col. »Ich schwöre Ihnen, es ist mir nicht egal, und ich habe den Fluch aufgehoben. Sie haben einen flüchtigen Eindruck von dem Mann bekommen, der Sie einmal waren und wieder sein können. Der Rest liegt bei Ihnen.«

Bei den Worten ihrer Großtante musste Ondine unweigerlich an den flüchtigen Eindruck denken, den sie von dem Mann bekommen hatte, der Hamish sein könnte. Und an Diesen Wunderschönen Kuss. Es war die Art von Sinneserinnerung, die einem im Gedächtnis blieb.

Shambles blickte zu Ondine auf und ihre Blicke trafen sich.

Bitte werd wieder ein Mensch, Hamish. Bitte küss mich wieder, Hamish.

KAPITEL FÜNFZEHN

 nicht von der üblichen Sorte. Sie war die meiste Zeit des Tages in ihrem Zimmer isoliert, aber ihre Eltern erlaubten ihr, für den Küchendienst herauszukommen, wenn sie Gäste hatten. Wenn man bedachte, dass sie fast den ganzen Tag über Gäste in der Bar und im Speisesaal hatten, fühlte es sich nicht viel anders an als ihr normales Leben.

Den Rest des Tages hielt Shambles Abstand, aber sie redete sich ein, dass er nur keine weiteren Probleme verursachen oder sie in Schwierigkeiten bringen wollte. Zu ihrer Strafe kam hinzu, dass kaum jemand mit ihr sprach oder sie auch nur ansah; die finsteren Blicke, die Cybelle ihr zuwarf, einmal ausgenommen.

An diesem Abend hatten sie unglaublich viel zu tun. Ma schickte Ondine zum Arbeiten in den vorderen Speisesaal, anstatt sie fettiges Geschirr schrubben zu lassen. Da stand sie also, mit Bleistift und Papier in der Hand, bereit, einen Raum voller Menschen zu betreten.

Nachdem sie sich kurz selbst Mut zugesprochen hatte, um ihre Laune zu heben, betrat sie die öffentliche Arena und nahm die Bestellungen von Tisch sechs auf. Es war der Tisch von Mrs. Howser, und sie hatte einige Freundinnen zum Essen eingeladen. Sie wollten das Tagesmenü. Zu einfach. »Das schaffe ich«, sagte sich Ondine, als sie zurück in die Küche ging, um dem Chefkoch die Einzelheiten mitzuteilen. Die herrlichen Gerüche der geschäftigen Küche drangen in ihre Sinne, aber sie ignorierte ihren knurrenden Magen, als sie dem Chefkoch die Bestellung ihres Tisches durchgab.

Ihre Stimme brach, wodurch das Wort »sechs« viel unanständiger klang, als es sollte. »Viermal das Menü für Tisch Sex«, sagte sie.

Jeden Moment würde ihr die sengende Hitze in den Nacken und ins Gesicht steigen.

Hä? Nichts. Wie seltsam.

Für einen Mann, der jedes Recht hatte, wütend auf Ondine zu sein, sah Chefkoch Henrik ziemlich ruhig aus. »Danke.« Er nahm den Zettel und befestigte ihn mit einem Magneten an der metallenen Dunstabzugshaube.

»In Ordnung.« *Einfach weiterarbeiten und so tun, als wäre alles völlig normal.* Am anderen Ende der Küche stand Melody mit hochgekrempelten Ärmeln und spülte Teller! [1]

---

1. Jeder, dessen Eltern ein Restaurant betreiben, wird bestätigen, dass diese Dinge passieren. Freunde, die nach der Schule mit nach Hause

Uff. Sie drehte sich um und lief direkt in Cybelle hinein, deren Arme mit schmutzigen Tellern beladen waren.

Die Arme waren nicht länger beladen.

Die Ladung krachte mit einem Klirren von Besteck und dem Splittern von zerbrechenden Tellern auf den Boden.

»Tut mir so leid.« Ondine sammelte die Scherben mit den Händen auf und warf die Stücke in den Mülleimer. »Ich habe dich nicht gesehen.«

Durch zusammengebissene Zähne sagte Cybelle: »Das hast du mit Absicht gemacht.«

Mit ihrem gewohnt unheimlichen Gespür für gutes Timing tauchte Ma auf. Ihre Mutter kniete sich mit Kehrblech und Besen hin, um die Scherben aufzufegen. »Passiert den Besten von uns. Ondi, geh wieder raus in den Gastraum und nimm die Bestellung von Tisch sieben auf. Belle, alles ist gut.«

Ondine richtete sich auf, blieb an der Küchentür stehen und atmete einmal tief durch, bevor sie sich wieder den Gästen zuwandte. Gerade als sie den ersten Schritt machte, spürte sie einen harten Stoß in den Rücken und stürzte mit wirbelnden Armen nach vorne. Für einen entsetzlichen Moment dachte sie, sie würde mit dem Gesicht voran auf dem Teppich landen. In der letzten Nanosekunde kamen ihre

---

kommen, finden es »lustig«, Tischdecken zu bügeln und das Geschirr zu spülen. Das heißt, bis sie am Ende des Abends feststellen, dass die elterlichen Einheiten das auch alles für »Spaß« halten und statt einer Barzahlung für die geleistete Arbeit Süßigkeiten geben. Besagte »Freunde« werden dann nie wiederkommen.

Füße nach vorne. Wankend richtete sie sich wieder auf und fuhr sich nervös mit einer Hand durch die Haare. Der Stoß in den Rücken musste von Cybelle gekommen sein, aber ein Streit vor den Augen aller Gäste würde dem Restaurantkritiker nur recht geben.

Mit aufgesetztem Lächeln steuerte Ondine auf Tisch sieben zu, obwohl sie sich wünschte, der Boden möge sie verschlucken (etwas, von dem sie wusste, dass es nie passieren würde, aber das hielt sie nicht davon ab, es sich zu wünschen).

»Haben Sie Ihren Ausflug genossen?«, fragte Lord Vincent. Sein Gesicht verzog sich zu einem Lächeln.

O meine Güte, er ist hier! Er ist hier und Ma hat mich absichtlich zu seinem Tisch geschickt, obwohl sie auch Belle hätte schicken können. »Äh, ja, ich bin den neuen Teppich noch nicht gewohnt.«

Wieder wartete sie auf das heftige Erröten. Wieder kam es nicht.

Bedeutete das, dass sie im Umgang mit Jungs besser wurde? Mit zurückkehrendem Selbstvertrauen stand Ondine mit Bleistift und Papier bereit. »Sind Sie bereit, Ihre Bestellungen aufzugeben?«, fragte sie.

Lord Vincent schenkte ihr ein umwerfend hinreißendes Lächeln, das ihr Inneres flattern ließ. Um bei der Sache zu bleiben, wandte sie sich den anderen Leuten in seiner Gruppe zu. Sie musste etwas tun, um zu verhindern, dass unanständige Gedanken ihre Sinne benebelten. Wenn Lord

Vincent diesen Handgelenks-Innenkuss noch einmal versuchen würde, würde sie zu einer Pfütze schmelzen.

Erst in der Nacht zuvor hatte sie den wahren Hamish gesehen und entschieden, dass er weitaus hübscher – und erreichbarer – war als Lord Vincent. Aber das lag nur daran, dass sie nie gedacht hätte, Vincent wiederzusehen. Jetzt war Vincent hier und Hamish wieder ein Frettchen, und sie konnte nicht anders, als ein wenig den Kopf zu verlieren.

In Gedanken schimpfte sie mit sich selbst, weil sie in ihren Zuneigungen so unbeständig war.

»Danke, Ondine«, sagte Lord Vincent, nachdem sie ihre Bestellungen aufgenommen hatte – und zwar die teuersten Sachen, nichts von diesem »Wir-sind-nur-Studenten-wir-bestellen-das-Billigste-auf-der-Karte-und-teilen-uns-dann-ein-Dessert«-Geiz.

Mit Vincents Lächeln vor Augen berührten Ondines Füße auf dem Weg zurück in die Küche kaum den Boden, obwohl sie scharf nach Cybelle Ausschau hielt, um einen weiteren Zusammenstoß zu vermeiden.

»Wie ist Tisch sieben?«, fragte Ma, als sie mit tellern voller köstlicher, dampfender Speisen an ihr vorbeiging.

»Traumhaft«, murmelte Ondine und schüttelte dann gedanklich den Kopf, als sie ihre Mutter kichern hörte.

Den Rest des Abends hielt Ondine Abstand zu Cybelle und wechselte nur die nötigsten Worte mit dem Chefkoch und das eine oder andere verschmitzte Lächeln mit ihrer Mutter. Lord Vincent hingegen schien jedes Mal gesprächig zu sein, wenn sie das Essen brachte, die Teller abräumte oder ihre Wasserkaraffe nachfüllte. Seine Freunde hatten ausgezeichnete Manieren, bemerkte Ondine – Messer und Gabel lagen in der Mitte des Tellers zusammen, wenn sie fertig waren, anstatt einer zerknüllten Serviette. [2]

»Das war köstlich«, sagte Vincent, sah Ondine dabei fest in die Augen und ließ ihr Herz einen Schlag aussetzen.

Köstlich, in der Tat. »Ich werde Ihr Kompliment an den Koch weiterleiten.«

»Ist der Biergarten heute Abend geöffnet? Wir würden unseren Kaffee vielleicht draußen trinken.« Seine hinreißenden Augen bohrten sich in ihre. Der Lärm des Restaurants verklang und gab Ondine das Gefühl, als existiere die Welt nur für sie beide. Unter seiner Aufmerksamkeit fühlte sich ihr Gehirn benommen und träge an, als hätte sie vom Kochsherry genascht. Währenddessen pochte ihr Puls laut in ihren Ohren.

»Lassen Sie mich einen Tisch für Sie vorbereiten. Geben Sie mir ein paar Minuten, dann komme ich zurück und hole Sie ab.«

»Das klingt vielversprechend«, sagte Lord Vincent mit einem frechen Grinsen.

Diesmal errötete Ondine tatsächlich, als diese vertraute,

---

2. Im Ernst, was soll die zerknüllte Serviette mitten auf einem schmutzigen Teller? Es sieht widerlich aus. Haben Sie eine Ahnung, wie schwer es ist, Blaubeerrouladen-Flecken aus Leinenservietten zu bekommen? Legen Sie einfach Ihr Messer und Ihre Gabel zusammen über die Mitte des Tellers, wobei die Messerspitze auf zwölf Uhr zeigt. Wenn Sie mit Digitaluhren aufgewachsen sind, nehmen Sie dringend Benimmunterricht.

lästige Hitze ihre Haut verbrannte, aber sie wandte sich ab, bevor er sehen konnte, wie sehr er sie aus der Fassung gebracht hatte.

Draußen hatten sie noch die Lichterketten in den Bäumen von Margis und Thomas' Party, also schaltete sie sie ein und machte sich an die Arbeit, warf die Tischdecke in die Luft und legte sie auf einen Tisch. Das letzte Mal, als sie das getan hatte, war Shambles hereingestürmt und über die Tischplatte gerutscht, bevor er sich in einen sehr gut aussehenden Mann verwandelt hatte, der Ondine ihren ersten richtigen Kuss gegeben hatte.

Und dann hatte er sie vor Vincent gewarnt.

Eifersucht bringt die Leute dazu, seltsame Dinge zu tun, dachte Ondine. Aber sie vermisste Hamish trotzdem. Ja, er war immer noch da (gemessen an den reichlichen Würstchen, die der Koch ständig auf dem Herd wendete), aber die Regeln ihres Hausarrests bedeuteten, dass sie nicht miteinander reden durften.

Aber oh, wie sie ihn vermisste. Sie vermisste ihn ernsthaft, was mehr war, als sie für gut hielt. Was war der Sinn daran, sich in einen Mann zu verlieben, wenn er sich bei Sonnenuntergang wieder in ein Frettchen verwandelte?

Sich verlieben! Oh nein, das wollte sie ganz und gar nicht denken. Nicht, wenn sie dachte, sie könnte die Aufmerksamkeit von Lord Vincent haben. Zugegeben, er war gesellschaftlich völlig außerhalb ihrer Reichweite, aber ein Mädchen durfte doch träumen, oder? Und er hatte darum gebeten, draußen platziert zu werden und flirtete so unverschämt mit ihr, er musste doch wohl interessiert sein, oder?

Warum waren ihre Gedanken dann mit dem köstlichen Hamish gefüllt?

Gah! Ondine schüttelte die Bilder aus ihrem Kopf, während sie die Falten in der Tischdecke glättete und sich die ganze Zeit über für solche Dummheiten schalt. Wenn man im Wörterbuch unter »verwirrt« nachschlagen würde, stünde da »Ondine de Groot«.

»Wunderschön«, sagte Vincent und trat nach draußen. Es gab heute Nacht keine Wolken und der Mond warf zusammen mit den Knospenlichtern kleine magische Flecken über den Garten.

Ondine glättete weiter die Tischdecke, obwohl es nicht nötig war. Alles, um beschäftigt zu bleiben. Um nicht in Vincents Bann zu geraten.

»Es ist ein wunderschöner Garten«, brachte sie heraus. Etwas zupfte an ihr und erinnerte sie daran, weiter an Hamish zu denken.

»Nicht der Garten, du.« Er schloss die Lücke zwischen ihnen.

Wie antwortete ein Mädchen darauf? Ein vernünftiges Mädchen würde sagen: »Sie sind sehr freundlich. Ich bringe jetzt die Tee- und Kaffeebestellungen für Ihren Tisch mit Freunden«, aber zu diesem Zeitpunkt hatten sich »vernünftig« und Ondine schon lange getrennt. Sie kicherte.

Wie eine Idiotin.

Brennende Hitze breitete sich von ihrem Hals bis zu ihrer

Stirn aus. Wenn nur ihre Füße funktionieren würden, dann würde sie von hier weg und zurück in die Küche gehen. Selbst mit ihrer schikanierenden Schwester war die Küche im Moment eine viel sicherere Option.

Keine Chance. Vincent trat einen Schritt näher, während Ondine stumm dastand. Noch ein Schritt, und er war nur noch einen Meter entfernt. Weniger jetzt, als er noch einen Schritt machte.

Noch ein Schritt und sie berührten sich fast. Seine Hand umfasste ihr Kinn. Prickelnde Hitze breitete sich auf ihrer Haut aus und floss durch ihren Körper, ließ ihren Puls in der Kehle stocken und ihren Mund trocken werden.

Schnell, sag irgendwas, sonst läuft das hier völlig aus dem Ruder.

Ihr Gehirn setzte aus, als sich Vincents Lippen langsam der Lücke zwischen ihnen näherten. Näher, näher, fast berührten sie sich.

Bei Jupiters Monden, er wird mich küssen!

Sie versuchte zu schlucken, aber ihre Zunge klebte ihr am Gaumen. Ihre Stimme krächzte, als sie herausplatzte: »Warum will Ihr Vater uns schließen?«

Vincent hielt einen Zentimeter vor seinem Ziel inne. Seine Stimme klang sanft und hypnotisch. »Sprich nicht über meinen Vater. Ich will nicht an ihn denken, wenn ich bei dir bin.«

Als seine Lippen sich auf ihre senkten, erwartete Ondine, in Ohnmacht zu fallen, aber sie tat es nicht. Stattdessen rissen ihre Augen auf, während seine kalte, nasse Zunge in ihren Mund stieß, in einer gänzlich unangenehmen und völlig verwirrenden Erfahrung.

Es gab sogar ein bisschen Gesabber. Ondines Hände hoben sich und drückten gegen Vincents Brust, hielten ihre Körper auseinander, aber nur knapp.

»Wehr dich nicht, du weißt, dass du es willst.« Seine Lippen machten weiterhin ein Chaos aus ihrem Gesicht.

»Das wird nicht passieren«, sagte Ondine, überrascht, wie selbstbewusst sie klang. Ein Mädchen ihres Alters hätte in der Intimität schwelgen sollen, aber stattdessen fühlte es sich an ... nicht falsch, denn das würde bedeuten, sie hätte etwas gefühlt. Nein, das hier war eher eine traurige Leere, eine enttäuschende Fortsetzung ihrer früheren Begegnung.

Wie schnell sich ihre Gefühle geändert hatten. Sie hätte schwören können, dass sie Vögel in ihrem Kopf singen gehört hatte, als sie Lord Vincent zum ersten Mal erblickte. Jetzt fühlte sie sich ein bisschen schmuddelig, während er seine tastende Konversation fortsetzte.

»Das reicht.« Ondine stieß Vincent zurück, so dass ihre Gesichter gut ein paar Zentimeter voneinander entfernt waren und sie wieder richtig atmen konnte, ohne dass er so fest an sie gepresst war.

»Werden Sie jetzt etwa schüchtern? Greifen Sie zu, was Sie kriegen können, Süße, ich werde es nicht noch einmal anbieten.«

Wut kochte in Ondines Adern. »Und ich werde es auch nicht annehmen. Ich gehe wieder rein.«

Sie machte einen Schritt zur Seite, um an ihm vorbeizukommen, doch er versperrte ihr den Weg, seine Nüstern bebten. »Nein, das werden Sie nicht. Nicht, bevor ich bekomme, wofür ich gekommen bin.«

Kalte, schreckliche, lähmende Angst fesselte Ondine an Ort und Stelle.

Ihre Worte kamen nur als ein Piepsen heraus. »L-lassen Sie mich in Ruhe.« Sie sagte es noch einmal, in der Hoffnung, es würde stärker klingen. Nein, immer noch ein Piepsen.

»Wo ist es?«, fragte Vincent und verringerte den Abstand wieder, sodass sie fast Nase an Nase, Körper an Körper standen. Jedes Mal, wenn Ondine Luft holte, berührten ihre Brüste seine Brust.

Kein Piepsen mehr. Alles, was sie tun konnte, war zu flüstern: »Wo ist was?«

»Spielen Sie nicht die Dumme. Wo ist das Geld?«

»Ich w-weiß nicht, was Sie ...«

Klatsch! Lord Vincents Handfläche schlug ihr hart ins Gesicht. Seine Stimme nahm einen knurrenden, fordernden Ton an. »Wo ist das Geld?«

Bei den Jupitermonden, ihre Wange brannte! Aber es schmerzte nicht so sehr wie ihr Herz, das sich anfühlte, als könnte es in eine Million Stücke zerspringen.

Ondine flüsterte: »Ich werde schreien«, aber ihre piepsige Stimme ließ die Drohung völlig erbärmlich klingen. Währenddessen hämmerte ihr Puls in ihren Ohren.

»Ihre eine Schwester ramponiert das Klavier und die andere heult den Mond an. Niemand wird Sie hier draußen hören. Nun sagen Sie mir, wo das Geld ist.«

Gefangen. Völlig gefangen. In der Stille, zwischen dem Pochen ihres eigenen Herzens, konnte Ondine laute Musik aus dem Pub hören. Vincent hatte recht; hier draußen würden sie nicht einmal einen Donnerschlag hören, geschweige denn die Schreie eines traurigen Mädchens.

Ihr Gesicht brannte von seiner Ohrfeige, aber es war mehr ein Schmerz der Enttäuschung. Sie hatte geglaubt, bis jetzt eine ziemlich gute Menschenkennerin gewesen zu sein.

»Wir haben es ausgegeben«, gestand Ondine.

Für einen Moment entglitten Lord Vincent die Gesichtszüge, bevor sich ein fieses Grinsen breitmachte. »Netter Versuch. Ich hätte es Ihnen fast geglaubt. Sagen Sie mir, wo es ist.«

»Ich habe Ihnen gesagt, wir ha-«

Seine Hand fuhr hoch, bereit, sie erneut zu schlagen.

»- Es istineinerkisteunterdendielenimpub«, platzte es aus Ondine heraus. Mit einem Kraftschub, von dem sie nicht wusste, dass sie ihn besaß, stieß sie ihn weg und ergriff die Flucht.

Eine harte Hand packte ihren Arm und riss sie so scharf zurück, dass sich ihre Schulter anfühlte, als würde sie aus dem Gelenk springen.

Ein Knurren kam tief aus Ondine. »Nehmen Sie Ihre Hände von mir!«

Die Hintertür schwang auf und ein markerschütternder Schrei ertönte. »Arrrrgggghhh! Pfoten weg von dem, was nich dir gehört!«

Ein vertrautes schwarzes Fell huschte an Ondine vorbei.

Erleichterung überkam sie bei Shambles' rechtzeitigem Eingreifen.

»Was zum ...«, Vincent stolperte schockiert rückwärts, als etwas an seinem Hosenbein hochrannte. Ein Schmerzensschrei drang aus seiner Kehle, als er mit einem dumpfen Geräusch auf seinen Hintern fiel. Dann schlug er wie wild mit den Händen auf sein Bein ein. »Runter!«

»Erst, wenn du sie in Ruhe lässt!«, rief Shambles.

»Ja, ja, schon gut.« Lord Vincent schlug nach dem sich schnell bewegenden Klumpen unter seiner Hose. Es gelang ihm, sich ein paar Mal selbst zu treffen, was ihn zusammenzucken ließ. Er änderte seine Taktik, stand auf und schüttelte wie von Sinnen sein Bein, um sich von dem Dämon zu befreien, der davon Besitz ergriffen hatte.

Mit einem siegreichen Schlachtruf rollte Shambles von Vincents Bein weg. Dann wandte er sich seinem Opfer zu und verpasste ihm einen fiesen Hieb am Knöchel. Er hinterließ eine blutige Schramme.

»Das kannst du flicken lassen, Freundchen!«

»Es spricht!«, keuchte Vincent beim Anblick seines winzigen Feindes.

»Ich kann nich nur reden, Kumpel«, sagte Hamish, hieb erneut nach Vincents Knöchel und riss eine weitere Wunde.

Vincent holte aus, um auf seinen Angreifer zu treten, aber Shambles huschte aus dem Weg, kehrte dann um und schoss Vincents Bein hinauf.

»Ein Frettchen?!« Vincent versuchte, ihn abzuschütteln, bevor er irgendetwas Empfindliches erreichen konnte. »Sie haben ein *Frettchen* auf mich gehetzt? Verabschieden Sie sich von dem Hotel, ich werde diesen Laden dichtmachen!«

Mit einem Herzen, das wild in ihrer Brust trommelte, zitterte Ondines ganzer Körper vor Angst und Empörung.

»Bei dir is doch nur heiße Luft«, sagte Shambles, als er von Vincent absprang und sich dann in die Sicherheit von Ondine begab. Als er ihre Schulter erreichte, machte er sich bereit, sich auf Vincents erschrockenes Gesicht zu stürzen.

»Das reicht, Shambles. Ich glaube, er hat die Botschaft verstanden.«

»Sie sind erledigt, Hexe!«, zischte Vincent. »Ich werde Sie wegen Hochverrats anklagen lassen.«

»Ach, wirklich?«, fragte Shambles. »Wie genau willst du denn erklären, was du getan hast, als du die Wunde bekommen hast, hm?«

Die Farbe wich aus Lord Vincents Gesicht. Der Schockeffekt war unbezahlbar. Mut regte sich in Ondine. »Jeder weiß, dass Shambles immer bei mir ist, und ich erzähle den Leuten gern, was Sie versucht haben, mir anzutun. Also nur zu, erzählen Sie allen, dass Sie gegen ein Frettchen den Kürzeren gezogen haben.«

Sie starrten sich einen Moment lang an, aber es war Vincent, der zuerst blinzelte.

»Passen Sie auf sich auf«, sagte er und wollte gehen. Die Worte enthielten eine verhüllte Drohung, aber seine Stimme brach in der Mitte und entlarvte sie als nichts weiter als einen Bluff.

»An Ihrer Stelle würde ich auf meine Kronjuwelen

aufpassen, und auf meine Beine«, sagte Ondine, als Vincent durch das Seitentor des Gartens ging. »Die Rechnung für das Abendessen schicken wir Ihrem Vater.«

Shambles brüllte ihm nach: »Und du wirst zehn Tollwutspritzen brauchen, alle davon in den A-«

Ondine schlug Shambles die Hand auf den Mund. »Du musst nicht unhöflich werden.«

»Ah, du bist aber eine Wilde! Ich bin richtig stolz auf dich.« Shambles gab Ondine einen feuchten, borstigen Kuss auf die Wange.

Stolz auf sie? Das war so ziemlich das Beste, was sie den ganzen Abend gehört hatte. »Danke, Hamish. Ich kann dir gar nicht genug danken, dass du genau im richtigen Moment aufgetaucht bist.«

Was für ein Chaos sie angerichtet hatte! Warum hatte sie, wenn sie sich auf jemanden so Schönen und Witzigen wie Hamish freuen konnte, überhaupt einen Idioten wie Lord Vincent in Erwägung gezogen?

Weil, sagte eine verängstigte kleine Stimme in ihrem Kopf, *er vielleicht nie wieder der richtige Hamish sein wird!*

»Hat er dir wehgetan, Mädel?«

Es gab so viele verschiedene Arten von Schmerz, die ein Mensch fühlen konnte. »Ich glaube nicht, aber ... oh, Hamish, du hast versucht, mich vor ihm zu warnen, aber ich wollte nicht hören. Na los, sag schon ›Ich hab's dir ja gesagt‹.«

»Nein, meine Kleine, dir muss man gar nichts sagen. Du bist viel klüger als ich.«

»Das sagst du doch nur so.« Ondine tat die Bemerkung ab, als sie sich auf den Weg zurück in die Küche machte. Sie hatte immer noch Hausarrest; jede längere Abwesenheit würde ihre Mutter misstrauisch machen.

»Nein, das sag ich nicht nur so. Es ist wahr. Und danke, dass du mich Hamish nennst. Es ist schön, wieder wie ein Mensch behandelt zu werden, auch wenn ich unter bescheidenen Umständen lebe.«

Etwas ließ Ondine auf der hinteren Treppenstufe innehalten. Da war sie, wurde von Tag zu Tag älter und war frustriert, weil jeder sie wie ein Kind behandelte. Währenddessen erging es dem erwachsenen Mann auf ihrer Schulter wegen seiner jetzigen Frettchengestalt kaum besser.

»Falls es dir irgendwie hilft, für mich bist du ein richtiger Mensch. Und ich hoffe, der Zauber lässt bald endgültig nach, damit du wieder du selbst sein kannst.«

Bitte sei wieder du selbst, Hamish.

Shambles lachte ein boshaft tiefes Lachen, als sie den Flur entlanggingen. »Sicher, das sagst du nur so, Mädel, weil du noch einen Kuss willst. Ich hätte auch nichts gegen einen weiteren. Du bist sehr gut darin.«

Diesmal spürte sie keine peinliche Röte, aber bei dem Gedanken zog sich ein breites Grinsen über ihr Gesicht.

Shambles kicherte und hielt dann plötzlich inne. »Was machen wir in der Waschküche?«

»Ich bin mir ziemlich sicher, dass das hier dein Zimmer ist, und da ich Hausarrest habe, darf ich niemanden in meinem haben. Das schließt dich mit ein.«

»Das merkt doch keiner. Und du kannst nicht von mir erwarten, dass ich hier unten bleibe, hier stinkt's. [3]«

Einen Moment lang stand Ondine still und überlegte, was sie tun sollte, doch dann nahm Shambles ihr die Entscheidung ab. »Du hast dem Idioten zwar die Hölle heiß gemacht, aber du stehst immer noch unter Schock, und ich finde, jemand sollte ein Auge auf dich haben. Und da ich dabei war, kann ich das genauso gut sein.« [4]

»Warum bereue ich das jetzt schon? Du schläfst am Fußende des Bettes, okay? Auf der Decke.«

»Anders hätte ich es auch gar nicht gewollt.«

Als sie sich der Küche näherten, löste sich Shambles von Ondines Schulter und bettelte beim Koch um Essensreste. Der Betrieb legte sich für die Nacht langsam, nur noch einige wenige Tische warteten auf ihr Dessert.

»Lord Vincent musste gehen«, sagte Ondine zu ihrer Mutter. Es war nicht direkt eine Lüge. »Wir sollen die Rechnung an den Herzog schicken.«

Das Gesicht ihrer Mutter nahm einen besorgten Ausdruck an. »Was ist da draußen passiert? Du siehst nicht gut aus.«

»Und ich fühle mich auch nicht gut. Da hatte recht, Vincent ist eine totale Nervensäge am ... Hals.« Sie wollte

---

3. All reekie – stinkend. Nicht zu verwechseln mit Auld Reekie, auch bekannt als Edinburgh.

4. Giving it laldy – etwas mit großer Energie tun, sei es bei einer Tracht Prügel, der Benutzung einer Kreditkarte oder dem Klavierspiel.

etwas Schlimmeres sagen, aber die guten Manieren meldeten sich gerade noch rechtzeitig.

»Du solltest ins Bett gehen«, sagte Ma und legte ihren Handrücken auf Ondines Stirn.

»Vincent wusste von dem Schmuck und dem Geld. Ich weiß nicht wie, aber er wusste es.«

»Oje.«

»Genau.«

»Verstehe.« Ma war eine Weile still und überlegte, was als Nächstes zu tun war. Gleichzeitig setzte sie Kaffee auf und stellte Tassen und Untertassen bereit. Sie konnte nicht nur über fünf Dinge gleichzeitig reden, sie konnte sie praktisch auch tun. »Vorne wird es noch mindestens eine Stunde dauern, bis Ruhe einkehrt, und du siehst aus, als würdest du gleich umfallen. Dein Vater hat sich ausnahmsweise früh zurückgezogen, Thomas macht einen tollen Job an der Bar. Schlaf dich aus, dann reden wir morgen früh darüber.«

Das ließ sich Ondine nicht zweimal sagen. Sie war nur zu froh, in ihr Zimmer zu gehen und zusammenzubrechen.

Irgendwann in der Nacht kam Shambles an und machte sein Versprechen wahr, am Fußende des Bettes zu bleiben.

»Sei still, Mädel. Ich kann nicht schlafen, wenn du mich die ganze Zeit mit deinen Füßen trittst.«

»Dann zappel nicht so.«

Es klopfte an der Tür. »Ondi, bist du da drin?«

»Schnell, Hamish – unters Bett, Ma kommt rein«, flüsterte Ondine und rief dann lauter zur Tür: »Wo sollte ich sonst sein?«

Sofort wünschte sie, sie hätte den Mund gehalten. Sie steckte bereits in genug Schwierigkeiten, und ihren Eltern schon wieder Widerworte zu geben, konnte alles nur noch schlimmer machen. Besonders, wenn Ma hereinkam und entdeckte, dass sie Gesellschaft hatte. Ondine konnte sich keine schlimmere Strafe vorstellen, als in ihrem Zimmer eingesperrt zu sein, wann immer sie nicht für die Arbeit gebraucht wurde, aber ihrer Mutter mangelte es nicht an Fantasie und sie würde sich bestimmt etwas noch Schrecklicheres ausdenken. Der pelzige schwarze Streif verschwand unter dem Bett, seine Krallen scharrten auf den Dielenbrettern, als Ma die Tür öffnete. Gott sei Dank übertönten die quietschenden Scharniere das Geräusch!

»Ondi, es tut mir leid, dass es heute Abend mit Vincent so schlecht gelaufen ist. Ich dachte, dein Vater überreagiert seinetwegen. Es stellt sich heraus, dass sein Instinkt goldrichtig war«, sagte Ma und platzierte ihr wohlgepolstertes Selbst am Ende des Bettes, genau dort, wo Hamish gewesen war. »Ich habe deinem Da alles erzählt, was passiert ist –«

»Aber es ist doch gar nichts passiert!«, protestierte Ondine.

»Schätzchen, es ist nicht deine Schuld, und es muss dir auch überhaupt nicht peinlich sein. Vincent ist derjenige mit den Problemen, nicht du.«

»Aber ... woher weißt du, was passiert ist?«

»Hamish hat es mir erzählt, weil er sich Sorgen um dich gemacht hat.« Ma schloss Ondine in eine Umarmung und rieb ihr sanft den Rücken. »Wir alle finden, dass du sehr mutig warst, und Vincent wird bekommen, was er verdient. Tante Col kümmert sich darum. Sie könnte ihn in eine Kröte oder eine Nacktschnecke verwandeln. Was wäre dir lieber?«

Ondine lächelte erleichtert. Und hey, Ma hatte Shambles wieder »Hamish« genannt.

»Es ist schön, dich lächeln zu sehen. Ich habe noch mehr gute Nachrichten. Ich wollte eigentlich bis zum Ende deines Stubenarrests warten, um dir von der Schule zu erzählen, aber du brauchst Aufmunterung. Ondi, wir haben das Geld. Du kannst die Kurse belegen, die du möchtest.«

Hoffnung prickelte in Ondines Adern; sie würde wieder ein Leben haben! Dann wurde ihr Kopf vor Verwirrung ganz wirr. »Aber ... aber warum hast du gesagt, dass wir es nicht haben?«

»Weil ich wollte, dass du über deine Handlungen nachdenkst und erkennst, dass sie Konsequenzen haben«, sagte Ma.

Nach der Auseinandersetzung mit Lord Vincent brauchte Ondine kaum eine Erinnerung an Konsequenzen, aber sie war auch neugierig auf ihren plötzlichen Reichtum. »Also ... wie viel Geld haben wir?«

Ma schenkte ihr ein wissendes Lächeln und küsste sie dann auf die Stirn. »Genug. Nicht genug, um damit auf den

Putz zu hauen, aber genug. Es wird spät, du solltest schlafen gehen«, sagte sie und schloss das Thema ab.

Ein Teil von Ondine wollte ihrer Mutter eine ordentliche Standpauke dafür halten, dass sie ihr solche Angst gemacht hatte. Ein anderer Teil wollte seine Arme um sie schlingen und sie umarmen, bis sie beide in Tränen aufgelöst waren. Die zweite Idee setzte sich durch.

Die Tränen strömten nur so. »Ich hab dich lieb, Ma.«

»Ich dich auch, Schätzchen. Aber heb dir die Tränen besser für morgen auf, Ondi. Tante Col reist ab und wird Shambles mitnehmen, damit sie einen Weg finden können, den Zauber endgültig umzukehren.«

Kalte Angst schlang sich um Ondines Herz und drückte zu. »Morgen?«, krächzte sie.

»Ich fürchte ja. Nur gut, dass er wieder ein Frettchen ist, sonst würde ich mir Sorgen machen, dass du etwas Dummes versuchst. Und dann hätte ich drei Hochzeiten zu planen statt zwei. Ich sollte besser wieder in die Küche gehen. Gute Nacht, meine Liebe.« Damit schloss Ma die Tür hinter sich und ließ Ondine verwirrt und frustriert zurück.

Die alte Col würde Hamish mitnehmen? Dann traf sie ein anderer Gedanke. *Drei* Hochzeiten? Ihre Eltern waren so was von von gestern!

Sobald man sich für einen Jungen interessiert, wollen sie einen unter die Haube bringen.

Von unter dem Bett hörte sie: »Willst du etwas Dummes versuchen?«

Zu ihrem Schock und ihrer Freude sah sie Hamish zu ihr aufblicken. Den echten Hamish McPhee, nicht das Frettchen, sondern den Mann. Mit einem teuflischen Grinsen im Gesicht.

KAPITEL SECHZEHN

»Du bist ... du bist wieder du!«, sagte Ondine, obwohl sie sich bemühte, leise zu sprechen, um niemanden auf Hamishs plötzliche Veränderung aufmerksam zu machen.

Ein spitzbübisches Lächeln breitete sich auf seinem Gesicht aus. »Ja, und ich bin ganz Haut und ohne Fell, also wirf mir einen Mantel rüber, ja? Und du solltest dir vielleicht auch einen holen, du siehst ziemlich blass um die Nase aus.«[1]

Ondine sprang vom Bett, halb aus Schock, halb aus Aufregung. Ihr gingen mehrere Szenarien durch den Kopf.

»Du bist wieder ein Mensch, das heißt also, du musst morgen nicht mit der alten Col gehen. Du kannst deine eigenen Entscheidungen treffen. Ich meine, du kannst immer

---

1. Blass oder bleich. So wie wenn einem die Farbe aus dem Gesicht weicht, weil plötzlich ein umwerfender Mann unter dem eigenen Bett auftaucht.

noch mit ihr gehen, wenn du willst, aber du könntest genauso gut hierbleiben. Ich bin sicher, Ma würde sich über jede helfende Hand freuen.«

»Hol mal Luft, Mädchen. Du hörst dich ja an wie deine Mutter, springst von einem zum nächsten. Und jetzt gib mir einen Mantel, ich habe nicht vor, die Nacht unter deinem Bett mit Wollmäusen am Hintern zu verbringen.«

Ondine schlich zu ihrem Kleiderschrank, um ihren größten Mantel zu holen. Das Letzte, was sie jetzt gebrauchen konnte, war ihre Mutter, die wieder an der Tür stand und sich fragte, mit wem sie sprach.

Nur dass ihre Mutter »mit wem sie spräche« sagen würde. Gah! Selbst in ihren Gedanken konnte sie die Korrekturen hören.

»Du siehst lächerlich aus«, flüsterte Ondine und unterdrückte ein Kichern mit ihrer Hand. Ihr größter Mantel passte kaum über Hamishs breite Schultern. Zwei lange, haarige Beine, die darunter hervorlugten, machten das alberne Bild komplett.

»Wir müssen deinen Vater holen, seine Kleider für eine Weile ausleihen, bis ich wieder eigene bekomme.«

»Um diese Zeit? Ich will nicht diejenige sein, die ihn weckt. Das ist sein erster freier Abend seit Ewigkeiten. Du hast ihn ja schon mürrisch erlebt. Wenn du ihn jetzt aufscheuchst, ist das, als würde man in ein Wespennest stechen. Ich suche dir für die Nacht ein freies Zimmer und wir können morgen mit ihm reden.«

Daraufhin griff Ondine in ihre Jackentasche nach ihrem

Schlüsselbund und stellte fest, dass er fehlte. Sie durchsuchte die andere Tasche, während eine aufkommende Panik ihre Hände zittern ließ. »Ich kann meine Schlüssel nicht finden! Ich muss sie draußen fallen gelassen oder in der Küche liegen gelassen haben oder so.«

»Oder dieser Mistkerl hat sie genommen.« Hamish spuckte die Worte praktisch aus. Er zog die Bettdecke weg, schnappte sich das oberste Laken und wickelte es sich wie einen schlecht sitzenden Kilt um. Dabei gewährte er Ondine einen kurzen Blick auf einen straffen Oberschenkel. Wie ein Mädchen sich bei einer solchen Ablenkung konzentrieren sollte, war ihr schleierhaft.

»Überleg doch mal«, sagte er und steckte den Stoff an seiner Taille fest. »Warum sonst hätte er dich allein sprechen wollen?«

Ondine sammelte ihr gekränktes Ego vom Boden auf und fragte sich, warum sonst wohl? Ihr Herz stockte bei dem Gedanken, wie unglaublich dumm sie gewesen war.

»Ich wollte das nicht so sagen«, fügte er hinzu.

Er konnte jetzt also auch Gedanken lesen? Ondine schüttelte den Kopf. Der Mann war direkt, aber er hatte auch recht. Die ganze Sache mit Lord Vincent roch nach einer Falle, vielleicht schon seit der Nacht, in der sie ihn zum ersten Mal gesehen hatte.

»In der Nacht, als wir den Herzog gewarnt haben ...«, begann sie.

»Hä?«, unterbrach Hamish sie.

»Vincent war im Palast – er hat uns belauscht, als wir mit

seinem Vater gesprochen haben. Und jetzt weiß er von dem Schmuck und dem Geld. Vielleicht wusste er es die ganze Zeit?«

»Ja, dir entgeht nicht viel.«

Ondine ließ sich auf die Kante ihres Bettes fallen, und Hamish setzte sich dicht neben sie. Zu dicht, sodass sich die Haare an ihren Armen aufstellten.

»Sei ehrlich zu mir. Du hast das alles kommen sehen, nicht wahr?«, fragte sie.

Einen Moment lang war er still, dann drehte er sich zu ihr und nahm ihr Kinn zwischen seine Finger. »Am Anfang wusste ich es nicht, aber ich wusste, dass ich ihn nicht mochte. Er hat seinem Vater erzählt, seinen Freunden sei nach dem Essen hier schlecht gewesen, und der Herzog hat ihm geglaubt, und dann hat er uns den Gesundheitsinspektor auf den Hals gehetzt.«

Eine Sorgenfalte legte sich auf Ondines Stirn. »Du hast mir gesagt, ich soll vorsichtig sein, und ich habe nicht zugehört.«

Hamish schluckte, während sein Blick sich in Ondines bohrte. »Es war viel los. Wir hatten alle ziemlich viel zu tun.«

»Das ist nett von dir, dass du das sagst.« Ondine wusste, wenn sie die Zeit zurückdrehen könnte, hätte sie immer noch nicht auf die Vernunft gehört, weil sie von dem gutaussehenden Lord so hingerissen gewesen war. Jemand hatte ihr Aufmerksamkeit geschenkt, und sie hatte die Warnzeichen ignoriert. »Und ich dachte die ganze Zeit, es wäre nur, weil du eifersüchtig wärst.«

Hamish schenkte ihr ein weiteres tröstendes Lächeln. »Ja, ich *war* eifersüchtig. Wie hätte ich mit dem Sohn eines Herzogs konkurrieren sollen?«

Du hast mit dem Sohn eines Herzogs konkurriert? Um mich? Der Gedanke heiterte Ondine ungemein auf, bis sie ihre Gedanken wieder auf das eigentliche Problem lenkte.

»Und jetzt hat dieser Sohn-eines-Herzogs meine Schlüssel gestohlen. Wir müssen morgen neue Schlösser einbauen lassen. Da wird stinksauer sein«, sagte Ondine.

»Es sei denn, er bricht heute Nacht ein.«

»Oh je.« Ondine ging zur Tür. »Mürrisch oder nicht, ich hole besser Da.«

»Nein, warte. Ich habe eine bessere Idee.« Eine warme Hand landete auf Ondines Schulter und schickte noch mehr Kribbeln durch ihren Körper. »Wenn Lord Vincent vorhat, heute Nacht zurückzukommen, dann bereiten wir ihm doch einen unvergesslichen Empfang.«

Er grinste sie so heiß an, dass ihre Pantoffeln hätten schmelzen können.

»Alles klar?«, fragte Hamish, als sie sich in ihrem Versteck im abgedunkelten Speisesaal zusammenkauerten.

»Ich glaube schon«, sagte Ondine und versuchte – vergeblich –, ihre Hände vom Zittern abzuhalten, während sie ganz, ganz vorsichtig eine einzelne falsche Perlenkette über die Schmuckschatulle legte. »Bist du sicher, dass das funktioniert?«

»Nö, kein bisschen. Vielleicht kommt er heute Nacht gar nicht, und morgen wechseln wir die Schlösser aus, dann müssen wir uns keine Sorgen mehr machen. Aber er wäre ein Narr, wenn er nicht jemanden vorbeischicken würde, bevor er glaubt, dass du das Fehlen der Schlüssel bemerkt hast. Ach, dieser Mantel ist zu eng.«

Als Ondine sich umdrehte, sah sie, wie Hamish den Mantel mit beträchtlicher Kraft auszog und ihr einen herrlichen Anblick seiner schlanken Brust und Arme bot. Hatten ihre Hände vorher gezittert, so bebten sie jetzt regelrecht.

Gott sei Dank war es dunkel, sodass er nicht sehen konnte, wie sehr sie ihn anstarrte. Das einzig Gute an der ganzen Sache war das völlige Ausbleiben der sengenden Hitze in ihrem Nacken. Sie war endlich nicht mehr rot geworden. Obwohl er es in der Dunkelheit ohnehin nicht bemerkt hätte. Blöde Hormone. Was nützte es, nicht rot zu werden, wenn es eh keiner mitbekam?

Ein Splitter Mondlicht, der durch das Fenster fiel, enthüllte seine wunderbare nackte Brust nur eine Armlänge entfernt und raubte ihr die Konzentration.

»Ich mache uns einen Kaffee, damit wir wach bleiben«, bot sie an. Teils, um ihnen zu helfen, aber hauptsächlich, um für einen Moment den Kopf freizubekommen, von ihm wegzukommen und Luft zu holen. Den Kaffee zu trinken war keine Option – sie fühlte sich schon nervös genug, danke vielmals.

Plötzlich hörte sie ein Geräusch.

»Sei still.« Hamishs starke Hand packte ihren Arm und zog sie auf den Boden, wo sie sich hinter einem umgedrehten Tisch versteckten. [2]

Für Ondine war keine Übersetzung nötig. Sie presste die Lippen aufeinander und atmete so leise, wie sie nur konnte, während der enge Kontakt mit diesem männlichen Fleisch ihr den Puls in den Ohren hämmern ließ. Er war so laut, dass sie sicher war, Hamish – oder ihr Eindringling – könnte ihn hören.

In den vielen Büchern, die Ondine gelesen hatte, war sie oft auf Beschreibungen von Männern gestoßen. Sie konnten brutal oder weinerlich sein, dick oder dürr, nervös oder dominant, lustige Zahnlücken oder nervöse Ticks haben. Aber nichts hatte sie auf die Wirklichkeit vorbereitet, so nah bei ... dem Echten zu sein. Das echte Fleisch und Blut, sein sehr männlicher Duft, der ihre Sinne durchdrang, wie er so unanständig und charmant und dann auf einmal so selbstbewusst sein konnte. Ein Mädchen konnte leicht den Kopf verlieren. Genauso wie Old Col es wohl getan hatte.

Und dann hatte er Old Col auf sehr öffentliche Weise im Stich gelassen und sie vor ihren Freunden blamiert. Wie konnte eine Person so viel Spaß machen, aber so unzuverlässig sein?

---

2. Hinsetzen, Klappe halten, die Zunge im Zaum halten und aufpassen.

In der Stille hörten sie, wie sich ein Schlüssel im Schloss drehte. Die Eingangstür erbebte leise, als sie sich aus dem Rahmen löste. Schritte tapsten über den neuen Teppich. Von ihrer versteckten Position hinter dem Tisch aus beobachteten sie die Beine, die sich bewegten. Zuerst gingen sie zum Kamin, schauten hinein und in die Asche, dann hinüber zum Klavier, wo sie hörten, wie der Deckel mit einem leisen »Tock« angehoben und wieder geschlossen wurde. Ondine fand, sie hätten die Schmuckschatulle an einem wirklich offensichtlichen Ort platziert, aber es dauerte dennoch eine quälend lange Zeit, bis der Eindringling auch nur in die Nähe der Beute kam. Na los, komm schon, betete Ondine leise. In diesem Moment legte Hamish seine warme Hand unterstützend auf ihre, als hätte er sie gehört. Sie sah ihm ins Gesicht. Er hielt seinen Zeigefinger an die Lippen, um auf ihr Bedürfnis nach absoluter Stille hinzuweisen.

Der Puls, der durch ihren Körper raste, hatte andere Pläne und hämmerte ihr in den Ohren.

In der Stille machte etwas ein schreckliches – und lautes – Knacken.

»AARRRRGGGHH!«, schrie der Dieb. Er zog seine Hand aus der Schmuckschatulle und schüttelte sie wild, während die von ihnen gestellte Rattenfalle über seinen Fingern zuschnappte.

Hamish schob den Tisch zurück und sie kamen aus ihrem Versteck hervor. Währenddessen schrie der Dieb zwischen Schimpftiraden weiter vor Schmerz.

In einer blitzschnellen Bewegung packte Hamish ihn am Kragen, zwang den Mann zu Boden und setzte sich auf ihn.

»Na, wie geht's?«, dann zog er eine Flasche blauer Lebensmittelfarbe aus seiner Tasche und spritzte sie über den Kopf des Mannes und in seinen Hemdkragen, wodurch seine Haut ordentlich gefärbt wurde. Ondine packte die freie Hand des Diebes (die, die nicht von der Rattenfalle rot wurde) und hielt sie fest, damit Hamish auch diese mit mehr Lebensmittelfarbe übergießen konnte.

Hamish schrie siegessicher: »Ha ha! Auf frischer Tat ertappt, oder in diesem Fall auf blauer Hand.«

»Brauchst du Hilfe?«, fragte Ondine, als sie die Lichter des Restaurants anmachte, um die Identität ihres Diebes zu enthüllen.

Ondines Vater, mit seinem stoppeligen Gesicht und dem unordentlichen, abstehenden Haar, wählte genau diesen Moment, um ins Restaurant zu stolpern. »Oh, du lieber Himmel«, stieß er hervor, als er die Szene erfasste.

Es konnte nicht gut ausgesehen haben. Tatsächlich war es ein Wunder, dass dem alten Mann nicht auf der Stelle das Herz stehen blieb. Seine Tochter im Schlafanzug, ein Mann, der früher ein Frettchen war und nichts weiter als ein Bettlaken um die Hüften trug, und der Sohn des Dukes, der mit blauem Gesicht und einer bis zu den Knöcheln in einer Rattenfalle eingeklemmten Hand schreiend auf dem Boden lag.

»Wir haben ihn auf frischer Tat ertappt, Da, er hat versucht einzubrechen und all das Geld zu stehlen, das wir gefunden haben. Also haben Hamish und ich diese Falle gestellt und –«

»Hamish und ich«, korrigierte Josef.

»Er hat heute Abend meine Schlüssel gestohlen, also haben Hamish und ich auf ihn gewartet. Wir dachten, er würde einen Handlanger schicken, aber er war dumm genug, selbst zu kommen.«

Eine schwere Stille hätte zwischen ihnen geherrscht, wäre da nicht der wimmernde Vincent auf dem Boden gewesen, der versuchte, die Rattenfalle von seiner Hand zu lösen.

Josef sah auf ihn herab. »Ich rufe Ihren Vater an«, sagte er.

Mehrere verstohlene Blicke wurden zwischen Ondine und Da sowie zwischen Hamish und Da gewechselt, dann sahen sie wieder zu Vincent.

»Holt den alten Herrn doch rein, und bringen wir die Sache hinter uns«, sagte Vincent und pustete auf seine geschwollenen Fingerknöchel. Sie sahen rot und rissig aus. Für einen Moment – aber nur für einen Moment – tat er Ondine leid, als sie die Metallfalle von seinen Gelenken entfernte. Würde sich seine Hand wieder erholen?

»Bleib ruhig sitzen, Hamish«, sagte Da, als er sich umdrehte, um den Raum zu verlassen. »Ich rufe den Herzog an.«

Da hat seine Nummer? Interessant.

Als Ondine sich wieder zu Vincent umdrehte, hätte sie schwören können, ein Lächeln über sein Gesicht huschen zu sehen.

Seltsam, dass er lächelte, obwohl der Schock über die Ereignisse seinem Alten einen Herzinfarkt verpassen könnte.

»Donnerwetter!« Alle Teile fügten sich zusammen. »Du wolltest erwischt werden, damit das Trauma dem Herzog einen Herzinfarkt verpasst. Du kannst es kaum erwarten, dass er auftaucht und vor Scham stirbt. Du warst in der Nacht dabei, als wir kamen, um den Herzog vor dem Angriff am Bahnhof zu warnen. Du warst am Bahnhof, und du wusstest, was kommen würde, weil du das Ganze organisiert hast. Wie kannst du es wagen! Du solltest dich in Grund und Boden schämen.«

»Viel Glück beim Versuch, das zu beweisen«, sagte Vincent und klang selbstsicherer, als er es unter den gegebenen Umständen sein durfte.

»Du vergisst eine Sache. Ich bin eine Hexe«, sagte Ondine, überwältigt von einem neuen Anflug von Zittern bei dem Gedanken, wie wagemutig sie klang. »Ich stamme aus einer langen Linie von Hexen und ich kann deine Gedanken lesen. Du willst, dass dein Vater stirbt, damit du erben kannst. Im Moment hättest du mich wohl auch ziemlich gerne tot, aber das tut nichts zur Sache.«

Ein Knurren legte sich auf Vincents Gesicht. »Netter Versuch. Sobald mein Vater mit seinen Anwälten auftaucht, bin ich hier raus.«

»Er ist auf dem Weg«, sagte Da.

Und nun erschienen auch Ma, Old Col, Melody, Mrs. Howser, Cybelle, der Chef, Thomas und Marguerite im Speisesaal, in verschiedenen Stadien des Wachseins. Zum ersten

Mal, seit Ondine sich erinnern konnte, sah Marguerites Haar unordentlich aus.

Ein weiterer Gedanke schoss ihr durch den Kopf: Seit wann übernachteten der Chef und Thomas im Hotel?

»Hamish!«, riefen Ma, Mrs. Howser und Old Col wie aus einem Munde.

»Guten Abend, meine Damen«, erwiderte Hamish, der immer noch auf dem verärgerten Lord Vincent saß.

Alle sahen Vincent an und dann wieder zu Hamish, dann begannen sie alle, gleichzeitig Fragen zu stellen.

»Was ist hier los?«, fragte Margi.

»Was macht er hier?«, fragte Cybelle.

»Wann ist Hamish zurückgekommen?«, fragte Ma.

»Ist das Ondines Bettlaken?«, fragte Old Col.

»Oh, er ist umwerfend!«, sagte Melody.

Es dauerte eine Weile, alles zu erklären. Ondine war dankbar, als der Herzog endlich auftauchte und sie den verrückten Abend zu einem Ende bringen konnten.

Dann wurde es hässlich.

KAPITEL SIEBZEHN

WER BRACH als Erster das Schweigen? Vincent natürlich. »Vater, Gott sei Dank, dass du da bist. Sie haben mich entführt und fordern Lösegeld für mich«, sagte er. »Die stecken alle unter einer Decke – sie haben auch den Anschlag auf Sie am Bahnhof geplant. Sehen Sie sich an, was sie mir angetan haben! Klagen Sie sie wegen Hochverrats an.«

Hamish musste seine ganze Kraft aufwenden, um Vincent am Boden festzuhalten.

»Das ist völliger Blödsinn. Er hat heute Abend meine Schlüssel gestohlen, damit er bei uns einbrechen und uns ausrauben konnte«, sagte Ondine zu ihrer Verteidigung. [1]

»Hören Sie nicht auf sie, die würden alles sagen«, konterte Vincent. »Rufen Sie die Polizei!«

---

1. Die Tatsache, dass „Brugel" ein Anagramm von „burgle" (stehlen) ist, ist ein reiner Zufall.

Ondine wurde speiübel. Wem würde der Herzog glauben? Oder hieß es doch wen?

Ach! Das ist jetzt wirklich nicht die Zeit, sich um die Grammatik zu sorgen.

»Halt die Klappe, du Idiot!«, donnerte Da, dann wandte er sich dem Herzog zu und mäßigte seine Stimme. »Ich entschuldige mich, dass ich schon wieder der Überbringer schlechter Nachrichten bin, Euer Gnaden. Es ist schwer zu glauben, dass Ihr Fleisch und Blut alles andere als perfekt sein kann. Vincent hat jedoch versucht, unsere heutigen Einnahmen zu stehlen. Soweit ich das verstanden habe, könnte er auch versucht haben, meiner jüngsten Tochter die Tugend zu rauben.«

Peinlichkeit durchzuckte Ondine. Jetzt würde es jeder wissen.

Einen Moment lang sah der Herzog Vincent besorgt an und Ondine spürte, wie sich etwas in ihrem Magen umdrehte.

»Wenn ich einen Vorschlag machen darf«, sagte Hamish, der immer noch auf ihrem Möchtegern-Einbrecher saß. »Wir sind alle im Schlafanzug und er ist zum Stehlen gekleidet gekommen.«

Genial! Ondine strahlte Hamish an. Er strahlte sofort zurück, was in ihrem Inneren ein ganz komisches Gefühl auslöste. Die Intensität seines Lächelns war ihr peinlich, aber Hamish hatte gerade ihre aller Haut gerettet. Sie hatte jedes Recht, vor Stolz zu strahlen, wie klug und schnell er gewesen war.

»Und wenn wir Euren Sohn hätten entführen wollen, wären wir anonym geblieben. Warum sollten wir Euch dann hierherrufen?«, fügte Ondine hinzu.

Hamish strahlte sie wieder an und es gefiel ihr.

Der Herzog sah mächtig verärgert aus, als er seinen missratenen Sohn anstarrte. »Ich habe dich gewarnt, du dummer Junge. Ich habe die Papiere für Fort Kluff unterschrieben. Du wirst morgen verschifft.« [2]

Die Adern füllten sich mit Glück und Ondine grinste Hamish an, während kleine Dinge in ihrem Bauch flatterten und Purzelbäume schlugen.

»Ondine«, begann der Herzog, »in letzter Zeit scheint es, wann immer es Ärger in meinem Leben gibt, sind Sie da, um ihn zu beenden. Ihre Information hat mir am Bahnhof das Leben gerettet und jetzt haben Sie den Ruf meiner Familie gerettet. Ich glaube nicht, dass wir den Skandal überlebt hätten, wenn das an die Öffentlichkeit gelangt wäre. Danke.«

Sie strahlte vor Glück und machte einen Knicks, dann erkannte sie die unausgesprochene Andeutung zwischen den Zeilen – alles, was heute Nacht hier passiert war, musste privat bleiben.

Der Herzog fuhr fort. »Mr und Mrs de Groot, ich entschuldige mich für den Kummer, den ich Ihrer Familie

---

2. Brugels beste Militärschule. Technisch gesehen ist es eine Besserungsanstalt mit schöneren Uniformen. Und Waffen. Was ziemlich beunruhigend ist, wenn man darüber nachdenkt – sie nehmen die schlimmsten Straftäter aus den reichsten Familien und bringen ihnen dann bei, wie man Waffen benutzt.

bereitet habe, indem ich den Gesundheitsinspektor geschickt habe. Das war Vincents Idee und ich hätte die Dinge selbst überprüfen sollen, bevor ich gehandelt habe. Zwei meiner besten Berater sind im letzten Jahr in den Ruhestand gegangen und es mangelt mir an … *Informationen* … von Leuten, denen ich vertrauen kann.«

Dann sah er Ondine an und ein verwirrter Ausdruck huschte über sein Gesicht. »Wie alt sind Sie wirklich, Ondine?«

»Euer Gnaden, ich bin fünfzehn.«

»Gut. Ich schätze Ihre Ehrlichkeit. Nun, wo ist das Frettchen, das ich mit Ihnen gesehen habe?«

Ihre Augenbrauen schossen bis zu ihrem Haaransatz hoch. Daran hatte er sich erinnert? Vielleicht hatte der neue Name des Hotels sein Gedächtnis aufgefrischt?

»Aye, das wäre dann wohl ich«, sagte Hamish.

Jetzt war der Herzog an der Reihe, seine Augenbrauen in seinem ergrauenden Haar verschwinden zu lassen.

Zerquetscht unter Hamish stieß Vincent ein elendes Stöhnen aus.

»Ich hab Euren Sohn heute Abend ordentlich erwischt«, sagte Hamish. »Am Bein.«

Für einen Moment verlangsamte sich die Zeit, als der Herzog die Information verdaute. Ein Anflug von Mitgefühl schien Ondine völlig angebracht. Schließlich hatte gerade ein Mann in einem Bettlaken mit ausländischem Akzent behauptet, ein Frettchen zu sein.

Der Mund des Herzogs öffnete und schloss sich ein paar

Mal. Vielleicht musste er seinen Kiefer lockern, damit sich seine Ohren mehr öffnen konnten?Um die allgemeine Verwirrung noch zu vergrößern, tauchten einige zahlende Hotelgäste in Morgenmänteln und Schlafmützen auf, um nachzusehen, was los war.

»Kein Grund zur Sorge«, sagte Da. »Wir werden Ihnen als Ausgleich für die gestörte Nachtruhe ein kostenloses Frühstück anbieten.« Er ermutigte den Rest seiner Kinder und zukünftigen Schwiegereltern, in ihre jeweiligen Zimmer zurückzukehren, und sagte zu Melody und Mrs. Howser: »Es ist alles unter Kontrolle.«

Aus den Augenwinkeln sah Ondine ihre Mutter in der Küche verweilen und dem Gespräch lauschen.

Die Augen des Herzogs zuckten, als er Hamish musterte. »Sie sagen, Sie sind das Frettchen? In diesem Fall, verwandeln Sie sich in eines.«

Ondine schluckte schwer. *Was, wenn er es nicht schafft? Es ist alles meine Schuld. Ich habe mir so lange gewünscht, dass er ein richtiger Mann ist, vielleicht kann er sich nicht zurückverwandeln. Dann wird der Herzog denken, wir wären Lügner. Und wenn er glaubt, wir hätten darüber gelogen, dass ein Mann ein Frettchen ist, wird er anfangen zu denken, dass wir auch über alles andere gelogen haben.*

Hamish, der immer noch auf Lord Vincent saß, richtete seine Toga. »Ich werde tun, was ich kann.« Ein Ausdruck der Konzentration trat auf sein Gesicht und seine Augen rollten unter den Lidern zurück.

Für Ondine war es eine angespannte Zeit. So sehr sie es

auch liebte, Hamish in seiner menschlichen Gestalt zu sehen, wenn er sich nicht auf Befehl wieder in ein Frettchen verwandeln konnte, würden sie in gewaltigen Schwierigkeiten stecken. Erleichterung durchströmte sie, als Hamish stöhnte und sich den Bauch hielt. Er begann zu schrumpfen und dunkel zu werden. Sein Gesicht – dieses hübsche Gesicht – wurde pelzig. Es war schmerzhaft anzusehen, aber Hamish musste noch größere Schmerzen haben.

Während alle fassungslos vor Staunen dastanden, warf Vincent das plötzlich verringerte Gewicht von seinem Rücken und sprang auf, um zu fliehen.

»Halt!« Da schnellte vor, streckte den Arm aus und verpasste Vincent eine Wäscheleine, die ihn zu Boden schickte.

»Chrr!«, hustete Vincent. »Das ist Körperverletzung!«

»Ich habe nichts gesehen«, sagte der Herzog und zuckte mit den Schultern. Er ließ Hamish nicht aus den Augen, als dieser in seine Gestalt als Shambles zurückkehrte. An der Art, wie er sich mit dem kleinen Finger und dem Ringfinger über seinen Spitzbart strich, konnte man erkennen, dass er sehr, sehr angestrengt über das nachdachte, was er gerade gesehen hatte.

Keuchend blickte Shambles zum Herzog und dann hinüber zu Ondine. Seine Nasenspitze sah blass aus und er schluckte oft.

»Donnerwetter.« Der Herzog klatschte in die Hände. »Ich habe in meinem Leben schon einiges an Magie gesehen, aber das ist außerordentlich mächtig. Wie machen Sie das?«

Das Frettchen Shambles keuchte auf dem Boden und sammelte seine Kräfte. »Das ist eine laaange Geschichte.«

Der Herzog wandte sich an Ondine. »Sie sind zu jung, um Alkohol auszuschenken. Sie können in jener Nacht nicht in der Bar gearbeitet haben. Nicht Sie haben die Verschwörung gegen mich mitangehört, oder?«

Ihr Magen drehte und verkrampfte sich, schlug einen Salto. »Ihr habt recht, Euer Gnaden, ich war nicht in der Bar. Es war Hamish ... ich meine, Shambles. So nennen wir ihn, wenn er ein Frettchen ist. Er war unter einem Tisch und hat alles mitangehört. Er war derjenige, der uns ermutigt hat, Euch vor dem Komplott gegen Euer Leben zu warnen.«

»So etwas habe ich noch nie gesehen. Welch unglaublich praktisches Talent!«, sagte der Herzog und schüttelte immer noch den Kopf, als er das Frettchen auf dem Boden betrachtete.

Ondine fand es ganz und gar nicht praktisch.

»So würde ich das nicht nennen«, wiederholte Shambles ihre Gedanken, während er sich den Bauch hielt.

Der Herzog stand da. Die ganze Zeit umspielte ein Lächeln sein Gesicht. »Ihr müsst mir sagen, Ondine, wie macht er das?«

»Es ist ein starker Zauber«, sagte Ondine. »Meine Großtante, Colette Romano, hat ihn verflucht, und erst seit Kurzem kann er seine menschliche Gestalt wiederfinden.«

»Hmm, höchst interessant«, sagte der Herzog.

Ondine errötete heftig. Merkurs Flügel, was für ein unpassender Zeitpunkt, um wieder rot zu werden. Sie brachte ein piepsiges »Hamish ist sehr froh, wieder ein Mensch zu sein« hervor.

»Sie wären eine gute Politikerin.« Der Herzog zwinkerte ihr zu. Es hatte einen seltsamen Effekt, denn es hätte freundlich sein sollen, aber es jagte ihr einen Schauer über den Rücken.

Das fühlt sich nicht richtig an.

»Ihre Großtante ist diejenige mit der Magie?«, fragte der Herzog. »Sie klingt, als wäre sie eine wunderbare Verbündete. Wäre sie zufällig hier?«

Etwas in Ondines Gewissen meldete sich. Wenn der Herzog die alte Col unter seinem Befehl hätte, wie weit würde er die Dinge treiben? Sicher, die alte Frau hatte aus Frustration gegen Hamish gehandelt, aber das war eine einmalige Sache. Zumindest hoffte Ondine, dass es eine einmalige Sache war. Aber was, wenn jemand wie der Herzog ihr befahl, andere Menschen in Tiere zu verwandeln? Wäre ihre Großtante in der Lage, sich zu weigern?

»Hat mich jemand gerufen?« Die alte Col erschien in der Küchentür, ihre Augen weit und unschuldig. Als wäre sie nur *zufällig* in der Nähe gewesen.

Sie hatte wohl eher gelauscht.

»Euer Gnaden, das ist meine Großtante Colette.« Ondine stellte sie vor.

»Darf ich Euch zu Eurer guten Arbeit gratulieren, Madam«, sagte der Herzog. Er nahm ihre Hand und küsste ihren Handrücken.

»Oh, vielen Dank, Euer Gnaden.«

Das Gesicht des Herzogs wirkte jünger, strahlender. Als hätte er eine Sehr Gute Idee. Oder gar eine Großartige Idee. In diesem Moment kam einer der Fahrer des Herzogs herein und flüsterte ihm etwas ins Ohr. Der Herzog flüsterte etwas zurück. Der Fahrer nickte, legte dann seine Hand auf Vincents Schulter und marschierte mit ihm nach draußen.

Auf dem Boden war Hamish immer noch ein Frettchen. Der Herzog starrte ihn an und schüttelte erneut den Kopf. »Ich habe so vieles gesehen ...« Der Mann, der es gewohnt war, Reden zu halten, schien vorübergehend sprachlos zu sein. Er wandte sich an die alte Col und sagte: »Ich benötige Talent in meinen Diensten, und das haben Sie. Was können Sie noch tun, außer Männer in Frettchen zu verwandeln?«

Die alte Col blinzelte langsam und sagte dann: »Ich kann Geheimnisse bewahren.«

»Eine ausgezeichnete Eigenschaft.«

Metall kreischte in Ondines Kopf. Hatte der Herzog von Brugel gerade der alten Col einen Job angeboten? Was für ein Job sollte das sein?

Auf dem Boden begann Shambles, sich wieder in Hamish zu verwandeln. Sehr zu Ondines Erleichterung. Ernsthaft sehr. Es sah jedoch schmerzhaft aus, als würde ihm jemand in den Bauch schlagen. Von innen.

Dies rief einen weiteren Ausdruck des Staunens auf dem Gesicht des Herzogs hervor. »Bravo!« Er klatschte. »Das ist sehr, sehr gut. Als ich heute Abend herkam, dachte ich, es würde eine wirklich schlimme Nacht werden. Shambles und

Ms Romano, Sie haben den Ereignissen einen Silberstreif am Horizont verliehen, finden Sie nicht auch?«

»Danke, Euer Gnaden«, sagte die alte Col.

»Aye«, sagte Hamish.

Der Herzog spielte wieder mit seinem Spitzbart. »Wie ich schon sagte, ich brauche gute Talente, und Sie passen genau ins Bild. Shambles, Sie sind mutig und … anpassungsfähig. Sie haben keine Angst, mir die Wahrheit zu sagen, und Sie denken schnell. Das schätze ich. Wie wäre es, wenn Sie für mich arbeiten würden?«

Oh nein, das ist ganz und gar nicht gut. Hamish soll hier bei uns bleiben und nicht weggehen und für den Herzog arbeiten.

Ein Summen erfüllte Ondines Ohren, während sie darauf wartete, dass Hamish das Angebot höflich ablehnen würde. Sicherlich wollte er doch bei ihnen bleiben?

»In welcher Funktion?« Die Stimme gehörte Ma, die leise hinter ihnen gestanden hatte.

Gott sei Dank für Ma, sie wird es Hamish leichter machen, nein zu sagen.

Der Herzog lächelte und sah viel zu selbstsicher aus. Je kontrollierter der Herzog aussah, desto unsicherer fühlte sich Ondine.

Pures Selbstvertrauen erfüllte das Wesen des Herzogs. Ruhige Schultern, kein Zucken im Gesicht, die Handflächen nach außen gewandt. »Shambles, in Ihrer Frettchengestalt könnten Sie mir unschätzbare Informationen liefern. Sehen Sie, die Herzogin isst regelmäßig mit ihren … Freundinnen zu Mittag. Sie braucht eine Begleitung mit klarem Kopf und einem Blick fürs Detail. Viele Leute nutzen unsere Gastfreundschaft aus, sei es hier bei Hofe in Venzelemma oder auf dem Landsitz in Bellreeve. Es schmerzt mich, es zuzugeben, aber es verschwinden Wertsachen. Ich werde alle Hände voll zu tun haben, wenn das Parlament im Herbst wieder zusammentritt. Jemanden zu haben, der auf mich aufpasst, wird sich als sehr nützlich erweisen.«

Es klang nach Spionage. Ondine war sich sicher, dass Hamish damit nichts zu tun haben wollte.

»Reden Sie weiter«, sagte Hamish und strafte Ondines Gedanken Lügen.

»Nichts so Schwieriges wie die Arbeit hier, wage ich zu behaupten, und Sie werden gut entlohnt werden«, sagte der Herzog.

Aber ... aber ... Hamish will hier bleiben.

»Klingt verlockend«, sagte Hamish und zog Ondines alten Mantel wieder an.

Die ganze Zeit über dröhnte Ondines Puls in ihren Ohren, weil sie innehalten und ein Dutzend Fragen stellen wollte, sich aber zu verängstigt fühlte, um zu sprechen.

»Sie wollen, dass er Ihre Gäste ausspioniert?«, fragte die alte Col und verschränkte die Arme vor der Brust.

Anstatt es zu leugnen, lachte der Herzog. »Sie haben recht, meine Liebe, genau das ist es, was ich brauche. Auf eine nette Art, natürlich. Ms Romano, Shambles, was sagen Sie dazu, in meine Dienste zu treten?«

Sag nein, sag nein, sag nein. Sag, dass du hierbleiben willst.

Das gefällt mir nicht. Er nennt dich Shambles, obwohl du Hamish bist.

»Sie bezahlen mich dafür, dass ich aufpasse, dass nichts geklaut wird? Da sage ich doch sofort ja. Das könnte ich mit geschlossenen Augen«, sagte Hamish.

Ondine sah zu Hamish und zurück zum Herzog. Warum hatte Hamish so schnell zugesagt? War ihm nicht klar, dass sie sich kaum sehen würden, wenn er für den Herzog arbeiten würde? Vielleicht an den Wochenenden ... aber dann war im Hotel am meisten los, und dann hätte Ondine keine Zeit, ihn zu sehen.

Je mehr Ondine darüber nachdachte, desto trauriger wurde sie. Sie würden sich ja kaum noch sehen!

Welches Gegenangebot könnte sie ihm machen, damit er im Hotel blieb? Dem Schweigen ihrer Eltern hinter ihr nach zu urteilen, hatten sie nichts vorzuschlagen.

Die alte Col lächelte (ein schlechtes Zeichen) und sagte: »Euer Gnaden, ich nehme demütig an.«

Der Herzog strahlte vor Glück. »Ich stehe in Ihrer Schuld. Sie werden in der ersten Septemberwoche anfangen.«

Ein Wort hallte in Ondines Kopf wider. Nein. Nein, nein, nein, nein!

KAPITEL ACHTZEHN

DAS SCHLIMMSTE auf der Welt war gerade direkt vor ihren Augen passiert, und niemand hatte es bemerkt! Wenn Hamish für den Herzog arbeiten würde, würde Ondine ihn vielleicht nie wiedersehen! Was für eine Katastrophe! Er wäre so beschäftigt, dass er sie vielleicht vergessen würde! Er könnte sich sogar in jemand anderen verlieben!

Ondines Kopf tat von all den Ausrufezeichen weh!

Nachdem der Herzog gegangen war, war an Schlaf nicht zu denken. Abgesehen von der Tatsache, dass sie ihr Bettlaken nicht hatte (das hatte sich Hamish für seine Toga genommen), fühlte sich alles falsch an. Sich hin und her zu wälzen, hatte keinerlei Reiz, also machte sie sich auf den Weg in die Küche, um sich warme Milch zu holen. Vielleicht würde das helfen?

Sie sah Melody erst, als sie beinahe in sie hineingelaufen wäre.

»Kannst du nicht schlafen?«, fragte Melody.

»Allerdings.« Ondine stieß einen dramatischen Seufzer aus, um ihren Standpunkt zu untermauern, und machte sich dann daran, den Kühlschrank zu plündern. »Du auch nicht, was?«

»Ähm ... ja.«

Ein beunruhigender Gedanke schoss Ondine durch den Kopf. »Du hast doch nicht etwa versucht, meine Träume zu lesen, oder?« [1]

Melody blickte zu Boden, als gäbe es auf den Fliesen etwas sehr Interessantes zu sehen. »Es tut mir leid, Ondi. Es ist nur so, dass ich weiß, dass heute Nacht hier etwas Großes mit dem Herzog passiert ist, aber Mrs Howser hat mich weggezogen, bevor ich etwas herausfinden konnte. Und ich will es unbedingt wissen.«

Keine Privatsphäre im Wachzustand, und jetzt wollte Melody auch noch ihre privaten Gedanken im Schlaf mitbekommen. »Du musst nicht meine Träume lesen. Frag dich einfach ... was ist das Schlimmste, das heute Nacht hätte passieren können? Denn genau das ist passiert.«

»Ist Vincent entkommen?«

»Das auch, aber es war schlimmer. Der Herzog hat Hamish einen Job angeboten.«

»Aber das ist doch großartig!«

---

1. »Durchzuckt« ist definitiv ein Wort. Es bedeutet »Gedanken, die einem durch den Kopf schießen«. Genau wie Scud-Raketen treffen sie manchmal ihr Ziel mit verheerender Wirkung. Meistens jedoch weichen sie weit vom Kurs ab.

Aus Frust schlug Ondine die Kühlschranktür zu. »Nein, ist es nicht, es ist schrecklich!«

»Ist es das?«

Ondine hätte am liebsten geschrien. »Natürlich ist es das. Hamish wird ewig weit weg sein und ich werde ihn nie zu Gesicht bekommen.«

»Aber ... er wird immer noch in der Nähe sein. Ich meine, es ist ja nicht so, als würde er bis nach ... keine Ahnung, Neuseeland oder so gehen.«

»Neuseeland? Wo ist das?«

»Keine Ahnung, aber ich glaube, es ist wirklich weit weg.«[2]

»Oh.« Ondine schenkte sich einen Becher Milch ein und stellte ihn in die Mikrowelle. »Es ist nur ... ich dachte, Hamish gefällt es hier.«

»Er mag dich, das ist sicher.«

Trotz ihrer jämmerlichen Stimmung stahl sich ein Lächeln auf ihr Gesicht. »Meinst du?«

Melody lachte. »Ondi, hör auf, nach Komplimenten zu fischen. Hamish mag dich wirklich. Und ich weiß, dass du ihn magst.«

»Warum geht er dann?« Sie hätte am Ende des Satzes beinahe das Wort »weg von mir« hinzugefügt, hielt sich aber gerade noch rechtzeitig zurück.

---

2. Neuseeland ist so ziemlich der am weitesten von Brugel entfernte Ort auf dem Planeten. Wenn man versucht, noch weiter wegzukommen, kommt man schon wieder näher.

Melody zuckte so heftig mit den Schultern, dass sie sich fast selbst an den Ohren traf. »Frag ihn das doch.«

Das ist das Problem, dachte Ondine. Sie konnte ihn nicht fragen, weil sie sich nicht sicher war, ob sie die wahre Antwort wissen wollte. Kalte Furcht lastete auf ihr. Was, wenn er geht, weil er weg will?

Auch am Ende dieses Satzes ließ sie ihre Gedanken die Worte »von mir« nicht hinzufügen.

»Du hast Angst, nicht wahr?«

»Melody, hör auf, meine Gedanken zu lesen.« Es war so nervig, wenn ihre Freundin recht hatte.

»Tue ich nicht, aber es ist ziemlich offensichtlich, was du denkst. Ondi, du wirst ihn fragen müssen, warum er geht. Wenn du es tust, wirst du den Grund wissen. Wenn nicht, wirst du es nie erfahren.«

Ein schwerer und übermäßig dramatischer Seufzer entwich Ondine. »Du hast recht.«

Das breiteste Grinsen teilte Melodys Gesicht. »Natürlich habe ich das. Außerdem sind deine Träume nicht die einzigen, die ich besuche.«

»Nein! Du gehst doch nicht in Hamishs Träume, oder?«

»Ich weiß, dass er von dir träumt.« Melody lächelte noch mehr, schien dann aber zu begreifen, wie unangebracht das war, und hatte die Güte, zerknirscht auszusehen.

»Das ist eine schreckliche Verletzung der Privatsphäre!« Ondine grinste. »Worum ging es denn?«

Ping! machte die Mikrowelle.

»Deine Milch ist fertig.« Melody zappelte ein wenig

herum. »Warum bringst du sie nicht zu Hamish? Ich glaube, er hat heute Nacht auch Schwierigkeiten zu schlafen.«

Das war eine gute Idee. Bei all der Aufregung der Nacht würde es jedem schwerfallen, zu schlafen. Ihm eine Tasse warme Milch zu bringen, würde sie nachdenklich und rücksichtsvoll gegenüber Hamishs Situation erscheinen lassen. Und wenn sie jemand in der Nähe seines Zimmers sehen und fragen würde, was sie dort tat, hätte sie eine glaubwürdige Ausrede.

»Danke, Mel. Und jetzt kein Herumschleichen mehr in den Träumen anderer Leute.« Ondine ging zur Tür und fragte sich dann, wohin sie sich wenden sollte. Das Frettchen Shambles mochte irgendwo ein gemütliches Plätzchen haben, aber wo würde der Mann Hamish sein?

»Deine Ma hat ihn in einem Zimmer mit Thomas und dem Chefkoch untergebracht, den Flur runter in Nummer dreizehn«, sagte Mel, ohne gefragt werden zu müssen.

»Danke.«

Leise, um niemanden sonst zu wecken, machte sich Ondine auf den Weg zu Zimmer dreizehn. Ein weiteres Problem türmte sich auf dem bereits wackeligen Turm der Probleme auf – wie sollte sie privat mit ihm sprechen, wenn der Chefkoch und Thomas auch da drin waren?

Oder schlimmer. Was, wenn die drei tief und fest schliefen und sie im Dunkeln die falsche Person weckte?

Sie stand gut eine Minute lang vor der Tür und überlegte, ob sie klopfen oder einfach versuchen sollte, die Tür so leise wie möglich zu öffnen.

»Was machst du hier?«

Schluck! Es war Cybelle, die auf sie zukam. »Ich wollte nur … ich muss mit –«

»Geh wieder ins Bett, sonst sage ich Ma, dass du hier unten warst«, sagte Cybelle.

Toll, ihre Schwester war also immer noch sauer auf sie. »Ich sage ihr auch, dass du hier unten warst. Dann stecken wir beide im gleichen Schlamassel.«

»Außer, dass du immer noch Hausarrest hast, also bist du schlimmer dran.«

Schluck! *Sie hat recht!*

Sie waren so in ihren Wortwechsel vertieft, dass Ondine nicht bemerkte, wie die Tür aufging. »Abend, die Damen.« Hamish stand da, trug Das alten Schlafanzug und das verschmitzteste Grinsen, das sie je gesehen hatte. Dabei schmolz sie innerlich dahin.

»*Tch.*« Cybelle machte ein verächtliches Geräusch. »Ihr zwei seid hoffnungslose Fälle. Ist Henrik da drin?«

»Aye.« Hamish antwortete vielleicht Cybelle, als er zur Seite trat, um sie durch die Tür zu lassen, aber er ließ Ondine dabei nicht aus den Augen.

Dahinschmelzen, dahinschmelzen, dahinschmelzen.

»Ich, ähm.« *Warum ist das so schwer?* »Ich konnte nicht schlafen.«

»Kann ich dir nicht verdenken. Ich auch nicht.«

»Ich habe heiße Milch.« Sie hob ihre Tasse, um sie ihm zu zeigen.

Hamish strahlte. »Du bist ein aufmerksames Mädchen.«

Er neigte den Kopf und deutete an, dass sie den Flur entlang zum Salon gehen sollten.

Ein Wunder! Ondines Beine funktionierten und sie folgte ihm. Als sie sich dem privaten Raum bei der Küche näherten, trat Hamish einen Schritt zurück und flüsterte: »Der hier ist besetzt.«

Ondine reckte den Hals. »Oh.« Marguerite und Thomas unterhielten sich dort leise.

»Der Garten?«, fragte Hamish mit einem Schulterzucken.

Immer noch ihre Tasse Milch haltend, folgte Ondine ihm nach draußen. Die laue Sommernacht ließ den Duft von Nachtjasmin um sie herum wehen.

»Das sieht nach einem guten Platz aus«, sagte Hamish.

Wie süß, dass er denselben Ort gewählt hatte, an dem sie Diesen Wundervollen Kuss geteilt hatten. Es gab einen anderen Teil des Gartens, der ihr nicht gefiel, wo Lord Vincent so ein Schwein gewesen war. Als ob er ihre Gedanken lesen könnte, führte Hamish Ondine so zum Sitzen, dass sie mit dem Rücken zu dem unangenehmen Ort saß und ihn nicht ansehen musste. Er nahm ihr die Tasse Milch aus der Hand und stellte sie auf den Boden, dann nahm er ihre Hände in seine. Wärme durchströmte sie bei seiner Berührung.

Die liebliche Umgebung hätte dem folgenden Gespräch eine traumhafte Qualität verleihen sollen, aber als sie sprach, sprudelte alles in einem Schwall aus ihr heraus. »Bitte geh nicht für den Herzog arbeiten.«

Sekunden vergingen. Alles, was er tat, war, sie auf diese

seine Art anzusehen, und ihr Herz fühlte sich an, als würde es an ihren Rippen zerschellen.

»Warum nicht?«

»Weil ... weil du es nicht musst. Ich bin sicher, Da würde dir hier einen Job geben, wenn du ihn fragst.«

»Und seine Gastfreundschaft ausnutzen? Nee. Das habe ich lange genug getan.«

»Aber du bist gut. Ich meine, du hast den Trinkgeldwettbewerb mit Leichtigkeit gewonnen. Du bezauberst die Kunden und alle.«

»Ich weiß den Vertrauensbeweis zu schätzen, aber für den Herzog zu arbeiten, wäre eine große Chance für mich. Das siehst du doch sicher ein, oder?«

»Ja, aber ...« Etwas verkrampfte sich in ihr und es tat weh zu atmen. In ihrem Kopf spielte sie ein paar Szenarien durch. Dinge, die für sie sprachen – die Dunkelheit und die Tatsache, dass Hamish gehen würde. Dinge, die gegen sie sprachen – die Dunkelheit und die Tatsache, dass Hamish gehen würde. Wenn sie ihm sagte, dass sie ihn liebte, und er bliebe, wäre es wunderbar. Wenn sie ihm sagte, dass sie ihn liebte, und er trotzdem ginge, würde sie an einem gebrochenen Herzen sterben.

Aber wenn sie ihm nicht sagte, dass sie ihn liebte, würde er definitiv gehen.

Sie wollte nicht einmal daran denken, was sie ihren Schulfreundinnen erzählen würde, wenn das neue Schuljahr begann. Sie würden fragen, wie sie ihre Sommerferien verbracht hatte, und sie würde in Tränen ausbrechen.

Hitze schoss ihr in den Nacken. »Hamish ... ich ... ich glaube, ich liebe dich.«

Hamish beugte sich vor und presste seine warmen Lippen auf ihre, was ein Flattern in ihr auslöste. Dieses Hämmern in ihrem Kopf war ihr Puls, der zum Leben erwachte. Als er sich zurückzog, waren ihre Augen immer noch geschlossen.

»Ondine, ich liebe dich auch.«

»Oh, Hamish!« Sie warf ihre Arme um seinen Hals und umarmte ihn. Welch ein Glück, am Ende würde doch alles gut werden.

»Aber ich muss gehen.«

»Was? Nein!« Mit einem dumpfen Geräusch fiel Ondine zurück auf ihren Sitz und starrte ihn an. Das lief nicht in die richtige Richtung! »So funktioniert das nicht! Ich habe dir gerade meine Seele offenbart. Das habe ich noch *nie* getan, und du sagst, du gehst trotzdem?«

»Aye.« Er strich ihr eine verirrte Haarsträhne hinter das Ohr und streichelte ihre Wange mit seiner Handfläche. »Aber zu wissen, dass du mich liebst, macht es einfacher. Gibt mir etwas, worauf ich mich freuen kann, wenn ich zurückkomme.«

»Aber ... du musst doch gar nicht erst gehen. Ich weiß, es ist Verrat, das zu sagen«, sie senkte ihre Stimme für den Fall, dass jemand mithören könnte, »aber der Herzog ist bei mir unten durch. Mir gefällt die Art von Job nicht, die er dir anbietet.«

»Was gibt's daran auszusetzen? Ich kann herumschnüffeln und aufpassen, dass kein Klimbim in den falschen Taschen landet.«

»Es hört sich einfach nicht richtig an, darum. Er ist ein Herzog. Er ist steinreich. Warum installiert er stattdessen keine Überwachungskameras?«

Hamish legte seine Hand wieder an Ondines Wange. »Es geht doch nicht wirklich um die Stellenbeschreibung, oder? Eher darum, dass ich weg sein werde, was dich so aufregt.«

»Wohl schon.« Seine warme Hand fühlte sich so gut an, dass sie fast nicht mehr klar denken konnte.

»Ondi, ich liebe dich wirklich. Diesen Job beim Herzog anzunehmen, ist der perfekte Weg, um dir zu zeigen, wie sehr.«

»Was?« Das ergab überhaupt keinen Sinn. Er liebte sie und ging deshalb weg?

»Hör mir zu. Es ist lange her, dass ich ein richtiger Mann war. Ich will es richtig machen. Das bedeutet, Verantwortung zu übernehmen. Einen richtigen Job zu haben. Hier zu bleiben, von der Gnade und Gunst deiner Eltern abhängig ... das ist nicht verantwortungsvoll. Einen richtigen Job beim Herzog von Brugel anzunehmen, wird deinen Eltern beweisen, dass ich deiner würdig bin. Ich werde zum ersten Mal in meinem Leben ein Mann sein.«

»Aber ... der Herzog will, dass du ein Frettchen bist.«

»Ja, Ondi, wir alle müssen Opfer bringen.«

Eine Hitze brannte hinter ihren Augen. Ihre Sicht verschwamm und eine heiße Träne rann ihr über die Wange. *Jupitermonde, jetzt heule ich wie eine Neunjährige.*

»Ach, trockne deine Augen. Ich gehe nicht morgen. Er braucht mich erst im September. Wir haben noch den Rest des Sommers, und dann bin ich nur auf der anderen Seite der Stadt. Ich komme dich besuchen, sooft ich kann.«

»Versprochen?«

»Versprochen.«

Ondine schlang ihre Arme um Hamish und umarmte ihn fest. Der Gedanke an eine Trennung zerfetzte ihr das Herz, also schlang sie ihre Arme nur noch fester um ihn.

Im Osten durchbrach das schwache Leuchten der Morgendämmerung den düsteren Nachthimmel.

»Es ist schon Morgen«, sagte Hamish und bemerkte die Veränderung des Lichts.

»Vielleicht sollten wir reingehen?« Ein unruhiges kleines Flattern begann in Ondines Bauch. Das letzte Mal, als sie hier im Garten waren, als die Dämmerung anbrach, hatte sich Hamish in ein Frettchen zurückverwandelt.

»Nein. Warten wir ab, was passiert.« Hamish nahm ihr Kinn, zog Ondine näher an sich und küsste sie wieder, was ihr Gehirn zum Prickeln und Knistern brachte. Jedes Mal, wenn sich ihre Lippen trafen, verschwamm ihr Verstand, und sie liebte es. Sie liebte ihn. Und noch besser, er liebte sie.

Sie lösten sich für einen Moment voneinander und blickten zum Himmel.

So weit, so gut.

Die Sonne stieg über den Horizont und tauchte die Luft in die wärmenden Strahlen und Farben eines neuen Sommertages.

»Du bist immer noch du«, strahlte Ondine.

»Ja. Siehst du, Verantwortung zu übernehmen, zahlt sich schon aus.«

»Gut. Dann küss mich noch mal.«

Er tat, wie ihm geheißen, und ihr ganzer Körper summte vor Freude.

»Hamish? Versprichst du mir, dass du, wenn du für den Herzog arbeitest, so oft wie möglich zurückkommst?«

»Solange du versprichst, mich jedes Mal so willkommen zu heißen.«

Ondine strahlte. »Das ist ein sehr leicht zu haltendes Versprechen.«

Während sie sich in den Morgen küssten, verbannte Ondine die Gedanken daran, wie schnell der Herbst über sie hereinbrechen würde. Stattdessen konzentrierte sie sich auf die kostbaren wenigen verbleibenden Sommerwochen und die Versprechen, die sie einander gegeben hatten.

Besonders ihr Versprechen, ihn wieder willkommen zu heißen.

Ich hoffe, du hattest eine tolle Zeit mit Ondine und Hamish in der verrückten Welt von Brugel.

Wenn du Lust auf noch mehr seltsame Magie und Chaos hast, zusammen mit der süßesten wahren Liebe, dann lies weiter und schau dir das erste Kapitel von Buch 2, „Der Herbstpalast", an.

DER HERBSTPALAST
KAPITEL EIN

UM EINES VON VORNHEREIN KLARZUSTELLEN: Ondine de Groot ist nicht hellsichtig und wird es auch niemals sein.

Klug? Ja.

Anfällig dafür, zur falschen Zeit das Falsche herauszuplatzen? Allerdings.

Aber hellsichtig? Kaum.

Doch als sie Hamishs warme Hand in ihrer hielt und zum Bahnhof in West-Venzelemma ging, hatte sie das Gefühl, dass etwas Bedeutsames geschehen könnte.

Sehr bald.

Möglicherweise schon auf den nächsten Seiten.

Hamish war im Begriff, eine Stelle beim Herzog von Brugel anzutreten, der zwei Bezirke entfernt im vornehmsten Teil von Venzelemma lebte. [1]

---

1. Der Herzog von Brugel ist das erbliche Staatsoberhaupt des konstitutio-

Neun Haltestellen würde die Fahrt dorthin dauern, was bedeutete, dass die nächste Stunde für eine lange, lange Zeit ihre letzte gemeinsame sein könnte. Tatsächlich würde Ondine ihn vielleicht eine ganze Woche lang nicht wiedersehen! Das war viel zu lange, um ohne den Freund auszukommen, den sie gerade erst gefunden hatte.

Sie drückte seine Hand und versuchte, ihre aufgewühlten Gefühle zu beruhigen. Im Gegenzug schenkte Hamish ihr sein typisches schiefes Grinsen, bei dem ihr ganz weich ums Herz wurde.

»Du führst was im Schilde, Mädel, das seh ich dir an.«

»Ich habe nur gerade gedacht, dass wir uns vielleicht doch nicht verabschieden müssen, wenn wir beim Herzog ankommen.« Freche Ideen wirbelten in ihrem Kopf herum, als ein Plan Gestalt annahm, wie sie zusammenbleiben könnten.

»Ich wusste doch, du siehst so verschlagen aus.«

Ondine grinste. »Du weißt ja, ich habe meinen Eltern versprochen, dich bis zum Herzog zu begleiten und dann nach Hause zu kommen. Und dann musste ich auch noch

---

nellen Herzogtums Brugel, einem ehemaligen Ostblockland in Osteuropa, das den Eurovision Song Contest immer noch nicht gewonnen hat. Venzelemma, wo Ondine mit ihrer Familie lebt, ist die Hauptstadt von Brugel. Manche Leute fragen sich vielleicht, wenn Brugel ein Sowjetstaat war, wie hat das Herzogtum überlebt? Gute Frage. Antworten finden Sie in *Die vollständige Geschichte von Brugel*, von Shaaron Melvedeir – 250 Seiten Folklore, Fakten, Zahlen und gelegentlich ein Foto. Ein weiteres Buch, *Alles, was Shaaron Melvedeir sagt, ist Müll*, von Isaak Drixen, 745 Seiten, ist Gegenstand der am längsten laufenden Verleumdungsklage in Brugel.

versprechen, dass ich den Herzog nicht um eine Stelle bitten würde ...«

»Och, Mädel, da kommt doch gleich ein ›aber‹.«

»Aber!« Und hier strahlte Ondine darüber, wie clever sie die Versprechen, die sie ihren Eltern gegeben hatte, umgehen konnte, ohne sie wirklich zu brechen. »Das heißt ja nicht, dass *du* den Herzog nicht in meinem Namen um eine Stelle bitten kannst.«

»Bist du sicher, dass du dich da nicht zu weit aus dem Fenster lehnst?«

Ein paar Zahnräder drehten sich in Ondines Kopf, bevor sie verstand, worauf er hinauswollte. »Ich übernehme mich nicht. Das wird schon gut gehen. Was soll schon schiefgehen?«

»Ich möchte deine Eltern nicht verärgern. Wenn sie das herausfinden, sind sie bestimmt beleidigt.«

Ondines Hoffnungen zerplatzten. »Willst du nicht, dass wir zusammen sind?«

»So kannst du mich nicht ansehen, das bricht mir mein kleines Herz. Du weißt, ich liebe dich mehr als alles andere und ich werde tun, was ich für dich kann, Mädel.«

Die Anspannung in ihren Schultern löste sich. »Ich liebe dich so sehr. Wenn der Herzog ›Nein‹ sagt, dann werde ich das akzeptieren. Aber wenn er ›Ja‹ sagt, dann können wir zusammenbleiben.«

Die kühle Herbstbrise wehte ihr braunes Haar über die Augen und versperrte ihr die Sicht. Hamish strich ihr eine verirrte Strähne hinters Ohr. Er schenkte ihr ein so liebe-volles Lächeln, dass sie vergaß zu atmen.

»Bist du sicher, dass du das willst?«, fragte er. »Ich werde ziemlich beschäftigt sein, mit all den wichtigen Dingen, die der Herzog für mich geplant hat. Ich muss zugeben, ich bin ziemlich aufgeregt wegen meines ersten richtigen Auftrags.«

Ondine hätte schwören können, dass sich seine Brust vor Stolz blähte. Und das zu Recht. Der Herzog wollte, dass Hamish – mit seinen besonderen Talenten – für ihn spionierte.

»Ich bin absolut sicher. Oh, Hamish, wir werden so ein großes Abenteuer erleben.«

»Ja. Ich kann's kaum erwarten.« Er grinste sie wieder an und ihr wurde schwindelig vor Erleichterung.

Neue Gefühle sprudelten in ihrem Herzen auf. »Hamish, du bist das Beste, was mir je passiert ist.«

»Ach, Mädel, du bist all das und noch viel mehr für mich.« Er gab ihr einen schnellen Kuss. »Aber die Zeit drängt, lassen wir den Herzog nicht warten.«

Gerade als sie nach zwei City-Saver-Tickets fragten, rief eine vertraute Stimme: »Huhu«. [2]

---

2. City Savers sind sehr preiswert, aber nur für Reisen außerhalb der Stoß-zeiten. Alle Besucher von Venzelemma sollten ein Zehnerpack kaufen, um das Beste zu sehen, was die Stadt zu bieten hat. Das zentrale Krankenhaus mit seiner neugotischen Fassade, den Strebepfeilern und den Gewölbede-cken im Foyer ist ein Muss. Das Krankenhaus liegt praktischerweise in taumelnder Entfernung von Brugels größtem Fischmarkt, sodass Besucher, die vom Gestank nach verrottenden Meeresfrüchten überwältigt werden, schnelle Behandlung erhalten können.

Ondine drehte sich um und sah, wie fünf Koffer auf dem Boden zu einem ordentlichen Haufen polterten, als wären sie noch einen Moment zuvor geschwebt. [3]Beim Anblick ihrer Großtante Colette Romano, die neben dem Gepäck stand, senkte sich ein bleiernes Gewicht in ihren Magen. Wie um alles in der Welt hatte sie es gepackt, dann getragen und sie dann so schnell eingeholt? Ach ja, richtig, sie war eine Hexe. [4]

»Was macht die denn hier?«, sagte Ondine mit zusammengebissenen Zähnen zu Hamish.

»Da seid ihr ja! Hamish, helfen Sie mir mal damit? Seien Sie so gut.« Die alte Col rauschte vor ihnen an den Schalter.

Ondine sah, wie Hamish verwirrt die Augenbrauen hochzog.

»Col, wir bezahlen gerade unsere Fahrkarten«, sagte Hamish und legte Geld auf den Tresen. Die Hand der älteren Frau schlug hart auf seine. Er zuckte zusammen. Ondine zuckte aus Mitgefühl zusammen. Für eine alte Dame hatte sie ganz schön was drauf.

Die alte Col wurde streng. »Stecken Sie Ihr Geld weg, ich reise nicht zweiter Klasse.« [5]

---

3. In Brugel gibt es für jeden fallengelassenen Gegenstand ein eigenes Verb. Zum Beispiel klirrt fallengelassenes Besteck, fallengelassenes Gepäck poltert.

4. Dies war keine abfällige Bemerkung, sondern lediglich die Wahrheit. Colette Romano war eine Hexe. Die Tatsache, dass sie weniger als eine Stunde brauchte, um reisefertig zu sein – und fünf gepackte Koffer über eine Straße schweben zu lassen – bewies es.

5. Zweite ist der logische, aber leicht beleidigende Begriff, den die Brugeler (die Einwohner von Brugel, die Brugelisch sprechen) verwenden, um alles

»Das habe ich Sie auch nicht gebeten.«

»Wie soll ich dann Ondines Anstandsdame sein, wenn wir nicht alle im selben Waggon sitzen?« Sie machte ein zischendes Geräusch, schüttelte den Kopf und wandte ihre Aufmerksamkeit dem verwirrten Fahrkartenverkäufer zu. Dann sagte sie mit zu lauter Stimme: »Drei Erste-Klasse-Fahrkarten nach Bellreeve, danke.«

Ondine dachte: *Anstandsdame? Für eine Zugfahrt quer durch die Stadt?*

Hamish sagte: »Das ist sehr großzügig von Ihnen, aber …«

Das Geräusch quietschender, rostiger Bremsen schrillte in Ondines Kopf. »Bellreeve? Was wollen wir denn so weit draußen? Der Herzog ist doch hier in Venzelemma.«

»Wir fahren nach Bellreeve, weil dort die Herbst-Palechia stattfindet.« [6]

»Aber –«, fing Ondine an.

»Aber –«, fing Hamish an.

Die alte Col atmete tief ein und straffte die Schultern.

---

zu beschreiben, was nicht Erster ist. Es kann so viel bedeuten, wie das 100-Meter-Finale um eine Mückenflügellänge zu verpassen oder in der ersten Runde des Venzelemma Grand Slam drei Sätze zu null zu verlieren.

6. »Palechia« ist das brugelische Wort für »Palast«. Es wird »pe-tscha« ausgesprochen. Gelehrte beharren darauf, dass das Wort noch vor zweihundertfünfzig Jahren ursprünglich »PAL-e-TSCHI-a« ausgesprochen wurde. Als Wiwyam The Gweat 1799 Herzog wurde, machte seine Vorliebe dafür, Leuten die Köpfe von den Schultern zu nehmen, den Rest seiner Berater widewwillig, seine vielen Sprachfehler zu kowwigiewen.

»Genug!« Nur für den Fall, dass sie es nicht verstanden hatten, hielt sie ihre Handfläche wie ein Stoppschild hoch.

Stillschweigend drückte Ondine Hamishs Hand noch einmal, um ihm zu signalisieren: *Wir stecken da gemeinsam drin, das wird schon gutgehen.* Nach Hamishs blassem Gesicht zu urteilen, war er sich da nicht so sicher. Col hatte eine Art, sein Leben durcheinanderzubringen. Er wäre ein Dummkopf gewesen zu glauben, sie würde ihn jetzt schonen. [7]

»Kommt, Kinder.« Die alte Col hatte diese gebieterische Art an sich.

Ondine und Hamish konnten nur mit den Achseln zucken und ihr folgen. Währenddessen fragte sich Ondine die ganze Zeit, was es mit der plötzlichen Planänderung auf sich hatte. Dann drehte sich die alte Col um und warf ihnen einen finsteren Blick zu, der die Luft um fünf Grad abzukühlen schien. »Die Koffer tragen sich ja nicht von selbst, oder?«

Ein Gefühl der Leere beschlich Ondine, als Hamish ihre Hand losließ und die Koffer der alten Col holte. Sie sahen kreuzschwer aus und es waren fünf Stück. Warum ließ die alte Col sie stattdessen nicht schweben?

»Tante Col, ich weiß deine Sorge um mein Wohlergehen zu schätzen, aber du musst wirklich nicht mitkommen. Ich kenne den Weg zum Stadtpalast des Herzogs, es ist nicht so

---

7. Numpty bedeutet unklug. Wenn eine Hexe schon einmal sehr wütend auf dich war und dich in ein Frettchen verwandelt hat, wärst du ein Numpty, wenn du denken würdest, du könntest ihr jemals wieder vertrauen.

weit von hier«, sagte Ondine. »Hamish und ich waren schon einmal dort, weißt du.«

»Das würdest du sagen, Kind.«

Bevormundende alte … Es ergab keinen Sinn, den ganzen Weg nach Bellreeve zu reisen, wenn der Herzog so nah wohnte. Wenn Ondine ehrlich zu sich selbst war, musste sie auch zugeben, dass der Gedanke, aufs Land zu reisen und so weit von zu Hause weg zu sein, sie nervös machte. Da sie in den belebten Straßen von Venzelemma aufgewachsen war, fühlte sich die Stadt vertraut an. Das Land war eine völlig andere Sache. Mit seinen dunklen, unheimlichen Wäldern und den großen, lauten Tieren, die dort umherstapften, fühlte sich die Reise dorthin ein wenig beängstigend und einschüchternd an.

»Offensichtlich hast du nicht über deine hormonellen Triebe hinausgedacht, Ondi. Es geht hier um das große Ganze, und du bist blind dafür. Du erinnerst dich vielleicht daran, dass der Herzog von Brugel, als er vor einigen Wochen das Hotel deiner Eltern mit seiner Anwesenheit beehrte, [8] mich bat, für ihn zu arbeiten, und ich habe angenommen. [9]Er hat auch Hamish eine Anstellung angeboten, und Hamish hat angenommen. Dir gegenüber hat er jedoch keine solche Einladung ausgesprochen. Würdet ihr beide zusammen vor

---

8. Siehe *Ondine: Der Sommer von Shambles.*
9. Als der Herzog Old Col kennenlernte, fand er Gefallen an ihr. Natürlich wollte er jemanden mit ihren Hexenkünsten für sich arbeiten sehen. Wenn nicht, könnte sie am Ende gegen ihn arbeiten, und das war ein Risiko, das der Herzog nicht eingehen wollte.

seiner städtischen Haustür auftauchen, würdest du, Ondine, allein zurückkehren.«

Das Gepäck drückte Hamish nieder. Ondine tat aus Mitleid der Rücken weh, und sie schnappte sich einen der Koffer, um seine Last zu erleichtern. Ein paar Schritte weiter fühlte es sich an, als würde ihre Schulter gleich nachgeben, und sie hatte eine brennende Zerrung im unteren Rücken, aber sie ertrug es.

Ondine sagte: »Der Herzog wird schon etwas für mich zu tun finden. Ich arbeite auch umsonst, wenn es sein muss.«

»Erniedrige dich nicht so!«, schnalzte die alte Col zur Bekräftigung mit der Zunge. »Ich bin eindeutig gerade noch rechtzeitig gekommen, bevor du dich komplett zum Narren gemacht hast. Wenn du die Politik auch nur ein wenig verfolgen würdest, wüsstest du, dass der Herzog und seine Familie den Herbst immer in Bellreeve verbringen, bevor das Parlament zusammentritt. Er wird bald dort sein, also ersparen wir uns den Aufwand eines Umzugs. Wenn überhaupt, könnten wir die Gegend nach irgendetwas Bedenklichem auskundschaften.«

»Oh!« Das warf ein völlig neues Licht auf die Sache.

»Wenn wir drei heute Abend in Bellreeve ankommen, sind wir so weit und so lange gereist, dass unser großzügiger Gastgeber sich verpflichtet fühlen wird, dir irgendeine Art von Anstellung anzubieten. Kein anständiger Mensch würde ein junges Mädchen allein auf eine so lange Rückreise schicken.«

Es war fast so, als würde Großtante Col sich besonders

anstrengen, um Ondine zu helfen. Der Gedanke hätte beruhigend sein sollen, doch stattdessen beunruhigte er sie. Vor wenigen Augenblicken waren sie und Hamish noch die Herren über ihr Schicksal gewesen. Oder so sehr Herr, wie man es sein kann, wenn man darauf angewiesen ist, dass ein Herzog einem einen Job gibt. Nun hatte ihre Großtante das Ruder übernommen, und das gefiel Ondine ganz und gar nicht.

ANMERKUNGEN

ÜBER DEN AUTOR

Ebony McKenna wohnt mit ihrem Mann, ihrem Sohn und ihrer faulen Katze in Melbourne, Australien.

Sie ist total süchtig nach Gartenarbeit und versucht immer wieder, Sackkartoffeln anzubauen. Das ist eigentlich total unnötig, weil es ja Supermärkte gibt.

Sie schreibt auch historische Liebesromane unter dem Namen Ebony Oaten.

www.ebonyoaten.link

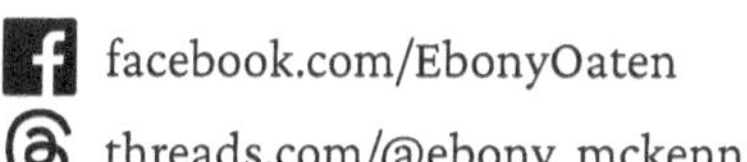

facebook.com/EbonyOaten

threads.com/@ebony_mckenna

BÜCHER VON EBONY MCKENNA

DIE ONDINE-ROMANE

Der Sommer von Shambles

Der Herbstpalast

Der Winter der Magie

Die Frühling Revolution

Eine Fundgrube an Märchen aus Brugel

Das Mädchen und der Geist

(RuBY* preisgekrönt Buch!)

*Romantisches Buch des Jahres

BÜCHER VON EBONY OATEN

Unpassende Verehrer

Süße romantische Kurzgeschichten aus der Regency-Zeit

Bertha's Weihnachts-Marquis

Ein Graf zu Weihnachten

Der stahl Wille von Fraüleine Remington zu Weihnachten

Ein Verehrer für Miss Penhurst

Ihre weihnachtliche Versuchung

Die Ehe ist ihr Hobby

Regency-Tollereien

Heiße romantische Kurzgeschichten aus der Regency-Zeit

Wochenende bei Baron E

Leg dich mit dem Herzog an und finde es heraus

Küsse für einen eiskalten Halunken

Eine Rose mit vielen Dornen

Auf dem Weg nach oben

Geschäftsrisiken

DIE DAMEN DES BUCHLADENS

Buch 1: *Estelles glühender Verehrer*

Buch 2: *Maries Gentleman zum Fest*

Buch 3: *Louises Weihnachtsheld*

Buch 4: *Bernadettes charmanter Doktor*

Buch 5: *Matthews aufgeschlossene Witwe*

www.ingramcontent.com/pod-product-compliance
Lightning Source LLC
Chambersburg PA
CBHW032220050726
47591CB00001B/197